S.F. V.

Ulrich Woelk

Amerikanische Reise

Roman

S. Fischer

Satz: Fotosatz Amann, Aichstetten
Druck: Wagner GmbH, Nördlingen
Bindung: G. Lachenmaier, Reutlingen
Printed in Germany 1996
ISBN 3-10-092248-4

1
jet lag

Einsamkeit kann es nur geben, wo es Individuen gibt. Wo es Individuen gibt, aber gibt es beides: die Lust zur Individualität und damit den Drang *in* die Einsamkeit und das Leiden an der Individualität und damit den Drang *aus* der Einsamkeit. Dabei kommt es immer nicht auf das Individuum-Sein an, sondern darauf, ob einer sich als Individuum fühlt und weiß.

KARL JASPERS, *Einsamkeit*

Nach diesem ganzen Trara (und da war noch mehr) kam ich an einen Punkt, wo ich Einsamkeit brauchte, wo ich diese Maschine anhalten mußte, um nicht mehr zu »denken« und das, was sie »Leben« nennen, nicht mehr zu »genießen«, ich wollte mich einfach ins Gras legen und in die Wolken sehen.

JACK KEROUAC, *Allein auf einem Berggipfel*

Es gibt viele Gründe, eine Zigarette zu rauchen. Tatsache ist aber, daß die meisten Zigaretten völlig grundlos geraucht werden und sich vor den Augen des Rauchenden in Luft auflösen, ohne daß dieser sie wirklich bemerkt. Mehr noch: Man ist erst dann Raucher, wenn man Zigaretten nicht mehr wahrnimmt, wenn der Griff zur Schachtel, der zum Feuerzeug, das Anzünden und der erste Zug eine Bewegungseinheit bilden wie das Auskuppeln, Schalten und Einkuppeln beim Autofahren oder das Schließen der Haustür und das Drehen des Schlüssels im Schloß, das so unbewußt geschieht, daß man kurz nach Beginn einer Reise gelegentlich beunruhigt ist, man könne die Tür nicht verschlossen haben. Ebenso ist kein Raucher in der Lage, am Ende eines Tages zu sagen, wie viele Zigaretten er geraucht hat, er kann es nur schätzen, die Zigaretten selbst erreichen sein Bewußtsein nicht – nicht mehr.

Wer mit dem Rauchen beginnt, tut es nicht wegen des Rauchens, sondern wegen der damit verbundenen Rituale. Egal, ob in einer Arbeitspause oder auf einer Bergspitze – die Zigarette ist ursprünglich der Versuch, nach einer Phase der Konzentration auf anderes, zurück zu sich selbst zu finden, und sie gleicht darin mehr einer Hostie als einem Genußmittel. So vertraut auch die Werbung der Zigarettenhersteller auf den rituellen Charakter des Rauchens, und man muß zugeben, daß es in einer Zeit, die eher unter einem Zuwenig als unter einem Zuviel an Ritualen leidet, genügend Gründe gäbe, mit dem Rauchen zu beginnen. Allerdings gibt es mindestens ebenso viele, die dagegen sprechen, wobei die schwarzen Lungen verstorbener Raucher eher unbedeutend sind gegenüber der Tatsache, daß es keinen Sinn macht, zwanzig oder vierzig Hostien am Tag zu schlucken. Der einzige Ausweg aus dieser Zwickmühle kann nur sein, mit dem Rauchen anzufangen, um anschließend wieder damit aufzuhören. Das ist nicht leicht, aber kein vernünftiger Mensch käme auf den Gedanken zu verlangen, das Leben müsse immer leicht sein. Kaum ein Raucher, der nicht regelmäßig mit dem Gedanken spielte aufzuhören, denn niemand kann so tun, als gäbe es die Zeit nicht, die aus jedem Ritual irgendwann eine leere Gewohnheit macht. Es ist zwar möglich, auch Gewohnheiten bis ans Lebensende fortzuführen, aber vielleicht müßte man es erreichen, selbst wenn man dazu auf Dauer die Kraft gar nicht haben kann, stets aufs neue Rituale aufzubauen und sie anschließend wieder zu zerstören.

Vor einem halben Jahr hatte Jan mit dem Rauchen aufgehört. Das letzte mit einer Zigarette verbundene Ritual, das eine Spur in seinem Leben hinterlassen hatte, lag allerdings schon länger zurück, vier Jahre ungefähr, eine Abschiedszigarette: Kristin stand ihm auf dem Frankfurter Flughafen gegenüber, während Walter, ihr Mann, zu einem Kiosk ging, um ein paar Zeitschriften zu kaufen, seine Börsenblätter, einen *Spiegel.*
Die Anzeigetafel tickerte, und die Buchstaben und Flugnummern huschten über die schwarze Fläche wie die Bildchen eines Daumenkinos. Gelegentlich rieselte ein Aufruf von der Decke. Jan bot Kristin damals eine Zigarette an, obwohl sie nur selten rauchte – sie überlegte kurz und nahm dann eine. Er beugte sich vor und gab ihr Feuer. Er wurde damals von einer seltsamen Stimmung erfaßt, die zwar kaum zur Situation paßte, die ihn aber angenehm durchdrang: Es kam ihm

vor, als müsse er sich nicht von ihr verabschieden, sondern als stehe sie ihm nach einem Fest gegenüber in einem Zimmer mit halb geleerten Gläsern, einer von Plaudereien verbrauchten Luft und unbeachteter Musik im Hintergrund. Es war, als müßten sie sich nur noch darüber verständigen, zu wem sie jetzt gehen sollten, zu ihm oder zu ihr.
Nach einer Weile kam Walter zurück und verkündete die Neuigkeiten irgendwelcher Schlagzeilen. Es war klar, wohin sie gingen: Jan nach Hause und Kristin ins Flugzeug, mit Walter, seinem ältesten Freund. Sie drückten die Zigaretten aus.

Jetzt steht Jan, sein Handgepäck zwischen den Füßen, unsicher in dem überbreiten Passagierbus und sieht auf die Maschinen, die schwer und träge auf dem Zement des Rollfelds stehen. Die Triebwerke unter den Flügeln sind kaum kleiner als der Bus, in dem er an ihnen vorbeischaukelt. Die Turbinenöffnungen mit den langsam rotierenden Lamellen ziehen vorüber, zwei Wolkenmühlen, die sich in Kürze durch sechstausend Kilometer Luft fressen sollen. Dann steht er auf der Gangway und wartet, ein fast altmodischer Augenblick. In der Maschine schiebt er sich mit kleinen Schritten an den Stewardessen vorbei, die jeden Fluggast begrüßen wie auf einer Cocktailparty. Jan kennt die Situation gut: der Stau im Gang, die Platzsuche und die Überlegung, wen man als Nachbarn erwischt, als Nachbarin – ein kurzer Polaroidblick, den man entwickelt, während man das Gepäck verstaut. Dann grüßt man unverbindlich wie alle. Vielleicht wird man sich in ein paar Stunden ebenso unverbindlich verabschieden. Oder man stirbt gemeinsam.
Jan setzt sich und überhört die Sicherheitshinweise. Er wartet beschäftigungslos auf den Moment, in dem sich die Rollbahn von den Reifen löst, um langsam in die Tiefe zu sinken und

sich erst Stunden später in einem anderen Teil der Welt wieder zu nähern. Er wartet auf den Kampf um die Armlehne. Nach dem Start werden heiße Tücher verteilt, um den Schweiß von Händen und Nacken zu wischen. Als nächstes gibt es ein Schokolädchen wie zur Belohnung, weil keiner hysterisch geworden ist. Der Rumpf senkt sich langsam zurück in die Horizontale, und die Maschine erreicht ihre Reisehöhe. Jan hat acht Stunden vor sich, mit denen er nichts anzufangen weiß. Er nimmt sein kleines Aufnahmegerät aus der Jackentasche, einen *Panasonic*-Kassettenrekoder, den er seit Jahren mit sich trägt, um auf Reisen seine Beobachtungen auf Band zu sprechen. Im Moment allerdings gibt es nichts festzuhalten, und Jan sieht hinaus auf den Flügel, der die Maschine begleitet wie ein metallischer Schatten. Darüber wölbt sich das Violett des Dreißigtausend-Fuß-Himmels. Die Eiskristalle auf den Fenstern bilden einen neblig glitzernden Rahmen, der aussieht wie bei den eingepuderten Fernsehbildern zu Weihnachten.
Jan wird den Gedanken an Kristin nicht los, seit er sich ins Taxi gesetzt hat und zum Flughafen gefahren ist durch die noch ruhigen Straßen, in denen die Luft stand wie Wasser in einem unbenutzten Schwimmbecken. Die Baumkronen trieben auf der Oberfläche, angestrahlt von einer hinter Häuserfassaden verborgenen Sonne. Dann eine von Helligkeit geflutete Kreuzung, die Ampeln spielten mit Farbbällen. Der Wagen rollte vorbei an Kaufhäusern, Bankfilialen, Restaurants und Reisebüros. Dann endete die Häuserzeile, und die Straße verlief parallel zu einem Kanal, Paillettenteppiche kräuselten sich auf dem Wasser. Im Hintergrund bereits der Flughafen. Jan trug seine Tasche zum Eingang, die Automatiktür öffnete sich, das Gebäude schluckte ihn, und in ein paar Stunden wird es ihn wieder ausspucken, siebentausend Kilometer entfernt, ein großes Gebäude, ein weltumspan-

nendes Gebäude, das Kristin lediglich durch eine andere Tür betritt.

Es ist erstaunlich, wie das Fliegen innerhalb von wenigen Jahrzehnten von einer ehrfurchtgebietenden zu einer gewöhnlichen Fortbewegungsart geworden ist. Es kommt einem vor, als sei die Menschheit, die über Jahrtausende vom Fliegen geträumt hat, gar nicht in der Lage, sich über die Verwirklichung dieses Traums angemessen zu freuen. Allerdings muß man zugeben, daß die Realität eines Langstreckenfluges in der Tat ernüchternd ist und aus nichts als einer Summe von dummen Beschäftigungen besteht: Mit der Rückenlehne spielen, vor und zurück, ein bißchen vor und ein bißchen zurück, ein Zeitvertreib, den man dem Vordermann nicht zugesteht. Die Frischluftdüsen, kleine aggressive Föne, denen man die Gurgel umdreht. Die Zeitung auffalten und wieder zusammenfalten und wieder auffalten und wieder zusammenfalten. Aufstehen, weil der Nebenmann pinkeln muß. Aufstehen, weil der Nebenmann vom Pinkeln kommt. Die Stewardessen anlächeln. Der Geruch Hunderter, wie auf Kommando entfalteter Erfrischungstücher. Pulvermilch in Kaffee rieseln lassen. Das Staubsaugerrauschen der Triebwerke. Die Durchsage des Captains über die aktuellen Flugdaten – verknistert, als melde er sich per Funk von zu Hause. Wieder das Lächeln der Stewardessen, alle sitzen im gleichen Boot. Man nimmt alles, was kommt. Vierhundert Menschen, die in einer Aluminiumröhre Truthahnlasagne essen ...

Jans Angewohnheit, auf seinen *Panasonic*-Rekorder zu sprechen, stammt aus der Zeit, als er noch frei für verschiedene Zeitschriften und Journale gearbeitet hat. Es war die einfachste und schnellste Möglichkeit, Beobachtungen und Situationen zu protokollieren, um aus diesen später seine Artikel

zusammenzusetzen. Darüber hinaus gewöhnte er sich an, neben diesen Notizen auf Band regelmäßig Anmerkungen zu den Frauen zu machen, die er liebte oder geliebt hatte; er hielt ihr Aussehen fest und ihre Verhaltensweisen, ihre Blicke und Handbewegungen. Er beschrieb die Art, mit der sie seine Wohnung zum ersten Mal betraten, und ihre matte Wunschlosigkeit, wenn sie hinterher auf der Seite lagen, das Weinglas in der Hand, durch das ihre Brüste verzerrt und wie in weite Ferne gerückt erschienen. Mehr und mehr, stellte er fest, näherte er sich ihren Körpern wie fremden Landschaften, beobachtend und mit einer etwas abgenutzten Neugier – dieselbe Haltung, mit der er sich am Ende seiner Zeit als freier Journalist auf Reisen begeben hatte. Und wie man jedes neue Land, das man betritt, mit denen vergleicht, die man kennt, verglich er die Frauen miteinander, als bestehe die Chance, irgendwann eine vollständige Geographie des weiblichen Kontinents zu entwerfen.
Vielleicht würden die Frauen, die er geliebt hatte, protestieren, wenn sie von den Aufzeichnungen wüßten, wenn sie wüßten, daß ihn einmal sehr kleine, beim Bräunen weiß gebliebene Brüste, an eine Nickelbrille erinnert hatten, die ihn beim Geschlechtsakt ansah; daß er einmal auf einem Rücken eine Gruppe von Leberflecken entdeckt hatte und sich der Gedanke in ihm festsetzte, es müsse sich um das Sternbild der Jungfrau handeln; oder daß ihn unrasierte Achseln fast immer störten, weil sie ihm vorkamen wie ein unzivilisierter, tierischer Rest aus den Zeiten, als Sex eine dumpfe Sache von Sekunden war.
Jans Verhältnis zu Frauen war ein rituelles. Er eroberte sie, liebte sie und verließ sie nach kurzer Zeit wieder. Merkwürdigerweise war er allerdings in einem Punkt konservativ: Er bemühte sich, keine Verhältnisse parallel zu haben, und wenn er feststellte, daß ihn eine Frau betrog, verließ er sie; nicht mit

Krach und Vorwürfen – er stellte einfach die Kontakte ein oder reduzierte sie wieder auf das frühere Maß, wenn es sich um eine ältere oder berufliche Bekanntschaft handelte. Er wollte nicht der einzige für ein ganzes Leben sein, aber doch für ein paar Wochen oder Monate. Er mochte keine gekreuzten oder gemischten Verhältnisse, und erotische Experimente in anderen Konstellationen als der zwischen *einem* Mann und *einer* Frau lehnte er ab. Und er bestand gegenüber hin und wieder erhobenen Vorwürfen darauf, daß er die Frauen nicht benutzte, sondern liebte – nur eben nicht für immer und ewig. Er hielt sich für fair, weil er nie das Gegenteil behauptete, um eine Eroberung zu machen, und Frauen, die möglicherweise mehr erwarteten, bedrängte er nicht. Er verurteilte Männer, die alles mögliche versprachen, um ein paar Nächte zu ergattern. Und auch wenn sich für ihn einmal längere Zeit nichts ergab, blieb er diesem Prinzip treu; lieber einsam, als unter Vorspiegelung falscher Tatsachen einen fremden Körper zum Instrument seines Triebs zu machen. Die Regeln seines Vagabundierens waren durchaus moralisch, und wenn es einen Bedarf für eine Enzyklika der Polygamie gegeben hätte, hätte er das eine oder andere Kapitel beisteuern können.

Eine leichte Veränderung der Triebwerksgeräusche kündigt den Beginn des Sinkflugs an. Die amerikanische Erde sieht nicht anders aus als die europäische, ein von Straßen durchschnittenes braun-grünes Mosaik, der Planet ist parzelliert. Die Autobahnkreuze liegen wie vierblättriger Klee in der Landschaft, daneben das Meer, gesäumt von einem schnurgeraden, weißen Band und fingerbreiten Haffseen im Hinterland. Das Wasser glänzt im Gegenlicht wie grobporiges Leder. Der Flügel, der stundenlang starr in den Himmel gezeigt hat, verändert sich jetzt, die Landeklappen schieben sich übereinander wie Schindeln. Die Erde kommt näher, wird zu

einem Watt mit gewundenen Kanälen und Seen, unregelmäßig geformt wie verkleckertes Wachs. Dann das helle Grau der Landebahn. Vierhundert Menschen, die gleichzeitig aufstehen wie nach dem Segen beim Gottesdienst.
Eine Viertelstunde später folgt Jan den Schildern *EXIT* durch Korridore mit weißem Deckenlicht, Resopalpaneelen an den Wänden und graumeliertem, trittfestem Teppich auf dem Boden. Dann die Paßkontrolle: *US Citizens with valid Passports* oder *Visitors*.
Jan wirft noch einmal einen Blick auf das grüne Formular, das er gegen Ende des Fluges ausgefüllt hat: *Welcome to the United States ... I-94 W Nonimmigrant Visa Waiver/Departure Form ... Do any of the following apply to you? (Answer Yes or No) ... C. Have you ever been or are you now involved in espionage or sabotage; or in terrorist activities; or genocide; or between 1933 and 1945 were you involved, in any way, in persecutions associated with Nazi Germany or its allies?*
In ihrer Direktheit haben Jan die Fragen überrascht. Wer bejaht schon, ob er ein Naziverbrecher, Gewalttäter, Verrückter oder Drogenabhängiger ist? Also hat er alle Fragen verneint, in der Gewißheit, ein harmloser Mensch zu sein.
Er reicht dem Grenzbeamten den *Visa Waiver* und seinen Paß.
»You made a mistake here, many mistakes«, stellt der Beamte fest.
Jan sieht ihn fragend an, der Beamte weist auf die Kugelschreiberkreuzchen. Jan hat beim Eintragen seiner persönlichen Daten, Name, Geburtstag, alle Angaben versehentlich eine Zeile zu hoch gemacht, jetzt ist sein *First Name* Germany und sein *Sex* UA 372.
Er entschuldigt sich: »I'm sorry.«
Der Grenzbeamte schüttelt den Kopf. »No matter ... you

have to concentrate ... do Yoga first.« Er macht ein paar Pfeilchen auf dem *Visa Waiver* und nimmt Jans Paß vom Scanner. »Allright, good bye.«
Jan schultert sein Handgepäck und geht weiter. Er entdeckt eine Toilette, die ist wie überall, weiße Kacheln und eng aufgereihte Pissoirs wie zusammengepferchte Küken im Nest, die die Schnäbel zur Fütterung aufsperren. Wieso nimmt man an, daß es Männern nichts ausmacht, sich beim Pinkeln zuzusehen? Er zieht den Reißverschluß seiner Hose wieder hoch. Der Geruch fällt ihm auf, kein europäischer Geruch, Harn ist Harn, aber die Desinfektionschemie ist eine andere, die Seife ist eine andere und verwandelt Jans Hände in fremde Hände. Lediglich in den Reklameleuchtkästen auf dem Gang präsentiert sich eine internationale Duftwelt, Parfums, für die mit pickelfreier Erotik geworben wird, Bilder, die keine Menschen zeigen, sondern Reißbrettphantasien von Humanarchitekten, in flüssigen Stickstoff getauchte Statuen, von denen man sich nicht vorstellen kann, daß sie überhaupt nach etwas riechen, wenn man ihnen ihre Flakons wegschließen würde.
Jan folgt den Hinweisschildern *baggage claim* und betritt die Halle mit den Förderbändern, auf denen Koffer wie umgefallene Dominosteine liegen. Ein träges Rennen ohne Überholmanöver, die *Samsonite*s sind nicht schneller als die Rucksäcke. Gelegentlich wird ein Stück vom Band genommen, und die entstandene Lücke trottet weiter wie ein reiterloses Pferd. Hier und da lösen sich erste überladene Gepäckwagen aus dem Pulk und werden zum Ausgang geschoben wie satte Schweine.
Jan entdeckt seine Tasche. Nicht spritziger als alle anderen, aber treu wie ein Hündchen kommt sie ihm entgegen. Er nimmt sie vom Band und arbeitet sich durch den Saum aus Wartenden. Am besten wäre es, denkt er gelegentlich, ohne

Gepäck zu verreisen und sich das Nötige zusammenzukaufen.
Er betritt die Haupthalle, und ihn befällt trotz seiner langjährigen Reiseroutine die eigentümliche Verwirrung am Ende eines Fluges: Bisher war alles so einfach, und jetzt muß wieder klein-klein gereist werden. Die andere Sprache, die andere Atmosphäre trotz des hautengen Überzugs aus Internationalität. Um ihn herum das gleiche Atoll aus Wiedersehensinseln wie auf allen Flughäfen, aber andere Gesichter: Japaner oder Koreaner, die keine Japaner oder Koreaner sind, sondern Amerikaner. Kein langsames Vorbeugen des Oberkörpers mit eingefrorenem Lächeln. Es sind Weiße, die orientierungslos herumstehen. Touristen.
Jan wartet. Irgendwo in der Menge müssen zwei Gesichter nach ihm Ausschau halten wie er nach ihnen. Stecknadeln in einem Stecknadelhaufen – Kristin und Walter. Als Jan vor fünf Jahren erfahren hat, daß die beiden heiraten wollten, war sein erster Gedanke, Kristin müsse schwanger sein, ein Gedanke, der ihm nicht gefiel, weil er sie sich mit Bauch nicht vorstellen konnte. Sie war gut einssiebzig groß und wog keine fünfundfünfzig Kilo. Ohne Bauch. Jan fand, daß die Hagerkeit zu ihrem Wesen paßte, während er in einer Schwangerschaft nur etwas Fremdes hätte sehen können. Eine Verunstaltung, die ihr biologische Mächte angezaubert hätten.
Die meisten Paare, die Jan kannte, hatten wegen der Kinder geheiratet. Genauer wegen der Embryonen – Materie, durchsichtig wie Spucke und ausgestattet mit der ungeheuren Macht, zu wachsen und zu wachsen. Und durch die medizinische Technik wurde es nicht leichter, sondern schwerer, dieses Wachstum zu beenden, weil die Fotos von den eingerollten Wesen mit zwei Ärmchen, Kopf und merkwürdig stechenden Augen nicht zu ignorieren waren, obwohl es sich dabei, zumindest anfänglich, auch um Affen handeln könnte oder um

einen Fisch. Aber, dachte Jan, man kann nicht zurück hinter das, was man weiß, und man weiß, daß es ein Mensch ist, der dort wächst und sich schon längst auf ein paar Jahrzehnte eingestellt hat. Diese ungeheure Macht eines Krümels Materie, die Zukunft praktisch als Eigentum zu betrachten. Jan will nicht Vater werden.
Kristin war damals nicht schwanger, und als Jan von der geplanten Hochzeit erfuhr, ist er ins Kino gegangen. Eine amerikanische Komödie, mehr aus Zufall, um sich abzulenken. Letztlich, so erklärte er sich seine Irritation damals, ist man immer eifersüchtig, wenn ein anderer eine interessante Frau bekommt: Man will sie alle.

Walter kommt ihm entgegen. Er trägt ein buntbedrucktes Freizeithemd, helle Jeans und Turnschuhe. Amerika, denkt Jan, steht ihm nicht schlecht. Die Haare sind länger als vor vier Jahren, Walter hat sie hinter die Ohren gestrichen. Das Gesicht wird durch den Schnitt schmaler. Die oberen beiden Knöpfe seines Hemdes stehen offen, und auf Hals und Brustansatz hat sich ein glänzender Film gebildet, der nicht zur trockenen Luft im Flughafengebäude paßt. Seine Figur hat sich verändert, Oberkörper und Schultern sind im Vergleich zur Hüfte breiter geworden.
Dann stehen sie sich gegenüber, zum ersten Mal seit vier Jahren, und wissen für einen Moment nichts miteinander anzufangen. Sie haben nie viel von Begrüßungszeremonien gehalten, ein Handschlag hat immer gereicht – allerdings hatten sie nie vier Jahre zu überbrücken. Sie umarmen sich und erstarren einen Augenblick wie eine Uhr, die auf den nächsten Impuls wartet. Was ist mit Kristin? denkt Jan.
»Willkommen in New York«, sagt Walter gutgelaunt, und Jan bedankt sich. Er nimmt seine Tasche. Die Haupthalle hat sich geleert, und Jan dreht sich zum Ausgang. Walter geht

voraus. Der Himmel, den Jan vom Flugzeug aus gesehen hat, ist von unten betrachtet eine milchige und strukturlose Fläche. Die Luft ist heiß und feucht wie beim Kartoffelabgießen.
»New York liegt auf der Höhe von Neapel, wußtest du das?« sagt Walter, und in seiner Stimme liegt ein deutlicher Stolz, daß er hier lebt, wovon – glaubt er – alle anderen träumen. Er wendet sich nach rechts. Autos rollen über hellen Beton mit eingesickerten Ölflecken, schwarzen Teernähten und abgeriebenen gelben Parkmarkierungen. Über allem rauscht der einförmige Chor aus- und warmlaufender Triebwerke.
Walter überquert die Straße. »Ende Mai, Anfang Juni schlägt das Wetter um. Vorher ist es angenehm. Heute ist es besonders drückend.«
Hitze und Feuchtigkeit, die durch Kragen und Ärmel kriechen, zwingen Jans Haut, sich Pore um Pore an der Kleidung festzusaugen. Er folgt Walter an einer langen Reihe gelber Taxis vorbei. *Einsatz in Manhattan.*
Walter geht nach links auf einen Parkplatz. »Man sagt, daß es in New York ohne die ganzen Klimaanlagen halb so heiß wäre. Einer schaufelt dem anderen die Hitze vor die Tür. Wie Schnee. Irgend etwas wird schon dran sein. Wir haben zu Hause eine Klimaanlage, benutzen sie aber kaum.«
Er bleibt vor einem hellblauen Mittelklassewagen stehen, einem Buick mit taubenblauem Innenraum und grünlich beschichteter Windschutzscheibe. Er öffnet die Beifahrertür, Jan setzt sich. Im Wagen ist es kühler als draußen, und als er die Tür zuschlägt, hat er das Gefühl, er sperre den Kontinent, den er soeben betreten hat, wieder aus.
Walter setzt rückwärts aus der Parklücke. »Kristin möchte nicht, daß die Klimaanlage läuft. Manchmal übertreiben sie es hier wirklich. Im Sommer gibt es die meisten Erkältungen«, sagt er und lacht. Er steuert den Wagen langsam über

den Parkplatz und fingert eine Zigarettenschachtel aus der Hemdtasche.
»Du rauchst noch?« fragt Jan. »Ich dachte, das gehört sich hier nicht.«
»Stimmt auch.« Walter hält ihm die Packung hin.
»Ich habe aufgehört«, sagt Jan.
Walter nimmt ein Feuerzeug von der Ablage, zündet die Zigarette an und bläst den Rauch gegen die Frontscheibe. Die Dunstwirbel geraten in die Fänge der Air-condition und lösen sich auf. Nach der feuchten Hitze auf dem Parkplatz ist es im Wagen kühl. Frostige Luft aus verschiedenen Schlitzen verwandelt das Innere in einen Eisschrank.
»Im Auto ist es ohne Air-condition wirklich nicht auszuhalten«, sagt Walter. »Im Stau würdest du verrückt werden. Hast du *Falling Down* gesehen? Michael Douglas spielt einen, der im Stau durchdreht und dann Amok läuft. Die Hitze war nicht wirklich der Grund. Er war ein typischer Verlierer, nicht sehr sympathisch, aber hier und da versteht man ihn. Irgendwann platzt jedem der Kragen.«
Sie biegen auf einen Highway. Jan spielt mit der ausklappbaren Halterung für Getränkedosen in der Mittelkonsole. Er wartet auf die Wolkenkratzer und ist enttäuscht: Nur Einfamilienhäuser säumen die Straße, Holzbauten mit rußverblaßten Farben, ehemals gestrichen in Gelb oder Himmelblau. Vor den Eingängen dösen kleine Veranden, eine fahlhäutige Vorstadtidylle mit sauerstoffarmen Gärtchen.
Es gefällt Walter, über das Leben in New York zu reden, das Jan nicht kennt. »Eigentlich braucht man hier kein Auto«, sagt er und zieht einen Aschenbecher aus den Armaturen. »Aber es ist praktisch, wenn man am Wochenende mal raus will. In der Stadt geht alles mit Taxis. Sie haben hier vernünftige Preise. Nicht dieser verordnete Nepp wie in Deutschland. Ich meine, wenn jeder nehmen kann, was er will, dann pen-

delt sich alles auf einem vernünftigen Niveau ein. Wenn alles normal läuft.«

Jan sieht aus dem Fenster. Die Skyline von Manhattan hat ihren Auftritt: eine Gebirgskette aus Legosteinen, eine auf- und absteigende Börsenstatistik, für die sich allerdings niemand interessiert. Der Verkehr rollt ruhig über die rissigen Betonplatten des Expressways, die Fahrer nehmen keine Notiz von ihrer Stadt, klopfen mit den Fingern irgendeinen Rhythmus aufs Lenkrad oder achten auf die grünen Straßenschilder mit weißer Schrift, als sei die nächste Abfahrt wichtiger als die grauen Zinnen unter dem weißen Himmel. Das Logo der Neuen Welt. Dann wieder versperren dreckige Backsteinbauten den Blick auf die Stadt. Links erstreckt sich eine verschachtelte Industrieanlage, ein Strickmuster aus Rohren, Gerüsten, Kabeln, Stahlträgern und Gleisen, auf und zwischen denen sich nichts bewegt, keine Loren, keine Lastwagen, keine Menschen. Wie abgeschaltet liegt das Areal neben der Schnellstraße, auf der die Energie vorbeiströmt, ohne daß ein gegenseitiger Anschluß zu erkennen wäre. Jan hat das Gefühl, nicht angeschlossen zu sein, New York streicht nicht über seine Haut und verfängt sich nicht in seinen Haaren. Er müßte das Fenster öffnen, um das Gefühl loszuwerden, die Welt aus einem klimatisierten U-Boot zu betrachten.

Walter ist noch bei den Taxipreisen. »Diesen Winter hatten wir einen Schneesturm«, erzählt er, »an sich nichts Ungewöhnliches, aber er hat die Metro lahmgelegt. Busse fuhren auch nicht, und die einzige Möglichkeit, vom Flughafen in die Stadt zu kommen, waren ein paar Taxis – für hundertfünfzig bis zweihundert Dollar, habe ich gehört. Viel Geld für ein paar Meilen, aber man konnte wenigstens in die Stadt kommen. Hätten die Fahrer den Preis nicht selbst bestimmen können, wären sie zu Hause geblieben.«

Friedhöfe fließen vorbei, aufgerichtete Marmorplatten, die Toten liegen dicht an dicht, eine Skyline aus Grabsteinen. Kaum anzunehmen, daß die Toten unter dem Rauschen des Expressways ihre Ruhe finden. Das Leben geht vor. Und immer wieder die Wegweiser – *Last Exit Brooklyn*. Wo liegt Brooklyn? Sie fahren vorbei an geschwärzten Fassaden aus Backsteinen und Fensterglas, sechs-, siebengeschossige Wohnhäuser mit rostigen Feuerleitern. Filmszenen schieben sich über die Wahrnehmung, Verfolgungsjagden in Vorabendserien. Amerika gleicht Amerika. Jan fragt sich, ob man sich in den Vierteln neben dem Highway überhaupt aufhalten dürfte. Wenn man etwas über New York zu wissen glaubt, dann daß man als Weißer in Harlem krankenhausreif geschlagen wird. Wo ist Harlem? Die Bronx?
Walter klopft Asche ab. »Normalerweise kann man die Metro problemlos benutzen. Man wird nicht sofort überfallen, auch nachts nicht. Die meisten Linien sind *save*. Man sollte nicht unbedingt in die Bronx fahren, aber nach Harlem beispielsweise ist es kein Problem. Du kannst völlig normal in Harlem rumlaufen. Am Anfang ist es merkwürdig, wenn du nur Schwarzen begegnest. Ich meine, man sieht ja seine eigene Hautfarbe nicht und sieht also gar nicht, daß man ein Fremdkörper ist. Im ersten Moment bist du mißtrauisch, wenn einer auf dich zukommt, aber sie wollen dir nur irgendwelchen Kleinkram verkaufen wie überall. Kürzlich war Muttertag, und auf den Straßen waren lauter Familien, rausgeputzt, wie man das in weißen Bezirken nicht sieht.«
Die Stadt enthüllt sich nur langsam, Manhattan läßt sich nicht drängeln. Kindergeburtstag: Erst die kleinen Geschenke auspacken, bevor man das große aufreißen darf. Jan hat wirklich Geburtstag, ein Zufall. Er könnte sich also etwas wünschen: anhalten und aussteigen.
Walter wechselt die Spur. »Die Sicherheit in New York ist

kein Problem. Ich gehe jeden Tag mit Anzug, Krawatte und Aktenkoffer durch den Central Park. Neulich haben sie Modeaufnahmen gemacht. Vielleicht für *Harper's Bazaar* oder weiß der Teufel wofür. Sie haben zwei wirklich tolle Models abgelichtet. Die eine war Deutsche. Der Fotograf rief *action, Monika*, und sie tänzelte ein paar Sekunden herum und schnitt komische Grimassen. Kaum zu glauben, daß dabei vernünftige Aufnahmen herauskommen. Nach vier, fünf Filmen war das nächste Model an der Reihe. Die beiden sahen wirklich knackig aus.« Walter drückt seine Zigarette aus. »Neulich ist jemand auf dem zentralen Busbahnhof erschlagen worden. Aber das kann dir auch in Deutschland passieren. Überall auf der Welt.«
Jan versucht, die Eindrücke zu speichern. Das Bandgerät in seiner Hand fehlt ihm jetzt: Er hat keinen Behälter für seine Beobachtungen: Brückenpfeiler wachsen auf der grüngetönten Windschutzscheibe. Der Verkehr wird dichter und dichter, dann steht der Buick im Stau. Siebentausend Kilometer gereist, und siebenhundert Meter vor dem Ziel ist Schluß.
Daß Walter redet und redet, ist Jan angenehm und geht ihm zugleich auf die Nerven. Er fragt sich, warum Kristin nicht mitgekommen ist, ihn abzuholen? Er ist enttäuscht. Soviel er weiß, arbeitet sie nicht fest, sondern frei in einer Galerie, die sie mitbegründet hat. Walter gefiel es nicht, daß Kristin aufhörte, als Mathematikerin zu arbeiten. Es gab wegen dieses Schritts eine Reihe von Auseinandersetzungen zwischen den beiden, die ihre Ehe belasteten und zu keinem Ergebnis führten. Vor allem gefielen Walter die Freunde nicht, mit denen Kristin das Galerieprojekt ins Leben gerufen hatte, insbesondere Rick, ein Fotograf, in dem Walter den Prototypen eines ewig erfolglosen Künstlers sah. Rick war in Walters Augen gar nicht in der Lage, ein Ziel konsequent zu verfolgen, weil er sich immer verzettelte. Walter war überzeugt, daß Erfolg

gleichbedeutend war damit, ein klares Ziel vor Augen zu haben, und er selbst hatte ein klares Ziel vor Augen: Er wollte ins Finanzmanagement. Er war nie der Mensch, der sich mit Zweifeln belastete. Wer zuviel Gepäck mitnimmt, pflegte er zu sagen, macht irgendwann schlapp. Darum hatte er von vornherein nur das Nötigste mitgenommen. Eigentlich hatte er gar nichts mitgenommen, keine Bedenken, keine komplizierten Fragen. Hin und wieder fand Jan ihn regelrecht naiv. Aber Kristin hatte sich, wie Jan wußte, was die Galerie betraf, gegen ihn durchgesetzt. Vielleicht, überlegt er jetzt, hat sie dort zu tun, aber seine Enttäuschung bleibt.

Er versucht, die Zeit zu schätzen. In Berlin müßte es jetzt zehn Uhr abends sein. Der Verkehrsstau und die Helligkeit irritieren ihn, als blicke er auf eine Uhr, die seit Stunden steht. In den Ritzen der brüchigen Zementplatten am Straßenrand sprießen mit bewundernswerter Zähigkeit ein paar Unkrauthälmchen.

»Wie geht es Kristin?« fragt er.

»Sie wollte irgend etwas in ihrer Galerie erledigen«, sagt Walter, und es ist nicht zu überhören, daß er kein Verständnis für diese Entscheidung hat. Er nimmt noch eine Zigarette und läßt den Buick ein Stück vorrollen. »Anfangs habe ich ja gedacht, sie würde sich hier etwas als Mathematikerin suchen.« Er läßt das Feuerzeug schnappen und zieht. Statt dessen habe sie Rick kennengelernt, diesen Fotografen aus der Nachbarwohnung, in der es stets nach Essig stinkt, weil er das Badezimmer als Dunkelkammer benutzt. Rick, sagt Walter, sitze völlig unorganisiert auf Bergen von Negativen, für die sich niemand interessiere, außer Rick selbst. Und Kristin irgendwann. Für Werbefotografie sei sich Rick zu schade, sehr unamerikanisch übrigens, behauptet Walter, Geldverdienst mit einem Anspruch zu verknüpfen. Und dann trifft er ausgerechnet Kristin, die ihm von Kafka erzählt, der seine Sachen habe verbrennen wollen, oder Mozart, den sie in einem Armengrab verscharrt haben. Kunstmärtyrer.

Irgendwann hat sie ihm die Sache mit der Galerie erklärt. Daß sie mit Rick und ein paar Freunden beschlossen habe, eine Galerie im *East-village* aufzumachen. Als Mathematikerin! hat Walter gedacht. Für ihn war klar, daß Kristin dabei war, in einen falschen Zug einzusteigen. Außerdem konnte er sich nicht vorstellen, daß Rick, der Kunstmoralist, einen sich finanziell tragenden, geschweige denn profitablen Laden zustande bringen würde. Walter hat nie verstanden, wo das Geld für die Galerie eigentlich hergekommen ist.

Nach ein paar Monaten, erzählt Walter, gab es die erste Vernissage, übrigens nicht mit Ricks Bildern, der wahrscheinlich mal wieder an seiner Desorganisation und an seinem päpstlichen Absolutheitsanspruch gescheitert sei. Außerdem war er nicht der einzige Künstler unter den Galeriegründern. Eigentlich waren sie alle Künstler. Bis auf Kristin.

Walter konnte mit den ausgestellten Objekten nicht viel anfangen. In einer Ecke lag ein Haufen Sand mit ausgedrückten Zahnpastatuben. Er stand davor und dachte sofort: Wer kauft einen Haufen Sand mit Zahnpastatuben? Zumal Champagner ausgeschenkt wurde, und Champagner kostet Geld. Und dann stand der Sandkünstler neben ihm: *What do you feel?* Walter fühlte sich beschissen: Die einen arbeiten und sorgen dafür, daß es voran geht, und die anderen häufen Sand in eine Ecke. Er habe Lust, seinen Champagner in den Sand zu kippen, sagte er. *That's it*, sagte der andere und kippte seinen Champagner in den Sand.

Ein Bild von Rick gab es übrigens doch. Eine Aufnahme von Kristin irgendwo in einem heruntergekommenen Teil der Stadt. So was Melancholisches. Walter beschwerte sich hinterher bei Kristin, weil sie ihm nicht erzählt hatte, daß sie sich von Rick habe fotografieren lassen. Sie behauptete, er interessiere sich schließlich nicht dafür, was sie mache. Er versuchte noch einmal, sie davon zu überzeugen, als Mathematikerin zu arbeiten: Als Mathematikerin sei sie die beste gewesen, aber sie erklärte nur, man müsse nicht unbedingt machen, was man am besten könne. Seitdem haben sie über das Thema nicht mehr geredet. Walter war überzeugt, daß seine Frau in einer Falle saß, in die andere mit zwanzig tappten. Künstlerdasein. Champagner in Sand kippen.

Hin und wieder rattert eine silberne U-Bahn in der Mitte der Brücke vorbei wie ein Achterbahnwagen ohne bunte Lackierung und blinkende Lämpchen. Über die Fahrbahn sind Netze gespannt, wie zum Schutz, als bröckele die Trägerkonstruktion.

Jan drückt auf ein Knöpfchen am Ende der Armlehne, die Scheibe fährt gleichmäßig wie bei einem Geldautomaten hinunter und gibt die Stadt zur Benutzung frei. Feuchte Luft strudelt in den Wagen.

Für Jan war Mathematik die Lehre einer etwas abseitigen Sekte. Er hatte Kristin einmal während eines Kongresses besucht und sich ihr zehnminütiges Referat über nicht ganzzahlige Dimensionen angehört. Ihn beschlich der Verdacht, daß viele ihrer Kollegen zwar Mathematik studierten, aber Theologie meinten. Außerdem kam es ihm vor, daß die meisten Zuhörer sich nicht auf Kristins Formeln, sondern auf Kristin als Frau konzentrierten. Als er ihr das sagte, behauptete sie, dies sei eine typische Journalistenwahrnehmung, in der aus ein paar starrenden Männeraugen gleich ein starrender Hörsaal wird. Wie *er* sie denn betrachtet habe? Als Mathematikerin oder als Frau?

Trotzdem blieb sie nicht lange in der mathematischen Forschung, was Jan darauf zurückführte, daß sie eben doch keine Lust hatte, ein exotisches Wesen in einem Nebengehege der Gesellschaft zu sein. Tatsächlich war es aber nicht diese Sonderrolle, die sie veranlaßte, sich aus der Forschung zurückzuziehen, sondern sie zweifelte, ob es sinnvoll war, sich mit nicht ganzzahligen Dimensionen zu beschäftigen. Kam hinzu, daß die Forschungsergebnisse, die sie zu präsentieren hatte, dünn waren, um nicht zu sagen marginal, und dementsprechend keine große Resonanz auslösten. Es kam ihr vor, als sei es so ziemlich der gesamten Menschheit egal, ob der von ihr enthüllte Zusammenhang nun Teil des kollektiven Wissens war oder nicht. Enttäuscht und zugleich erleichtert, kehrte sie der mathematischen Forschung schließlich den Rücken.

Der Buick erreicht das Ende der Brücke und ist jetzt Teil einer Blechinfusion, die in Manhattans Straßen tropft. Schmucklose Wohnhäuser türmen sich rechts und links, gut zehnstöckig, die allmählich näher an die Straße rücken. Der Fahrzeugstrom lockert sich auf, und jetzt reichte es nicht mehr, das Fenster zu öffnen, man müßte das Dach absprengen, um sich sämtliche Stockwerke in die Augen regnen zu lassen und zu sehen, wie die Wolkenkratzer an den Wolken kratzen. Bleistifte, die aus dem Boden ragen. In der wievielten Etage beginnt der Himmel? Jan würde es nicht bemerken, wenn sie am Empire State Building vorbeiführen, es wäre eine der Fassaden, die das Wagendach im fünften oder sechsten Stock abschneidet. Dann wieder Gebäude mit drei, manchmal nur zwei Geschossen, Baulücken oder kleinere Plätze. Meterhohe Reklametafeln mit Halogenbeleuchtung säumen die Straße. Jans Blick haftet einen Moment lang an einer Schwarzweißfotografie, groß wie eine Kinoleinwand: eine junge Frau hingestreckt auf dem Boden, den Kopf in die Hand gestützt, bekleidet nur mit einem dunklen Body, *Calvin Klein underwear*. Das Bild zieht vorbei.

Walter schweigt seit der Champagnergeschichte. Hier und da steigen Dampfschwaden auf, als köchelten kleinere Vulkane unter dem Pflaster. Der Asphalt ist feucht, und in den Abfallkörben auf dem Gehweg haben sich ausrangierte Schirme ineinander verhakt, verbogene Gestelle und zerrissene Stoffbahnen, die leicht im Wind flattern. Der Verkehr rollt durch den Schrift- und Signalwald im Erdgeschoß der Stadt. Kein Meter ohne eine Botschaft, ein Angebot, einen Hinweis: *Pizza, Video, one way, fast park, check our prices, parking 9am – 7pm, 25¢ per 1/2hr.*

»Vor ein paar Wochen«, sagt Walter nach ein paar Minuten, »hat es in der Galerie einen Streit gegeben. Die Hintergründe haben mich nicht interessiert. Kristin kam wütend nach Hause und schimpfte auf alles mögliche. Ehrlich gesagt, mich hat allein die Tatsache gefreut, daß sie den ganzen Laden am liebsten in die Luft gejagt hätte. Ich hoffte damals, die Geschichte würde sie kurieren und ihr klarmachen, daß ihre Künstlerfreunde nichts als Dogmatiker sind, die ihre Entscheidungen nicht auf der Basis von Fakten fällen.«

Jan hat das Gefühl, Walter erzählt nicht die ganze Geschichte.

»Ich habe am nächsten Tag in der Bank nachgefragt, ob sie nicht eine Stelle für sie hätten«, fährt er fort. Er wechselt die Spur und nimmt sich noch eine Zigarette. »Sie waren tatsächlich interessiert. Ich habe es ihr allerdings nicht erzählt. Sie hätte sich geärgert.«

Er macht eine Pause und wechselt in einen unverbindlichen Tonfall. »Weißt du, sie hatte sich wohl in Rick, diesen Fotografen, verliebt. Aber ich habe keine große Angelegenheit daraus gemacht. Ich meine, solche Sachen kommen vor, man sollte sie nicht überbewerten.«

»Ach?« sagt Jan überrascht und gleichzeitig unangenehm berührt. Walters Bemerkung verweist ihn, was Kristin betrifft, vom zweiten Platz auf Platz drei oder in irgendein anonymes Verfolgerfeld.

»Die Sache hat sich dann gelegt«, fährt Walter fort. »Es war kein Drama.« Er schlägt Asche ab und reißt unvermittelt das Steuer herum, als sei ein Abgrund vor ihm aufgetaucht. Er schlägt auf die Hupe und klatscht sich mit der rechten Hand mehrfach auf die Stirn, um dem Vorausfahrenden, der sich, wie Jan findet, außer einem ruhigen Spurwechsel nichts hat zuschulden kommen lassen, klarzumachen, was er von dessen Intelligenz hält. Walter schert aus, gibt Gas, überholt den anderen, sieht auf seiner Höhe wütend zu ihm hinüber und wirft ihm ein paar Beschimpfungen zu. »Idiot«, befindet er abschließend und beruhigt sich wieder.

Jan denkt nach. Es kommt ihm vor, als habe Walter reden, als habe er alles einmal loswerden müssen, was bedeuten würde, daß er in den vier Jahren in New York niemanden kennengelernt hat, dem er wirklich vertraut. Jan wird klar, daß Kristin in einer Welt lebt, die mit ihm und seinen Erinnerungen nichts mehr zu tun hat.

Walter läßt den Buick von Kreuzung zu Kreuzung rollen. Gelegentlich ein Stop. Das Gespräch steht wie eine abgelaufene Uhr. Man kann nicht beliebig lange über einen Menschen reden, den man kurz darauf sieht; fast so, als würde der Geruch eines Gesprächs noch eine Zeit an einem haften, denkt Jan.

Er schwitzt. Sein Hemd klebt an der Wirbelsäule, von seinen Achseln kriechen Tropfen die Haut hinunter. Er überlegt, ob er das Fenster wieder schließen und es der Air-condition überlassen soll, die Luft auszuwringen. Ihm mißfällt das Prinzip, auf jede Plage mit einer technischen Erfindung zu antworten. Hitze, Kälte, Feuchtigkeit: alles wird abgeschafft. Jede Annehmlichkeit ist der Verlust einer Wahrnehmung.

Die Luft zwischen den Autos flimmert, strömt an Türen und

Kotflügeln entlang aufwärts. Jan läßt das Fenster geöffnet. Wenn schon nicht mehr rauchen, dann wenigstens die Stadt ohne Filter.
Ein elektronischer Pieper reißt Jan aus seinen Gedanken. Walter holt ein Handy aus der Jackettasche und drückt ohne hinzusehen mit dem Daumen eine Taste. *Hello!*, sagt er, und Jan hört ihn zum ersten Mal englisch reden. Es kommt ihm vor, als fühle Walter sich in der fremden Sprache wohler, als sei alles, was er in der letzten halben Stunde erzählt hat, nur in der deutschen Sprache real, während im Englischen die Welt eine unbeschwerte Welt ist, die Welt der Aktien, Renditen und Anleihen, was Jan aus einzelnen Begriffen schließt, die wie Signalsilben aus dem Sprachsee ragen, zu weit voneinander entfernt, als daß er ein Verständnisnetz dazwischen knüpfen könnte.
Walter lacht über irgendeine Geschichte, in der *that little japanese restaurant* eine Rolle spielt. Immer wenn er spricht, muß er das Telefon vom Ohr entfernen und die Sprechmuschel vor den Mund halten, weil der Hörer zu kurz ist. Das Problem ist nicht mehr, die Handys kleiner zu machen, sondern die Köpfe. Es geht jetzt um Jan, *a friend from Germany*, und dann um eine Verabredung. *Hold on a second*, sagt Walter und dreht den Kopf.
»Würde es dich stören«, fragt er, »wenn ich für eine Stunde verschwinden würde? Es geht um Geschäftliches. Kristin müßte jetzt zu Hause sein.«
Jan nickt. »Kein Problem«, sagt er.
»Länger als eine Stunde brauche ich nicht«, versichert Walter noch einmal, hält das Telefon wieder vor den Mund und sagt: *okay, I'll be there*. Er betätigt eine Taste und läßt das Handy wieder in die Jackettasche rutschen.
»Das war Neil«, erklärt er, »ein Kollege. Wir arbeiten zusammen.« Er bremst vor Rot. Erneut haftet die Luft an Jans Haut,

und ein Feuchtigkeitsfilm überzieht seinen Unterarm. Stehender Hitze ist nicht zu entkommen. Er betätigt jetzt doch den Fensterheber. Walter verschiebt ein paar Regler auf dem Armaturenbrett. Die gewittrige Wärme löst sich auf wie Atemdunst im Winter. Das Wageninnere wird wieder zu einer in den Stadtkreislauf injizierten Sonde, die teilnahmslos an den Fassaden vorüberzieht. Der Leuchtbalken eines Kopiergerätes. Weniger Reklametafeln und bunte Schriftzüge jetzt. An den Straßenecken stehen Zeitungskästen, *New York Times* und *USA Today*. Es geht eine Spur ruhiger zu als noch vor einer Viertelstunde. Weniger Schwarze. Ein Schnellimbiß: *Papaya World: Natural Juices, Frankfurters, Pizza*. Europa ist nicht spurlos in Amerika verschwunden, denkt Jan.

Die Graffiti an den Hauswänden. Nicht zu entziffernde Runen einer unsichtbaren Kultur, die sich über den ganzen Planeten ausgebreitet hat. Die gleichen gesprühten Rätsel, egal, ob in Berlin oder New York. So verschieden kann die europäische Jugend von der amerikanischen nicht sein. Sie haben eine gemeinsame Sprache, gemeinsame, grelle Embleme, die am Beton haften wie die Reste einer nächtlichen Schnitzeljagd, einer erfolglosen Jagd offenbar, jeder bleibt für sich allein, und deswegen müssen sie immer wieder losziehen, Nacht für Nacht, und all die verschlungenen Symbole sind nur die tausendfache Übersetzung eines einzigen Satzes: Ich bin da.

Der Buick rollt geräuschlos über ein frisch geteertes Stück Straße. Die Luft schliert über den Asphalt. Die Autos schwimmen durch die Stadt.

Walter biegt nach links in eine leicht aufwärts führende Straße: acht- oder neunstöckige Bauten mit grauer Granitfassade. Er parkt und stellt den Motor ab. Jan hat keine Vorstellung, wo sie sich befinden. Sie sind in der letzten halben Stunde bis auf ein, zwei Richtungsänderungen geradeaus gefahren. Er öffnet seine Tür, die Schwüle kippt ihm entgegen. Es kommt ihm vor, als sei die Luft seit seiner Ankunft noch schwerer geworden. Der Himmel ist grau und morsch, ein mit Wasser gefülltes Leintuch. Es müßte dunkel sein oder zumindest dämmern. Jan kann sich kaum vorstellen, eine längere Strecke zu Fuß zu gehen. Hundert Meter wären zu schaffen, höchstens – dann verdampft man.

Sie betreten ein Marmortreppenhaus mit Fahrstuhl. Kurz darauf öffnet Walter eine Wohnungstür im vierten Stock. Jan ist nervös, als er in den Flur tritt.

Kristin kommt ihm aus dem hinteren Teil der Wohnung entgegen. Sie hat sich nicht verändert. Ihre glatten blonden Haare trägt sie schulterlang, unter den Augen welken leichte Schatten, als hätte sie zuwenig geschlafen. Beim Lächeln werden sie zu Schlitzen, die kurzen Falten in den Winkeln sind neu. Sie bleibt vor Jan stehen, und als er ihren Körper berührt, erinnert er sich, daß es immer so gewesen ist, daß er immer das Gefühl gehabt hat, ein Kartenhaus zu umarmen.

»Schön, dich zu sehen«, sagt sie. »Und herzlichen Glückwunsch zum Geburtstag.« In ihrer Hand hält sie ein in Geschenkpapier eingeschlagenes Buch. Jan ist einen Moment etwas irritiert, verlegen fast, aber dann erwachen seine im Umgang mit Frauen über Jahre kultivierten Instinkte: Er sieht das Geschenk an, als sei jetzt schon gewiß, daß es ein besonderes Geschenk ist. Er bedankt sich mit einem neben Kristins Wange in die Luft getupften Küßchen.

Walter fühlt sich überrumpelt. Die Situation ist ihm unangenehm. »Wieso hast du mir denn nichts gesagt?« beschwert er sich.

Kristin sieht ihn mit nachlässig gespielter Überraschung an. »Du hast nicht an Jans Geburtstag gedacht?«

Walter überlegt, ob er Jan umarmen soll, was ihm aber irgendwie unpassend vorkommt.

»Ich bin gar nicht auf die Idee gekommen, du könntest es vergessen haben«, sagt Kristin. Sie gibt sich keine große Mühe, ehrlich zu klingen.

Jan winkt mit der gleichen Routine ab, mit der er sich für das Geschenk bedankt hat. »Das macht nichts.«

Walter schlägt sich leicht gegen den Kopf. »Das Alter«, sagt er. Der Scherz verpufft unbeachtet.

Jan betritt das Wohnzimmer am Ende des Ganges. Links in der Ecke steht ein Schreibtisch mit Monitor und Drucker. Mit Modem und Fax, denkt Jan, könnte er jetzt arbeiten wie überall. Es ist egal, wo man ist, Hauptsache man ist online. Er bräuchte sich nur zu setzen, die Geräte einzuschalten, und er wäre wieder zu Hause. Siebentausend Kilometer in einer Sekunde, statt an einem Tag.

Er bleibt auf dem stumpfen Eichenparkett stehen, während Walter und Kristin in der Küche leise zanken. Jan sieht sich um, links eine japanische Sitzgarnitur, gegenüber eine Jugendstilvitrine, daneben ein *Sony*-Fernseher mit Siebzig-Zentimeter-Bildröhre und ein aus naturbelassenem Metall geschweißtes Hifi-Rack mit CD-Ständer. Vielleicht, denkt Jan, haben sich CD's nur durchgesetzt, weil ihre glänzenden Kunststoffhüllen besser zu Futon-Matratzen und Alu-Jalousien passen als LP-Cover mit ihren abgestoßenen Ecken und dem zu großen Format.

An einer Wand hängt eine Schwarzweißfotografie hinter Glas: Kristin, die auf einer Bank sitzt, irgendwo in New York, vorgebeugt, die Ellbogen auf den Knien. Sie trägt einen Männertrenchcoat, der, ein paar Nummern zu groß, weich um ihren Körper fällt und von der rechten Schulter gerutscht ist. Ihr Schlüsselbein ähnelt dem Faltenwurf des Stoffs, und es macht den Eindruck, als trage sie nichts darunter, als sei der Trenchcoat ein flüchtig übergeworfener Bademantel und die Bank eine Bettkante.

Kristin kommt mit einem Kuchen aus der Küche, brennende Kerzchen darauf, keine fünfunddreißig allerdings, merkt sie an. Der Kaffee ist seidendünn, sie entschuldigt sich, sie habe sich die amerikanische Art – oder besser Unart – angewöhnt, Kaffee wie Tee zu brühen. Sie stellt noch eine Schale mit Teigkringeln auf den Tisch. »*Donuts*.«
Jan ärgert sich, daß sie offenbar glaubt, er komme aus dem Busch.
»Ich mag keine *Donuts*, aber Walter. Ich finde, man kann in New York nur ausländisch essen.«
Walter ist nach seiner Niederlage empfindlich und fühlt sich angegriffen: »Es gibt überhaupt keine amerikanische Küche. Es gibt überhaupt keine Amerikaner. Nur Ausländer. Das ist der Witz.«
Die Kerzen auf Kristins Kuchen brennen einem Mosaik aus lackierten Fruchtstückchen entgegen. Jan, das Geburtstagskind, soll sie ausblasen. Ein paar Flämmchen beginnen bereits zu knistern, keine fünfunddreißig. Jan hätte fünfunddreißig nett gefunden. Er pumpt die Lunge auf und entfacht einen ordentlichen Sturm über dem Kuchen, aber ein paar besonders hartnäckige Flämmchen ducken sich nur unter den Böen und richten sich anschließend wieder auf. Übriggebliebene Kerzen sollen Unglück bedeuten, denkt Jan, aber er ist nicht abergläubisch. Er erledigt die restlichen, Wachs regnet auf Kirschen und Erdbeeren, und schließlich steigen nur noch Rauchfähnchen auf. Der Kuchen ist hinüber.
»Wir essen ihn hinterher«, entscheidet Kristin und steht auf. »Ich gehe kurz rüber zu Rick, ich habe ihm ein Stück versprochen.«
Walter sieht sie an. »Wieso ist er überhaupt zu Hause«, fragt er gereizt. »Ich dachte, er sei in New Haven.«
»Der Auftrag hat sich zerschlagen«, sagt Kristin und geht in die Küche.

»Hat er eigentlich schon jemals einen Auftrag gehabt, der sich nicht zerschlagen hat?«
»Er konnte nichts dafür. Der Universität ist das Geld ausgegangen«, ruft sie.
»Natürlich. Er kann ja nie etwas dafür.« Walter nimmt eine Zigarette aus der Schachtel.
»Er sollte einen Kompaktkurs geben. Er hat sich wirklich drauf gefreut.«
Walter zündet sich die Zigarette an. »Er muß doch von der Universität eine Entschädigung bekommen, wenn sie ihn engagieren und dann kurzfristig ausladen, weil sie ihn nicht bezahlen können. Er könnte andere Aufträge deswegen abgesagt haben, egal, ob er welche hatte oder nicht. Wahrscheinlich hatte er keine.«
»Er war nicht von der Universität engagiert«, sagt Kristin. Sie kommt mit einem in Alufolie eingeschlagenen Stück des Kuchens in den Raum.
»Ich dachte, er sollte ein Seminar geben?«
»Ein selbstorganisiertes. Von den Studenten. Sie schätzen seine Fotografien.«
»Er wird es nie lernen«, sagt Walter, der für Modewörter wie Selbstorganisation nicht viel übrig hat.
»Es geht nicht um Geld«, erklärt Kristin.
»Warum ist er denn dann nicht hingefahren?« Walter sieht in der Geschichte einen neuerlichen Beweis, daß der Sozialismus unlogisch ist.
»Er will verhindern, daß sie ihn immer wieder einladen und hinterher kein Geld haben.«
»Ich dachte, er wäre Idealist.« Walter weiß nicht wohin mit der Zigarettenasche und geht hinaus. »Ich bin für eine Stunde mit Neil verabredet«, sagt er aus der Küche.
Kristin sieht ihm nach. »Wie bitte?«
»Er hat mich vorhin angerufen. Es ist wichtig.«

Kristin kann Walter nicht unter Druck setzen, weil sie ihn mit dem gleichen Argument allein hat zum Flughafen fahren lassen. »Kann das nicht warten?«
»Ich bin in einer Stunde zurück.« Walter zieht sein Jackett an und geht zur Tür.
Kristin dreht sich zu Jan. »Entschuldige, aber er spinnt doch.«
Jan winkt ab. »Es ist in Ordnung.«
Einen Moment lang stehen sie schweigend im Zimmer. Kristin legt den eingepackten Kuchen auf den Tisch. »Du willst sicher duschen.«
Jan nickt. Er ist erschöpft und verschwitzt.
Kristin zeigt ihm das Badezimmer. Sie sucht ein frisches Handtuch. Als sie sich bückt, fällt Jan auf, daß ihre Jeans immer noch wirken, als seien sie eine Nummer zu groß. Ihre Fesseln leuchten weiß zwischen dem Jeanssaum und dem ausgebleichten Stoff ihrer roten Leinenschuhe. Sie hat meistens Stoffschuhe getragen, und Jan erinnert sich an die helle, von blaßblauen Adern durchzogene Haut ihrer Waden, wenn sie die Beine übereinandergeschlagen hat. Sie trägt ihre Hemden wie früher über der Jeans. Ihre Schulterblätter zeichnen sich deutlich unter dem weißen Stoff ab, als sie den Handtuchstapel durchsucht. Die Wirbelsäule bildet eine Kette von kleinen Erhebungen. Unvermittelt muß Jan sich vorstellen, wie sie Handtücher wäscht: Waschmaschine auf, Handtücher rein, Waschmaschine zu, kochen, spülen, schleudern – er weiß nicht, was ihn daran irritiert.
»Wir müßten noch ein großes Handtuch haben«, sagt sie, und wühlt in einem Bodenschränkchen neben dem Waschbecken.
»Ist nicht nötig«, sagt Jan und stellt fest, daß sich sein erschöpfter Blick an dem Streifen Haut zwischen dem Bund ihrer Jeans und dem Hemd festgesaugt hat.

Sie richtet sich auf und drückt ihm ein Paket Frottee in die Hand. Sie lächelt und kneift beide Augen kurz zusammen, dann geht sie aus dem Bad und schließt die Tür. Noch eine Weile spürt Jan ihre Anwesenheit, und er fühlt sich wohl.
Jan stellt sich in die Dusche und dreht das Wasser auf. Die Tropfen prasseln gegen die milchige Kabinenwand, ein eintöniges, aber beruhigendes Geräusch. Er versucht, in sich selbst Ruhe zu schaffen und eine Klarheit zu erhalten darüber, was in ihm seit Beginn der Reise vorgeht. Seit er sich ins Taxi gesetzt hat, erscheint ihm Kristin wie eine Erinnerung an bessere Zeiten, die noch eine Oase des Friedens und der Harmonie waren und die hinter sich gelassen zu haben einem wie ein grundlegender Fehler vorkommt. Als sei man mit den Jahren nicht klüger geworden, sondern habe sich statt dessen mehr und mehr in Eitelkeiten und Egoismen verstrickt. Aber wieso ausgerechnet Kristin, und woher überhaupt die Sehnsucht? Jan hat nie Glück und Harmonie gesucht, und der Wunsch danach ist ihm stets fremd geblieben. Er hat darin immer nur eine Täuschung sehen können, und er glaubt, daß es an der Zeit ist zu lernen, ohne sie auszukommen. Sinnvoll erscheint es ihm, sich das Leben möglichst angenehm einzurichten, ohne darüber hinaus etwas von ihm zu verlangen. Die meisten, die nach mehr strebten, waren unglücklich, ein Unglück, für das Jan kein Mitgefühl hatte. Jeder besaß die Chance zu sehen, daß es nicht mehr gab, als es gab, und wer sich damit nicht abfinden wollte, war für die Folgen selbst verantwortlich.
Als Walter Kristin kennenlernte, beruhte die schnelle und sehr stabile Anziehung zwischen ihnen auf ihrer Gegensätzlichkeit. Walter machte sich nicht allzu viele Gedanken über das Leben, während Kristin zum Grüblerischen neigte. Als Frau mit mathematischer Begabung war sie gezwungen, ihre Rolle selbst zu definieren, da die Gesellschaft kein erprobtes

Muster anbot. Entweder sie übernahm die Spielregeln einer Männerdomäne, oder sie mußte sich ihre eigenen Regeln schaffen. In dieser Situation übte Walter eine starke Anziehung auf sie aus: Er war selbstsicher, wo sie zweifelte, er verstand sich mit den meisten gut, sie nur mit wenigen, er wußte, was er wollte, sie wußte nur, was sie nicht wollte. Trotz dieser Unterschiedlichkeit taten sie aber durchaus Vergleichbares: Sie jonglierten mit Zahlen; sie abstrakt und er konkret.

Die durch die Reise in Gang gekommene Erinnerung an Kristin verwirrte Jan. Sie hatten sich früher gelegentlich zueinander hingezogen gefühlt, meist nachdem sie lange miteinander geredet hatten und beiden klar wurde, daß sie sich mit niemandem sonst vergleichbar offen unterhalten konnten. Aber Kristin wußte, daß Jan nicht bereit sein würde, auf seine häufig wechselnden Liebschaften zu verzichten, und er wußte es auch. Kristin hatte keine Lust, eine von vielen zu sein. Sie sah in Jan einen Bruder, mit dem sie über vieles besser reden konnte als mit ihrem Mann, und dabei blieb es für sie.

Auch Jan hat ihr Verhältnis immer so gesehen – bis zu ihrer Abschiedszigarette. Die Stimmung, die sich für ihn damals einstellte, hatte ihn durcheinandergebracht, eine Irritation ohne Folgen allerdings, weil es ihre letzte Begegnung für vier Jahre war. Und jetzt ist er nichts als ein Urlauber, der in zwei Wochen wieder zurückkehren wird. Alles wird bleiben, wie es ist.

Jan stellt das Wasser ab und öffnet die Duschkabine. Das Handtuch, das Kristin ihm gegeben hat, ist weich. Seine eigenen schaukeln wie Schilder auf der Leine. Er nimmt seine Rasierseife und den Pinsel und stellt sie zwischen Kosmetika und Duftwässer vor den Spiegel. Amerikanische Badezimmer, stellt er fest, sehen auf den ersten Blick nicht anders aus als europäische – die Wasserhähne, bemerkt er, sind anders aufzudrehen, nach innen auf, nach außen zu. Ansonsten gibt es die gleichen Duschgelflaschen und Zahnpastatuben, lediglich die Markennamen und die Logos sind andere – Fehler bei einem Suchbild. Die Parfums wiederum sind international, offensichtlich benutzt Walter *Photo*. Daneben steht ein Fläschchen mit teefarbenem Eau de toilette: *Calvin Klein, Obsession*.

Jan nimmt den Rasierer aus dem Kulturbeutel und zieht knisternd hautfarbene Schneisen in den Schaum auf seiner Wange. Er denkt an die leinwandgroße *Calvin Klein*-Werbung am Times Square: schwarzweiß fotografierte Haut. Ginge es nach der Parfumreklame, würde man den ganzen Tag vögeln. Vermutlich büßen erotische Verheißungen niemals an Kraft ein. Jan denkt an den weißen Streifen Haut zwischen Kristins Hemd und dem Bund ihrer Jeans.

Vor gut zehn Jahren ist er mit Walter in einem Amsterdamer Bordell gewesen. Er fühlte sich der Hure unterlegen und gab sich an der Bar trotzdem Mühe, nicht als einer aufzufallen, der das erste Mal da ist. Es gelang ihm nicht, sich zu fühlen wie in einem Kaufhaus, das man verläßt, wenn man nichts findet. Er sah die Prostituierte an und dachte, ich schaff das schon. Walter hatte eine junge Asiatin. Jan folgte seiner Holländerin, deren Waden sich über den Fesseln weiteten wie auf den Kopf gestellte Bowling-Kegel. Er mußte sich waschen, auf dem Becken stand eine Plastikflasche mit Pumpmechanismus. Jan drückte die aufgesteckte Tülle hinunter, und aus der Düse spritzte Seife, dann quoll die weiße Paste in seine Hand. Als die Holländerin später sein Glied bearbeitete, tat sich nicht viel. Er starrte auf die Kleenex-Rolle am Fußende des Bettes. Irgendwann sagte sie: Nun kommen wir mal schön! Sie hatte einen holländischen Akzent, sprach das K hart und das O kehlig. Walter behauptete hinterher, mit seiner Asiatin wäre es heiß gewesen. Seit damals denkt Jan, daß Männer im Bordell nicht für den Ge-

schlechtsverkehr bezahlen, sondern sich das Schweigen der Frauen erkaufen.
Jan spült den restlichen Schaum mit Wasser ab und trocknet sein Gesicht. Eine Stunde nachdem Walter und er aus dem Bordell raus waren, haben sie Kristin kennengelernt, die damals mit einem Freund geigespielend durch Fußgängerzonen zog – und in wenigen Minuten wird sie Jan in ihrer Futongarnitur gegenübersitzen, allein. Er ist nach wie vor nervös.
Er zieht sich an, öffnet die Tür des Bads und geht ins Wohnzimmer. Kristin sitzt vor dem Monitor und tippt in Tabellen herum. Sie sieht auf. »Bier ist im Kühlschrank«, sagt sie.
Jan geht in die Küche. Der Kühlschrank, stellt er fest, ist wirklich ein Schrank, im Gegensatz zu den europäischen, den Schränkchen. Jan nimmt eine der weißen Bierdosen mit großer blauer Aufschrift: *Miller Lite, The Great Tasting, Less Filling Premium Beer*. Er geht zurück ins Wohnzimmer. »Börsentabellen?«
Kristin schaltet den Monitor ab, das Bild sinkt in sich zusammen und sammelt sich in einem weißen Punkt, der sich langsam auflöst.
»Ich mache die Buchhaltung für eine Galerie. Ich glaube, ich hab's dir mal geschrieben.«
Jan nickt. Er streckt sich auf der Couch aus. So schlecht wie sein Ruf ist das amerikanische Bier nicht, denkt er und balanciert die Dose auf dem Bauch.
»Wie war die Reise?« fragt Kristin und setzt sich in einen der Sessel.
»Eigentlich ist New York ja nicht weiter als München oder Köln«, sagt Jan. Er ist froh, daß Walter nicht da ist. Er sieht Kristin an. Sie streicht sich die Haare hinters Ohr, steht wieder auf und geht hinaus. »Eine Sieben-vier-sieben?« ruft sie aus der Küche.

»Eine Sieben-sechs-sieben«, ruft Jan zurück. Die Ungezwungenheit, mit der das Gespräch in Gang kommt, gefällt ihm. Er entspannt sich. Kristin kommt mit einer Dose Bier ins Zimmer. »Vor kurzem habe ich im *Spiegel* gelesen, daß bei der vor Jahren abgestürzten *Lauda-Air*-Maschine die Schubumkehr defekt gewesen ist. Eine Sieben-sechs-sieben.«
Jan nickt. »Du kannst ja nicht zum Captain gehen und ihn fragen, ob er den *Spiegel* gelesen hat.«
Kristin setzt sich wieder und öffnet ihre Bierdose. »Sie machen denselben Fehler nicht zweimal.«
Jan hebt die Schultern. »Kürzer und schmerzloser als bei einem Absturz geht es doch nicht.«
Kristin trinkt einen Schluck. »Immer noch der alte«, sagt sie und sieht Jan mit leicht zusammengekniffenen Augen an. »Sagt dir *Shoemaker-Levi* etwas?«
Jan schüttelt den Kopf.
»Ist ein Komet, der in einer Woche auf den Jupiter stürzen wird«, erklärt Kristin.
Jan erinnert sich an irgendeine Zeitungsmeldung in dem Zusammenhang. »Du meinst, diese Woche hätte nichts passieren können?« sagt er.
»Jedenfalls wird es Leute geben, die du nächste Woche in keine Maschine kriegst«, sagt Kristin lächelnd. Jan versucht in ihrem Gesicht Veränderungen aufzuspüren. Er ist sich nicht sicher. Ihre Wangenknochen sind weniger ausgeprägt als in seiner Erinnerung.
»Ab London«, sagt er, »habe ich neben einem gesessen, der den *Spiegel* liest, um amtlich zu haben, daß die ganze Welt ein einziger Sauhaufen ist. Er hat von irgendwelchen Indios geschwärmt. Ich hab ihm von der Schubumkehr erzählt.«
Kristin lacht, wie sie immer gelacht hat: ein Schmetterling, den sie schnell wieder einfängt.

»Ich habe ihm gesagt, daß der, den ich besuche, an der *Wall Street* arbeitet. Danach ist das Gespräch eingeschlafen.«
Kristin hat den Blick gesenkt und starrt ihre Bierdose an. Sie spielt mit dem Aluring. Ihr Handgelenk ist sehnig, als hätte man ein Bündelchen Reisig mit weißem Leinen bespannt. »Walter arbeitet nicht an der *Wall Street*.«
Jan ist sich nicht sicher, ob sie es als Richtigstellung oder als Kritik meint. Einen Teil ihrer Unbefangenheit hat sie verloren.
»Ich meine, auf ein paar hundert Meter kommt es nicht an«, sagt er. Es reizt ihn, bei dem Thema zu bleiben.
Seit ein paar Minuten scheint die Sonne durch eins der Fenster auf die Jugendstilvitrine. Die klaren oder goldenen Flüssigkeiten in den Karaffen darauf leuchten. Kristin schlägt ein Bein unter das andere und zieht es zu einem halben Yogasitz hoch.
»Er hängt sich zu sehr an Neil«, sagt sie.
»Neil?«
»Sein Arbeitskollege. Er läuft seit Jahren mit einem Handy durch die Gegend und hofft, daß Donald Trump ihn anruft. Aber es ist immer nur seine Frau.«
Jan spürt, daß sie sich wirklich darüber ärgert, was er nicht versteht. Er findet die Tatsache, daß jemand auf ein Wunder hofft, eher amüsant.
»Und Cindy, seine Frau, ist neurotisch«, fährt Kristin fort. »Sie treibt Neil von einer abenteuerlichen Transaktion in die nächste. Ihren Lebensstil können sie sich hinten und vorne nicht leisten. Anstatt sich mit einer amerikanischen Waschmaschine zufriedenzugeben, wollte Cindy eine *Miele*, die sie auf Pump gekauft haben. Irgendwann sind sie pleite, oder Cindy treibt Neil zu einem Bankraub.«
Jan trinkt sein Bier aus. »Solange Walter nicht Schmiere steht.«

Kristin stellt ihre Bierdose auf den Tisch und knetet gedankenverloren mit der rechten Hand eine Stelle auf ihrer linken Schulter. »Walter glaubt, daß ich Cindy aus europäischer Überheblichkeit nicht mag.«
Jan sieht sie an. »Und?«
Kristin nimmt ihr Bier wieder in die Hand. »Walter hat in Deutschland schlechte Erfahrungen gemacht. Er denkt nicht wirklich über die Dinge nach.« Sie legt ihren Kopf in den Nacken und läßt ihn ein paarmal kreisen. Dann sieht sie Jan an und lächelt. »Das ist alles nicht so wichtig.« Sie versucht, ihren unbeschwerten Tonfall wiederzufinden. »Wie geht es dir?«
Die Sonne ist weitergewandert und fällt jetzt auf das Foto von Kristin. Es kommt Jan vor, als liege in ihrem Blick irgendein Versprechen. Er ist noch einmal überrascht, wie wenig sie sich verändert hat. Er sieht sie an: »Ich bin mir nicht sicher«, sagt er. »Ich glaube, gut.«
Kristin schlägt ihre Augen nieder und trinkt ihr Bier aus. »Walter hat angerufen, als du unter der Dusche warst«, sagt sie kühl und knotet ihre Beine auseinander. »Er schafft es natürlich nicht. Wir treffen uns im Restaurant.« Sie steht auf. »Ich dusche kurz, dann fahren wir los.«
Jan nickt. Sie geht hinaus. Das abrupte Ende des Gesprächs hat ihn verstimmt. Er steht auf, schlendert durch den Raum und setzt sich schließlich auf den Schreibtischstuhl. Er stößt sich mit den Füßen ab und rollt einen Meter über das Parkett. Er sieht hinaus auf die schmucklosen Fassaden und die abtauchende Sonne. Insgesamt könnte sein Besuch das Ergebnis eines Mißverständnisses sein: Vielleicht hat sich Walter dazu verpflichtet gefühlt, ihn einzuladen, so wie Jan sich verpflichtet gefühlt hat, die Einladung anzunehmen.
Jan steht auf und geht in die Küche. In der Maschine befindet sich noch der Kaffee, den Kristin bei seiner Ankunft aufgesetzt hat. Er öffnet die Hängeschränke, findet eine Tasse,

gießt sich ein und nimmt die Milchflasche aus dem Kühlschrank. Ein leichter Kopfschmerz hat sich zwischen seiner Nasenwurzel und dem rechten Haaransatz eingenistet. Er gießt Milch in den Kaffee, der sich mausgrau färbt.
Walters Ansichten erscheinen Jan viel zu simpel. Er tut so, als sei das Leben ein Autorennen: Wer am meisten Gas gibt, kommt am schnellsten voran. Hin und wieder wundert sich Jan, daß solche Denkansätze erfolgreich sind. Er hadert nicht damit, wie die Welt ist, weil sich jeder seinen Platz aussuchen kann, so wie er sich seinen ausgesucht hat. Es ist ein theoretisches Mißvergnügen, das er empfindet: Wenn die Welt komplex ist, warum sind dann nicht auch die Erfolgsstrategien komplex? Vermutlich sieht Walter es genau andersherum. Mit verworrenen Theorien kann man in einer im Grunde einfachen und klaren Welt nichts werden. Darum mißtraut er Kristins Galerie, weil er Kunst generell im Verdacht hat, alles viel zu kompliziert zu machen.
Walter hat gerne Thesen aufgestellt über die heilende Kraft des Kapitalismus. Vor ihrem Bordellbesuch hatte er behauptet, Sex werde in hundert Jahren eine normale Dienstleistung sein. Der freie Markt habe für einen in der Weltgeschichte noch nie erreichten Grad an Verteilungsgerechtigkeit gesorgt. Wenn jeder ein Auto habe und einen Fernseher, warum dann nicht auch guten Sex? So wie es aussieht, denkt Jan, ist er selbst, was diesen Punkt betrifft, logischer vorgegangen als Walter. Er hat den guten Sex jetzt.
Walter redete früher viel über Frauen, hatte aber weniger Erfolg bei ihnen als Jan, der fast nie von seinen Freundinnen sprach. Und wenn Walter über Frauen redete, berichtete er von leichten, unbeschwerten Flirts oder pikanten erotischen Abenteuern. Angesichts seiner eigenen Erfahrungen hielt Jan das meiste für erfunden. So auch Walters Behauptung, mit seiner Asiatin sei es heiß gewesen. Jan fragte sich, für wen?

Als überzeugter Anhänger der Leistungsgesellschaft, dachte er, hatte Walter sich zweifellos Mühe gegeben.
Jan muß an das Foto im Wohnzimmer denken, das Kristin in einem zu großen Trenchcoat zeigt. Es ist kein kompliziertes Foto, sondern im Gegenteil ein Foto, das den Betrachter mit einer einfachen Botschaft verführt: mit der Vorstellung, sie könne unter dem Mantel nackt sein. Wie viele Frauen, denkt Jan, haben bereits nackt auf seiner Bettkante gesessen? Walter bleibt nur die Eifersucht. Fotografen haben nicht den besten Ruf.

Der biblische Satz: *Du sollst dir kein Bildnis machen*, wird zumeist als Verbot gelesen, Gott darzustellen, um zu verhindern, daß irgendwann statt Gott nur noch ein Bild oder eine Statue verehrt wird. Dem ersten Gebot folgt aber ein Nachsatz, der sehr genau beschreibt, worum es geht: ... *und zwar irgendein Abbild von etwas, was droben im Himmel oder was unten auf der Erde oder was im Wasser unter der Erde ist!* Es geht also nicht nur um Gott, sondern das Bildnis-Verbot ist umfassend und kompromißlos: Jede Darstellung, sei es die Gottes oder die der Welt, ist zu verurteilen.
Der Grund für dieses Verdikt kann nicht sein, wessen man Religionen sehr schnell verdächtigt: dem Leben jede Sinnlichkeit und Freude zu nehmen. Denn es wird nicht gleichzeitig verboten, keine Musik mehr zu komponieren beispielsweise oder kein Parfum mehr herzustellen. Offenbar wurde zu mosaischen Zeiten in einer Verbildlichung der Welt eine der größten Gefahren für das Wohl der Menschheit beziehungsweise des jüdischen Volkes gesehen.
Heute läßt sich feststellen, daß das Verbot von Bildern erfolglos gewesen ist. Zweifellos hat noch kein Zeitalter so viele Bilder hervorgebracht wie die Moderne, und ein Ende dieses Prozesses ist noch nicht in Sicht. Die Produktion von Bildern

ist zu einem bedeutenden Industriezweig geworden, dessen Expansionsdrang durch keinerlei Selbstzweifel gebrochen ist. Die Philosophie begleitet den ganzen Vorgang mit einer Art Galgenhumor. Es wird die Frage gestellt: *Gibt es noch Wirklichkeit?*, und die Antwort folgt sogleich: *Wirklichkeit wird, was die Bilder sagen, und nicht umgekehrt.* Nichts mehr ist sicher, alles könnte so sein oder auch anders, aber immerhin haben die Philosophen das Zauberwort gefunden, mit dem sich das ganze Durcheinander beschreiben läßt: Wir leben im Zeitalter der *Simulation.*

Das Zentrum der Bild-, und damit, wenn die Philosophen recht haben, der Wirklichkeitsproduktion sind die USA, ist Hollywood. In der Welt der Bilder hat Amerika die Moderne längst erobert. Es ist merkwürdig: Sobald irgendwo die abendliche Lichtskyline einer Metropole auftaucht, sieht man wie von selbst eine amerikanische Stadt, und wenn ein Roadmovie nicht durchs *Monument Valley* führt, hat man den Eindruck, daß etwas nicht stimmt. Das kann nur am Marketing liegen. Vor Jahren hat Hollywood mit *Koyaniskatsi* (Prophezeihung, ausgerechnet ein Wort aus einer Indianersprache) einen Film herausgebracht, der scheinbar kritisch mit der Gegenwart umsprang und doch nur über Wüsten quellende Gewitterwolken oder in der Nacht auf Schnellstraßen zittrig dahinflitzende Rücklichter als amerikanische Erfindung weltweit patentiert hat. Hatte allerdings Coppola noch mit einem Stativ und dem alten Trick des Zeitraffers gearbeitet, fliegen heute die Kameras per Computeranimation durch virtuelle Welten. Kubrick hatte das Prinzip bereits entdeckt: Die Schlußsequenz von *2001* mit ihrem Flug durch eine endlos abrollende Farbmatrix war eine echte Prophezeihung in der Welt der Bilder. Die Reise durch ein Raum-Zeit-Kaleidoskop. Die Fahrt über einen kosmischen Broadway.

Mittlerweile verkaufen die Chiphersteller ihre Schaltkreise und Prozessoren mit Achterbahnfahrten durch Neonkanäle und blitzende Datenströme, die die Menschheit darauf vorbereiten sollen, daß der Jahrmarkt der Jahrmärkte in nicht allzu ferner Zukunft im Cyberspace stattfindet, eine permanente Spaßsimulation auf einem völlig neu entdeckten virtuellen Kontinent, einem Überamerika, das nirgendwo ist und gleichzeitig überall.
Vielleicht ist es dieser Vorgang, der durch das erste Gebot ursprünglich verhindert werden sollte. Es war der Versuch, die Menschen nicht aus der Realität entkommen zu lassen, und damit für das jüdische Volk nach der Flucht aus Ägypten vermutlich überlebenswichtig. Heute stellt sich allerdings die Frage, ob es nicht umgekehrt ist. Zumindest kann man darüber nachdenken, was man denn mit sechs Milliarden Menschen in einer Realität will, in der es für viele nicht mehr um Überlebenssicherung geht? Aus Ägypten zu fliehen schafft eine Identität – satt zu sein nicht. Vielleicht werden am Ende nur noch Bilder in der Lage sein, den Menschen zu Geschichten zu verhelfen.

Kristin startet den Wagen. Sie fahren den Weg zurück, den Walter und Jan nachmittags gekommen sind, bis sie in den Central Park biegt. Die Straße verläuft kurvig zwischen Bäumen und Felsen. Dann perlt vor ihnen wieder eine Rücklichterkette in einem Schacht aus neonweißen Fenstern. Die Wolkendecke hat sich aufgelöst und ein klares, toscanisches Blau zurückgelassen, das merkwürdig unbewegt hinter den dahinziehenden Fassaden ruht; das Blau, bei dem man als Autofahrer nicht sicher ist, ob man bereits die Scheinwerfer einschalten soll. Das Licht zieht sich aus der Stadt zurück, die Gebäude saugen die Dunkelheit des Asphalts auf wie in Kaffee getauchte Zuckerstückchen.

Die Positionsleuchten eines Hubschraubers tauchen kurzzeitig zwischen den Hochhäusern auf. War es früher nicht möglich, überlegt Jan, auf dem Dach des *PanAm*-Gebäudes zu landen? Die *PanAm*-Pleite vor einigen Jahren hatte ihn erstaunt. Er war mit einer unerschütterlichen Ehrfurcht vor der blauen mit weißen Meridianen durchzogenen Kugel groß geworden. Das Emblem des Überall. Als es hieß, *PanAm* würde aufgekauft, war es, als würde Amerika sich selbst aufkaufen, beziehungsweise ein neues Amerika kaufte ein altes auf und liquidierte es. Jan war verblüfft von der Konsequenz, mit der kapitalistische Logik mit kapitalistischen Traditionen brach.
Der Buick rollt vorbei an gläsernen Fronten, gegossen in das Blau des Himmels darüber, ein Gasflammenblau jetzt, übersät mit Reflexionen, als hätte man einen Pinsel mit phosphoreszierender Farbe ausgeschlagen. Lichtblitze, irreal wie Netzhauttäuschungen, nachdem man geblendet worden ist, huschen hastig über die Scheiben. Die Spiegelbilder fahren ihren Bildern davon, lösen sich endgültig von ihnen und bewegen sich schwerelos durch die drei Dimensionen der Stadt.
»In Berlin zanken sie sich darüber, ob sie Schlösser wieder aufbauen und Hochhäuser verbieten sollen«, sagt Jan.
»Wie?« Kristin ist in Gedanken.
»Ging mir gerade so durch den Kopf.«
Jan sieht wieder hinaus: Glasfronten, in denen sich Glasfronten spiegeln. Fassadenpingpong. Dann wieder Marmorportale oder Backsteinmauern, jeder Block ist anders und doch sind sie sich gleich, die Stadt sät sich selbst. Kristin biegt in eine Seitenstraße, bremst und steuert den Buick an den Straßenrand. Sie steigen aus. Es ist fast dunkel jetzt, weit nach Mitternacht in Deutschland, rechnet Jan, aber im Moment spürt er keine Müdigkeit, er fühlt sich in Form. Er hat den Eindruck, New York klinge anders als vor ein paar Stunden, nicht weniger geschäftig, aber entspannter. Als seien die

Bierdosen geöffnet oder die Weinflaschen entkorkt. Die Dämmerung hat auch hier etwas Geheimnisvolles. Man fühlt die Nacht kommen. Wenn Jan abends aus dem Haus geht, hat er hin und wieder eine Ahnung, daß etwas geschehen wird, eine Begegnung und mehr vielleicht. Ihm gefällt es, nicht zu wissen, wo er in ein paar Stunden sein wird, welche Gerüche er riechen, welcher Stimme er zuhören wird. Ihm gefällt die leichte Nervosität und die langsam wachsende innere Spannung vor solchen Nächten; heute beunruhigt sie ihn.
Kristin trägt keine Jeans mehr, sondern einen kurzen dunklen Rock und eine helle Bluse, darüber eine hüftlange Jacke mit wattierten Schultern. Mit dem Rock und dem Jackett umgibt sie die Aura einer Vorstandsetage, und Jan kann sich überraschend problemlos vorstellen, wie sie einem Kreis von Direktoren ohne nennenswerte emotionale Beteiligung die Richtlinien für das nächste Geschäftsjahr diktiert.
Sie betreten ein japanisches Restaurant im Souterrain eines heruntergekommenen Hauses. Sie werden mit fernöstlichem Lächeln begrüßt, einem dichten Vorhang aus pfirsichhäutiger Freundlichkeit. Links ist die Sushi-Bar mit vier oder fünf geschäftigen, weiß gekleideten Köchen, die mit großem Ernst alles mögliche hacken und würfeln. Rechts stehen Tische aus hellem Holz, auch die Wände sind hell gestrichen, alles sehr geschmackvoll und schlicht. Die mit schwarzem Tang wie mit Isolierband umwickelten Sushi-Reisröllchen sind auf den Tellern akkurat angerichtet wie Käsesticker oder Schillerlocken.
Walter sitzt bereits an einem der Tische. Sie setzen sich dazu. Er entschuldigt sich, daß es länger gedauert hat.
Jan nickt. »Mach dir keine Gedanken.«
»Wenn du Lust hast«, sagt Kristin zu Jan, »gehen wir anschließend noch in die Galerie. Wir haben eine Ausstellungseröffnung.«
Walter sieht sie an. »Heute?«

Jan nimmt die Speisekarte. »Gerne. Was gibt es denn zu sehen?«
»Schön, daß ich auch erfahre, was läuft«, sagt Walter.
Kristin blättert in der Karte. »Was haltet ihr von *Ohitashi spinach*?« Sie streicht sich eine Haarsträhne hinters Ohr. »Fotos. Unser Nachbar ist Fotograf.«
Jan nickt.
Walter stiert auf die Karte. »Du hast gesagt, die Ausstellung wäre abgesagt.«
Kristin schüttelt den Kopf. »Sie findet statt. Ich habe es dir gesagt. Du hast es vergessen.«
Walter ist verstimmt. »Ich dachte, Ausstellungen interessieren Rick nicht. Ist so was nicht viel zu profan für seine Kunst?«
»Falsch«, sagt Kristin. Sie versucht, einen leichten Ton anzuschlagen. »Er hat auch schon mal für Busen-Blättchen mit fingierten Sexstorys fotografiert.«
»Ach ja?« Walter klappt die Karte zu. »Ich schlage *Shabu shabu* vor.«
»Walter hält Rick für einen Versager«, sagt Kristin zu Jan. »Er würde als Fotograf längst für *Time Life* arbeiten.«
»Ich bin eben der Meinung, daß Rick die Sache nicht richtig anfängt«, sagt Walter. »Wieso bewirbt er sich dauernd für diese Stipendien, wo sie einem für zerkratzte und unscharfe Bilder ein paar tausend Dollar anbieten. Wenn er dann wieder eine Absage bekommt, ist er für den nächsten Monat gelähmt. Für eine Million kann man sich demütigen lassen, aber nicht für ein Taschengeld.«
Jan beobachtet Kristin, während sie die Karte studiert: blonde Haare, kluge Augen, abgekaute Fingernägel. Sie streicht wieder eine Haarsträhne hinters Ohr, immer auf der rechten Seite und nie auf der linken merkwürdigerweise.
»Meinetwegen *Shabu Shabu*«, sagt sie.
Walter gibt die Bestellung auf. »Was in Amerika falsch läuft«,

sagt er hinterher, weil er sich keine Zigarette anzünden darf und um endlich das Thema zu wechseln, »ist die Geschichte mit dem Rauchen. Da sind die Amerikaner irgendwie auf dem falschen Dampfer. Man kann es auch übertreiben. Was heißt denn Passivrauchen! Dann müßte man auch das Autofahren verbieten, jeder Fußgänger ist Passiv-Autofahrer, und wenn man es genau nimmt, ist jeder ein Passiv-Atmer. Wer weiß denn schon, was alles an Bazillen vom Nebentisch herüberfliegt. Wenn man rauchfreie Restaurants per Gesetz verordnet, dann müßte man auch erkältungsfreie durchsetzen. *No smoking, no sneezing*. Aber da ist mit den Amerikanern nicht zu scherzen, da sind sie einfach zugeknöpft. Als wäre Rauchen so etwas wie AIDS.«
Keiner geht auf Walters Bemerkung ein. Der *Sake* wird in quadratischen, bierdeckelgroßen Holzkistchen auf Porzellanuntertellerchen gebracht. Walter wendet sich an Jan: »Und wie läuft es bei dir?«
Über Jan rollt eine Müdigkeitswelle hinweg, und er bemüht sich, ein Gähnen zu unterdrücken. »Könntest du mir einen Kaffee bestellen?«
Walter nickt und gibt der Bedienung ein Zeichen. »Neulich war ich mit Neil hier«, sagt er zu Kristin. »Es kam zu einer Verwechslung, und sie stellten ihm *Tofu* hin. Du hättest sein Gesicht sehen sollen.« Die Bedienung kommt zum Tisch, und Walter bestellt den Kaffee.
»Wenn man Neil mit Vegetarismus kommt, wird er zum Tier«, sagt Kristin erklärend zu Jan. »Ganz im Gegensatz übrigens zu Cindy, seiner Frau, die immer versucht, ihn vom Fleisch wegzubringen. Wegen der Hormone. Sie glaubt alles, was sie liest, und seit aus England die Berichte von den wahnsinnigen Kühen kommen, ist sie überzeugt, daß wir alle verrückt werden, wenn wir nicht auf der Stelle aufhören, Fleisch zu essen.«

»Vielleicht hat sie recht, und wir werden alle verrückt«, sagt Walter. Er wird nie zum Vegetarier werden.
Das Essen wird gebracht. Manchmal ist Jan erstaunt, daß es beim Japaner überhaupt Fleisch gibt. Wo das Essen Philosophie ist, erwartet man keinen Schlachthof. Mit Fisch ist es etwas anderes. Fische, denkt Jan, sterben stumm – nicht dieses angstvolle Brüllen, Blöken, Quieken im Angesicht des Todes. Sie klagen einen nicht an, während man sie erledigt. Die Genforschung arbeitet in eine falsche Richtung. Nicht größere, fettere, ertragreichere Tiere müßten sie herstellen, sondern mundlose, augenlose, gesichtslose.
»Neil ist ein Grabscher«, sagt Kristin und pickt eine Zuckerschote aus einem der Schälchen.
Walter beginnt mit Garnelen. Er hätte es geschafft, mit Stäbchen einen Brief zu frankieren. »Quatsch«, sagt er zu Jan. »Einmal ist er einer Sekretärin von der Armlehne ihres Bürostuhls auf den Schoß gerutscht. Er hat das Gleichgewicht verloren. Hinterher war er besorgt, sie könne ihn wegen sexueller Belästigung verklagen.« Walter ist empört über die unsichtbaren Gefahren, die Männern heutzutage drohen. »Er ist doch nur ausgerutscht«, verteidigt er seinen Freund. »Ich meine, wenn er sie auf seinen Schoß gezogen hätte, wäre es etwas anderes gewesen. Aber er auf ihrem Schoß – was soll denn da passieren? Es war schließlich kein Sekretär.«
Jan hat sich mit dem Thema sexuelle Belästigung nie beschäftigt. War es sexuelle Belästigung, als er heute morgen auf der Flughafentoilette pinkelte und währenddessen eine Putzfrau mit Wassereimer und Aufnehmer hereinkam und zu wischen begann, als sei keiner da? Und wer hat dabei wen sexuell belästigt?
»Wie ist es jetzt in Berlin?« fragt Kristin. »Es heißt, der Westen interessiert sich nicht besonders für den Osten.«
Jan erinnert sich daran, daß sie ihm vor ein paar Stunden

noch erklären wollte, was *Donuts* sind; und in Berlin glaubt die Hälfte der Autofahrer, die Polen belehren zu müssen, was ein Stoppschild ist. Offenbar halten es alle für selbstverständlich, daß die Spielregeln derzeit von Westen nach Osten fließen.

»Ich war einmal in Warschau«, erzählt er, »und mir ist eine Geschichte passiert, die mir hinterher wirklich unangenehm war. Es lag an der Währung. Ich bin mit den hohen Zahlen und aufgereihten Nullen nicht klargekommen, und als eine Waffel mit Sahne 15.000 Zloty kosten sollte, kam ich nach kurzem Kopfrechnen auf neun Mark. Ich lächelte ein überhebliches Nicht-mit-mir-Lächeln und ließ die zwei Verkäuferinnen in ihrem schrottreifen Wohnwagen mit Schiebefenster mitsamt ihrer Sahnewaffel stehen und bin weitergegangen. Nach hundert Metern wurde mir klar, daß ich mich verrechnet hatte. Nicht neun Mark sollte die Waffel kosten, sondern neunzig Pfennig. Ich bin zurückgegangen, habe mich kleinlaut entschuldigt und die Waffel gekauft.« Jan pickt ein Stückchen rohen Lachs auf. »Ich meine«, sagt er, »vor fünfzig Jahren haben wir ihnen das Land verwüstet, und jetzt beschuldigen wir sie des Betrugs. So muß es gewirkt haben. Sie haben mir die Waffel verkauft, aber die Sahne war sauer. Weggeworfen habe ich sie erst, als ich um die nächste Ecke war.«

Kristin bedankt sich bei Jan mit einem liebevollen Blick für die Anekdote. Die immer gleichen amerikanischen Geschichten haben längst begonnen, sie zu langweilen, und sie ärgert sich über Walter, der Jans Erfahrungen auf seine Weise interpretiert und dem Osteuropa-Thema seine Theorie überstülpt: Er ist der Überzeugung, die sozialistischen Vorstellungen von Arbeit sind nicht von heute auf morgen aus den Köpfen zu bekommen. Zumal die westlichen Nachbarn, allen voran Deutschland, ja auch beinahe-sozialistisch seien. Dementsprechend sei die Arbeitsmoral – das habe er schon als Berufsanfänger erfahren müssen. Er saß damals in Frankfurt in einer ordentlichen Etage, gute Adresse, und er hat gedacht, das Schicksal hätte ihm den Ball auf den Elfmeterpunkt gelegt und er brauche nur noch abzuziehen. Dann erkannte er, daß er höchstens einen Freistoß erwischt hatte und daß es eine ganze Menge Leute gab, die unversehens zur Mauer eilten. Keine aggressiven Verteidiger, sondern eben einfach Mauerer, die, so sah Walter es, lediglich nicht arbeiten wollten. Zuerst glaubte er noch, die Widerstände beseitigen zu können, aber die Sache gestaltete sich schwierig. Er verdarb es sich mit irgendeinem Sachbearbeiter, bei dem aber, was er anfangs nicht bemerkt hatte, eine ganze Menge Fäden zusammenliefen. Der Mann war auch nicht dumm, jedenfalls kannte er sich in den Tarifverträgen und im Arbeitsrecht aus. Nach einem halben Jahr kam es zu einer unschönen Szene: Walter hatte seinen Gegner bei der Strickjacke gepackt, eine Araukarie aus dem Fenster geworfen und die Gießkanne gleich hinterher.

Er war für zwei Wochen krankgeschrieben gewesen, fühlte sich aber nach ein paar Tagen bereits wieder soweit auf der Höhe, daß er ein paar dringende Dinge erledigen wollte. Und als er ins Büro kam, war sein Gegner beim Blumengießen – die Araukarie – und hatte angeblich alle Hände voll zu tun. Walter blieb ruhig wie eine Stange Dynamit und listete seine Wünsche auf, nichts Ungewöhnliches, ein paar Briefe, Kleinkram. Die Begründung, mit der sich sein Gegner beim Araukariengießen weigerte, auch nur einer einzigen der Forderungen nachzukommen, war allerdings originell: Er stellte fest, daß Walter noch eine Woche krankgeschrieben sei und sich somit nicht im Büro aufhalten dürfe, versicherungsrechtlich beispielsweise. Niemand, erklärte er, komme dafür auf, wenn Walter bei seiner in gewissem Sinne illegalen Arbeit etwas zustoße. Walter ging nun hoch, verlor die Kontrolle und riß seinem Gegenüber die Gießkanne aus der Hand, packte ihn bei der Strickjacke und nannte ihn ein faules Schwein. Die Araukarie flog raus. Dann hatte er den anderen wieder am Kragen, schubste ihn vor sich her, Richtung Schreibtisch. Wenn hier einem etwas zustoße, stellte er fest, dann nicht ihm, und er zog die Strickbündchen enger zusammen und brüllte weiter, obwohl die Tür aufging und ein paar Zeugen den Raum betraten. Während Walter den Sachbearbeiter weiter durch den Raum schob, erklärte er allen, was er unter Arbeit verstand und was er von Tarifverträgen und Arbeitsrecht hielt und Gießkannen, die er stellvertretend für die ersten beiden mit einer Hand aus dem Fenster warf, während er mit der anderen seinen Gegner auf die Schreibtischplatte drückte. Und wie der ihn von unten angstvoll ansah, packte Walter eine unglaubliche Lust, ihm rechts und links ein paarmal kräftig ins Gesicht zu schlagen, und dann noch einmal mit der Faust genau zwischen diese ängstlichen Sachbearbeiteraugen, die nie etwas anderes vom Leben erwartet hatten, als daß es möglichst schmerzfrei und unanstrengend vorübergehen möge. Walter hob langsam die Hand und ballte sie zusammen, aber das Schicksal meinte es gut mit ihm und aktivierte irgendwo in seinem Innern einen Rest Selbstbeherrschung. Er ließ die Hand wieder sinken und gab die Strickbündchen frei. Er richtete sich auf und sah die Zuschauer feindselig an. Sie bahnten ihm freiwillig eine Gasse, und er ging hinaus.

»Es war vielleicht etwas rabiat«, sagt Walter. »Ich war überrascht, daß so etwas möglich ist.«
Kristin ist verärgert, daß Walter über sich geredet hat, anstatt Jan erzählen zu lassen. Sie rührt mit den Stäbchen, die ihre schlanken Finger verlängern, in den Schälchen herum. Die

Eleganz, mit der sie die letzten Zuckerschoten zum Mund balanciert, steht in einem merkwürdigen Widerspruch zu der Tatsache, daß sie verstimmt ist.
»Solche Leute triffst du überall«, sagt sie.
»Ja, aber hier kannst du sie loswerden«, behauptet Walter. »In Deutschland sind sämtliche Gesetze für solche Wichser maßgeschneidert.« Auch ihm gelingt jetzt die unbeschwerte Stimmung nicht mehr, die er am Anfang hatte verbreiten wollen. Seine Nase kommt Jan eine Idee länger vor als früher. Er fragt sich, ob dieser flüchtige Eindruck eine erste Andeutung des Alterns ist, eine Spur, die die gerade erzählte Geschichte hinterlassen hat.
Die Schälchen und Töpfchen sind leer. Kristin stützt einen Arm auf und zwirbelt eine Haarsträhne zwischen Daumen und Mittelfinger. Sie wickelt die Strähne auf den Zeigefinger, als wollte sie den Fingernagel erwürgen. Dann verschiebt sie ihre Stäbchen vorsichtig wie bei einer Partie Mikado auf dem Teller. Sie trinkt ihren letzten Schluck *Sake*. »Gehen wir?«
Walter nimmt mißgelaunt seine Brieftasche aus dem Jackett und legt seine Kreditkarte auf den Tisch. Als sie auf die Straße treten, zündet er sich als erstes eine Zigarette an.

Sie schlendern durch die Straßen des *East-Villages*. Auf dem Bürgersteig sind kleine Biergärtchen mit Zäunen abgegrenzt. Die Betriebsamkeit in der abendlichen Wärme kommt Jan südländisch vor, allerdings sind keine Familien unterwegs, keine Bambini, die herumspringen. Die Nacht ist nicht jugendfrei, irgendwo lauert die Großstadt mit ihren undurchschaubaren und doch so einfachen Vergnügungsgesetzen: *All I wanna do is have some fun before I die*. Jan spürt die Kneipen, Diskotheken und Clubs, ohne zu wissen, wo sie sind, wo es die Menschen hintreibt und wen die durchtrainierten Schultern und Oberarme und die handbreiten Streifen Haut

über den zerrissenen Jeans locken sollen. Ein Rummel mit verborgenen Geisterbahnen, die Jan im Augenblick nicht fehlen, ihm genügt, was er sieht: Die kleinen, vibrierenden Kundentrauben in den schmalen Pizzerien und Chinaimbissen, die gelblich beleuchteten Fassaden mit den Feuerleitern, die Paare, die sich kurz an die Straße stellen, winken und schon in ein Taxi einsteigen und abfahren.
Nach ein paar Straßenzügen betreten sie Kristins Galerie. Menschen mit Champagnergläsern in der Hand stehen auf einem zerfurchten Steinfußboden und unterhalten sich. An den rohen Wänden hängen Bilder, dunkle Schwarzweißfotografien, die von an der Decke angebrachten Strahlern beleuchtet werden. Bis auf die Sprache bemerkt Jan keinen Unterschied zu vergleichbaren Veranstaltungen in Deutschland. Er hat erwartet, daß es in New York etwas flotter zugeht. Statt dessen ist die Stimmung nicht ausgelassen, sondern gedämpft. So, als werde eine Kirche besichtigt. Die Champagnergläser werden wie kleine Weihwasserkelche umhergetragen. Die Gespräche sind von einem aufgeräumten Ernst und schweben wie Herbstlaub durch den Raum. Die Gesichter machen jedem, der den Raum betritt, unmißverständlich deutlich: Es geht nicht um nichts.
Kristin wird sofort angesprochen. Jan bleibt mit Walter am Eingang stehen. Sie nehmen sich ein Glas Champagner. Walter trinkt einen Schluck und dreht das Glas im Schein eines der Spotscheinwerfer. Er würde sich, sagt er, als sei er Jan eine Erklärung schuldig, schon intensiver mit den Ausstellungen beschäftigen, wenn er die nötige Zeit dazu hätte. Es sei im Finanzbusiness für Nicht-Amerikaner schwer, sich alle Türen zu öffnen. Mit Neil, über den Kristin so gerne schimpfe, habe er großes Glück gehabt, durch ihn gehe manches leichter, er bekomme von ihm Informationen, die man ihm sonst nicht ohne weiteres geben würde. Trotzdem bleibe kaum Zeit, sich

um andere Dinge zu kümmern, und gelegentlich mache er sich Gedanken, ob er Kristin nicht zuviel zumute.
»Ich habe ein gespaltenes Verhältnis zur Galerie«, sagt er. »Ich gebe zu, daß ich gelegentlich den Verdacht habe, daß es sich bei der Organisation von Ausstellungen um eine sehr edle Form des Nichtstuns handelt.«
Sie schlendern die Bilderfront ab. Walter beschäftigt sich nicht sehr gründlich mit den Arbeiten seines Nachbarn, er betrachtet die Bilder so, wie man ein Journal beim Friseur durchblättert. Jan läßt sich von der herrschenden sakralen Atmosphäre anstecken und beginnt, die Fotos abzuschreiten wie einen Kreuzweg, der irgendeiner äußerst bedeutsamen Dramaturgie folgt. Die Bilder erschöpfen sich in Andeutungen, sind ein Spiel von Licht und Schatten auf bloßer Haut, ohne daß allzuviel zu erkennen wäre, hier eine Armbeuge oder da eine Kniekehle. Viel gönnt Rick dem Betrachter nicht.
»Ich habe nichts gegen Kunst«, sagt Walter, »aber einen Fuß könnte ich auch fotografieren.«
»Ich glaube, die Bilder im ganzen sollen so etwas wie ein Puzzle sein«, sagt Jan, der auch nicht begeistert ist.
»Hoffentlich kommt am Ende wenigstens eine gut aussehende Frau dabei raus«, sagt Walter. »Kunst ist ja heutzutage immer häßlich, weil die Künstler Angst haben, man wirft ihnen sonst vor, sie wären kommerziell.«
»Häßlich finde ich die Bilder eigentlich nicht. Eher neutral«, bemerkt Jan.
»Wahrscheinlich ist Rick schwul«, sagt Walter.
Jan weiß nicht, was er von der Bemerkung halten soll. Anstatt daß man sich für ihn, den Gast, interessiert, dreht sich von Anfang an alles um eine Geschichte, die er nicht kennt und von der Walter behauptet, sie sei *kein Drama* gewesen.
Er wendet sich wieder den Bildern zu und überlegt, was Kristin an den Aufnahmen gefallen könnte, vielleicht das Spiel

mit der Form, weil sie als Mathematikerin etwas übrig hat für Geometrie. Die Bilder reduzieren den erotischen Reiz eines weiblichen Körpers auf eine kleine Menge von Grundformen: Geraden, Halbkreise, Dreiecke. Jan ist schon immer der Meinung gewesen, daß Mathematiker etwas falsch machen.
Die Fotos im hinteren Teil des Raumes zeigen ganze Körper, aber statuenhaft und seelenlos, als seien aus dem Alphabet der vorderen Bilder probeweise Worte gebildet worden, die aber keine Bedeutung haben. Die düstere Botschaft des Kreuzwegs ist das Schweigen. Die Kreuzigung findet nicht statt, beziehungsweise entspricht einer Abkühlung unter den Gefrierpunkt. Jan nähert sich dem Ende der Bilderfront. Die Parfummodels auf dem Flughafen haben ihm besser gefallen. Walter bleibt vor dem letzten Bild stehen, auf dem eine Frau zu sehen ist, die sich mit gespreizten Beinen und mit ausgebreiteten Armen gegen eine schwarze Wand stützt wie zur Leibesvisitation, den Kopf so weit nach vorne geneigt, daß er nicht zu sehen ist und es aussieht, als wäre er abgeschnitten. Die Schulterblätter zeichnen sich kantig ab. Die Wirbelsäule unter der gespannten Haut ist eine Kette aus hingetupften Schatten. Jan sieht Walter an, dann wieder das Bild. Er weiß, daß Walter den Verdacht hat, es könnte Kristin sein. Aber so unpersönlich, wie das Bild aufgenommen ist, könnte es jede Frau mit Kristins Figur sein.
»Jetzt ist sie endgültig durchgedreht«, sagt Walter und starrt das Bild an.
»Ist sie es denn?« fragt Jan.
»Natürlich ist sie es«, sagt Walter. »Während ich in der Bank sitze und Geld verdiene, zieht sie sich aus.« Er stellt sich vor, wie Rick seine Kamera auf das Stativ schraubt und Kristin ausleuchtet, um die geometrischen Konturen ihrer Schulterblätter, die Kette der Wirbelsäule und die Halbmonde des Gesäßes herauszuarbeiten.

Zwei Ausstellungsgäste gesellen sich neben ihn und betrachten das Bild wie eine Ikone. Sie tauschen gedämpft und mit sachkundigem Interesse ein paar Bemerkungen aus. Walter atmet vernehmlich durch. Jan muß an das Schicksal des arbeitsscheuen Sachbearbeiters denken. Es ist klar, daß es jetzt gefährlich wäre, Walter wie vor dem Sandhaufen mit den ausgequetschten Zahnpastatuben zu fragen: *What do you feel?*

Die beiden anderen ziehen weiter. Walter bewahrt nur mit Mühe die Ruhe. »Sie macht sich etwas vor.« Sein Haß fließt aus ihm heraus, als müsse man eine Talsperre durch einen Wasserhahn leeren. »Kunst! Selbstverwirklichung! Kreativität! Nichts als Luxus für die, die versorgt sind. Sie hat mit ihrem ganzen mathematischen Verstand nicht erkannt, daß hier gelangweilte Wohlstandskreaturen am Werk sind, mit nichts anderem beschäftigt, als die Zeit möglichst nutzlos und mit maximaler Annehmlichkeit totzuschlagen. Frauen nackt vor die Linse kriegen! Den Rest kann man sich denken. Ist ja nur die Muschi eines Idioten, der sich kaputtarbeitet. Aber ich werde diesen Kunstwichsern den Gefallen nicht tun, hier ein hysterisches Geschrei anzustimmen. Ich werde den Laden nicht auseinandernehmen und mich vor allen zum Narren machen. Die Show werde ich ihnen nicht bieten, daß sie den Abend hinterher noch als besonders gelungen verbuchen.« Er macht eine Pause, als müsse er erst wieder begreifen, wo er ist. »Ich verschwinde.«

Ohne eine Antwort abzuwarten, arbeitet er sich durch die Menschen mit ihren Champagnergläsern und geht hinaus. Jan bleibt vor dem Foto stehen. Er kann Walters Eifersucht verstehen, sie hätte es ihm zumindest sagen können.

Jan geht ein wenig unschlüssig durch die Galerie und nimmt sich noch ein Glas Champagner. Aus ein paar Metern Entfernung beobachtet er Kristin, die sich mit zwei Frauen und einem Mann unterhält und ab und an lächelt und nickt, dann wieder hört sie zu oder sagt selbst etwas, was sie mit leicht überhasteten Gesten begleitet. Sie hat einen Fuß auf die Zehenspitzen gestellt wie eine Ballettänzerin. Jan vergleicht das Bild, wie sie dort steht, mit dem Eindruck, den er damals hatte, als sie vor dem gefüllten Hörsaal ihre Forschungsergebnisse über die nicht ganzzahligen Dimensionen vortrug. Damals trug sie noch kein Jackett mit wattierten Schultern, sondern einen einfachen Baumwollpullover. Jans Vergleich fällt sehr zugunsten der heutigen Kristin aus, und er versteht Walter nicht, der sich wünscht, Kristin möge sich wieder in eine Mathematikerin zurückverwandeln, was Jan ungefähr so vorkommt, als wünschte man sich, eine Frau solle immer ein Mädchen bleiben.

Jan denkt zum ersten Mal, daß sein Lebenssystem in sich widersprüchlich ist. Er hat sich mit seinen Affairen nicht nur Freunde gemacht, aber er hat nie offene Feindschaften herausgefordert. Freiwilligkeit gehört zu seinen Regeln, er verführt nicht mit unlauteren Mitteln, er ist kein Don Juan. Er würde sich nicht duellieren; es mochte vor zweihundert Jahren unumgänglich gewesen sein, weil es seinerzeit die zerrüttete Ehe offiziell und die erkaltete Beziehung prinzipiell nicht gab und somit jeder Geschlechtsakt die Ehrverletzung eines Ehemanns, eines Vaters oder gleich eines ganzen Clans bedeutete. Für Jan war der scheinbar heroische Impetus früherer Zeiten nichts als tödlicher Kinderkram. Es war weder wünschenswert noch notwendig, bei der Eroberung einer Frau Leib und Leben zu riskieren, und es war heute nicht notwendig, sich zu prügeln oder sich wortreich zu beschimpfen, weil sich vorher klären ließ, wieviel emotionale Energie in den Netzen steckte, die um Paare gewebt waren, und häufig genug war es wenig, und es gab keinen Grund, auf sprödes und halb abgestorbenes Gewebe Rücksicht zu nehmen, das sowieso beim nächsten Windstoß reißen würde. Letztlich fußte Jans System auf der Annahme, daß ein Wanderer immer wieder solchen Netzen begegnete, die verlassen zwischen kahlen Ästen schaukelten.

Ihm war bewußt, daß seine Vorstellung vom Leben bedeutete, große Gefühle wie Liebe oder Haß, die hemmungslos aufs Ganze zielten, auszugrenzen, wobei er diese Formulierung vermutlich als unzutreffend bezeichnet hätte, weil ausgrenzen voraussetzt, daß tatsächlich etwas existiert, was auszugrenzen wäre. Er neigte aber vielmehr zu der Annahme, daß totale Gefühle eine Kulturleistung der letzten Jahrhunderte und keine Naturgegebenheit waren. Die geradezu unanständige Überhöhung der Liebe im romantischen Liebestod war für ihn der Beweis, daß das Gefühlsarsenal des Abendlandes eine Erfindung von Radikalethikern war, von Emotionsterroristen, deren Ideen sich im Laufe der Zeit soweit trivialisiert hatten, daß sie sich mittlerweile in jedem Groschenroman wiederfanden. Jan sah nicht ein, warum man sein Leben an hanebüchene Konstruktionen wie ewige Liebe oder göttliche Gnade verpfänden sollte. Man wundert sich gelegentlich, wieviel Blut im Namen der Liebe und des Heils geflossen ist und noch fließt. Jan wunderte sich darüber nicht, weil für ihn der Begriff Liebe dem gleichen diktatorischen und auf Totalität zielenden Denken entsprang wie Haß, Gott oder Erlösung. Es gab keine Erlösung, aber – und das war aus seiner Sicht der Witz – es gab auch keine Notwendigkeit für eine Erlösung, weil das Leben durchaus seine angenehmen Seiten hatte. Und wenn ihn der Streit zwischen Walter und Kristin beunruhigte, dann nicht, weil er befürchtete, er könne ein auf immer gewirktes Band zerschneiden, sondern weil er wußte, daß ihn innerlich nichts daran hinderte, sich gegenüber seinem Freund als Schwein zu erweisen.

Kristin entdeckt Jan und kommt auf ihn zu.
»Wo ist denn Walter?« fragt sie.
»Er ist gerade gegangen«, sagt er. »Die Fotos haben ihm nicht gefallen.«
Kristin stellt sich vor ihn und sieht ihn an. »Ist er deswegen gegangen?«
Jan nickt. Er hat das Gefühl, daß sie ein Spiel spielt, das er nicht durchschaut. Vielleicht ist ihr ganzes Verhalten aber auch nur Ausdruck einer Unsicherheit. Die meisten Verletzungen, das zumindest ist Jans Beobachtung, entstehen aus Unsicherheiten, aus Schwäche.
Sie nippt an ihrem Champagner.
»Laß uns gehen«, sagt sie, stellt das Glas auf einen Vorsprung im Mauerwerk und geht zum Ausgang. Es dauert eine Weile, bis sie sich hier und da noch verabschiedet hat. Sie tauscht ein paar Nettigkeiten aus und verteilt ein paar Küßchen. Jan kommt sich in ihrem Schlepptau fehl am Platz vor.
Endlich stehen sie auf dem Bürgersteig und schlendern durch die Straßen. Jan überläßt es ihr, ein Gespräch zu beginnen, aber sie schweigt. Schließlich bleibt sie neben einem Papierkorb stehen, in dem zwei verbogene Regenschirme stecken.
»Gestern ist hier ein *hurricane* durchgezogen«, sagt sie.
»Hier in New York?« Jan ist überrascht. »Ich dachte, die gibt es in Florida oder so.«
»Sie ziehen die Küste hoch.« Kristin nimmt einen der Schirme aus dem Abfall. »Hier in New York passiert in der Regel nichts. Nur die Holzhäuser auf dem Land fliegen auseinander.« Sie hält den Schirm über den Kopf. Die Fetzen des vom Sturm zerrissenen Bespannungsstoffs hängen wie Fledermäuse von der Drahtspinne und streifen ihre Haare. Sie dreht ihn auf den Schulterpolstern ihres Jacketts. Unregelmäßige Schatten überziehen ihr Gesicht. Jan lehnt sich an die Fußgängerampel, *don't walk*.

»Möchtest du ein Bier?« Sie klappt den Schirm zusammen und steckt ihn wieder in den Papierkorb.
Sie geht über die Straße und betritt einen kleinen Drugstore. Für eine Minute ist Jan allein. Allein und unbeachtet an einer Straßenkreuzung in New York City, gegen dessen Zehn-Millionen-Einwohner-Nacht die Sterne keine Chance haben. *Boulevard of broken dreams* – die modernen Mythen sind nicht schlechter als die alten, denkt Jan, einfach und sentimental. Er konzentriert sich auf die Geräusche, die Motoren und vereinzeltes Hupen. Irgendwo jault eine Ambulanz oder ein Streifenwagen, und über allem liegt das beständige Rauschen der Air-condition-Anlagen. Ein Geruch weht vorbei, der Jan bekannt vorkommt: Metall, Moder und Gummiabrieb – U-Bahn-Schweiß. Die Luft schmeckt nach pulverisiertem Asphalt. Für einen Augenblick vermißt Jan nichts.
Kristin kommt zurück. Sie überqueren eine Straße, die zehnte oder elfte mittlerweile. Die Stadt liegt vor ihnen, ein Spielfeld.
»Weißt du, daß ich Anfang der Achtziger Straßenmusik gemacht habe?« fragt sie. »Damals bin ich auf einen mittelmäßigen Musiker mit, sagen wir, philosophischer Aura hereingefallen. Erinnerst du dich noch, als wir uns in Amsterdam das erste Mal begegnet sind?«
Jan sieht die Kneipe noch recht gut vor sich, die er seinerzeit mit Walter betreten hat und in deren hinteren Teil Kristin mit ihrem Geiger saß, den er von Anfang an unsympathisch fand, weil er einen wuchernden Bart hatte, in dem Jan nichts sah als eine mangelnde Bereitschaft, sich zu pflegen.
»Er hatte mich vor irgendeiner Gracht nach einer Mozart-Sonate angesprochen«, erzählt Kristin, »und behauptet, er hätte dieselbe Sonate mal von einem Zwerg gehört, der mit den Füßen spielen konnte.« Sie lacht kurz. Sie habe sich eine Weile mit ihm über das Geigenspielen und das Leben unterhalten.

Dann gründeten sie ein Duo, das allerdings nicht erfolgreicher war als Kristin allein, was bedeutete, daß sich ihr Einkommen halbierte. Und die Geschichte mit dem Zwerg stellte sich als Lüge heraus, beziehungsweise als die halbe Wahrheit: Der Zwerg hatte wirklich mit den Füßen spielen können, einfache Melodien und Kinderlieder. Die Mozart-Sonate hatte er allerdings traditionell gespielt, mit den Händen.
Als sie begriff, daß ihr Partner nicht nur ein Lügner war, sondern auch ein miserabler Geiger und zudem als Philosoph eine Niete, hat sie ihn verlassen –, und zusammen mit dem Bild von ihrem Geigerphilosophen zerbröckelten ihre Träume von einem Leben jenseits der bürgerlichen Vorstellungen von Sicherheit und Wohlstand. Mathematik zu studieren war die vernünftige Alternative. Eine Heirat ohne Mann. Sie hatte die Hoffnung, alles in eine klare Form bringen zu können.
Jan erinnert sich jetzt deutlicher. Sie saß damals mit dem Geiger an einem größeren Tisch, an der Wand hinter ihnen türmten sich die Geigen auf einem Polster aus grobgestrickten Pullovern. Als Walter bestellte, warnte der Geiger ihn vor dem holländischen Bier, von dem er selbst eine ganze Menge getrunken hatte. Im Suff rückte er immer näher an Kristin heran, tätschelte ihren Oberschenkel oder legte den Arm auf die Rücklehne ihres Stuhls. Kristin hatte bereits den Lügner, Trinker und Dilettanten in ihm erkannt, und als er auf Toilette war, sagte sie, er sei ihr jetzt genug auf die Nerven gegangen und nahm ihre Geige. Sie verließen zu dritt die Kneipe und schlugen sich an den Grachten die Nacht um die Ohren. Morgens trieb die Sonne Schacht um Schacht in den Nebel, leuchtende Säulen, an deren Sockeln sich Lichtflecken auf dem Boden ausbreiteten wie verschüttete Milch. Sie setzten sich ins Auto und fuhren los.
Sie badeten in der Nordsee und lagen den Nachmittag über

an einer windgeschützten Stelle in den Dünen. Jan fühlte sich an die unschuldigen Zeiten am Anfang der Menschheitsgeschichte erinnert, lediglich als Kristin abends mit dem Sand auf ihrer Haut ohne Unterwäsche in Jeans und T-Shirt stieg, wurde er auf unparadiesische Weise nervös. Als sie im Wagen saßen, mußte er an ihre blonde, sandige Scham denken.
Abends mieteten sie sich in einer billigen Pension in einem kleinen, langweiligen Nest ein. Jan lag auf dem Bett. Walter war im Bad: »Du oder ich?« gurgelte er in die Zahnbürste. »Du«, sagte Jan, der nicht an Walters Erfolg glaubte, und schlief ein, von einem Tag Seeluft betäubt. Morgens wachte er in Hemd und Hose auf und stellte fest, daß Walter zu Kristin gezogen war. Er kam mit ihr zum Frühstück.
Jan fragt sich, ob sie von ihm jemals erfahren hat, daß er einen Tag zuvor noch dafür bezahlt hatte. Und er überlegte gelegentlich, ob es anders hätte kommen können. Seinerzeit vermutlich nicht, weil Kristin – was Jan damals nicht wissen konnte – sofort spürte, daß Walter – mehr als Jan – das krasse Gegenteil eines Philosophen war, und von Philosophen hatte sie damals genug. Sie lästerte mit Walter über die Denker, und es fiel Walter leicht, witzig zu sein, weil er nie etwas für Grübeleien übrig gehabt hatte. Er war in seiner Art ehrlich, das spürte Kristin sofort. Ihr war bewußt, daß sie selbst dazu neigte, alles ergründen zu wollen, und als sie vor vier Jahren mit Walter in die Vereinigten Staaten ging, glaubte sie, von New York mit seiner schillernden Diesseitigkeit einiges lernen zu können.
Einmal war sie mit Walter zusammen in einer der großen Diskotheken, und es erschien ihr fast irreal, als dort junge Frauen mit winzigen Lackbikinis und schwarze Bodybuilder, deren Schwänze in faustgroßen Satinsäckchen steckten, an von der Decke hängenden Seilen Kopulationsrituale zu ohrenbetäubendem Lärm vorführten. Die Körper der Frauen

glänzten vor Schweiß. Sie mußte daran denken, daß sie in deren Alter mit Wollpullover und Jeans vor einem aufgeklappten Geigenkasten auf dem Kopfsteinpflaster Mozart gespielt hatte.

Rick, der Fotograf, den sie kurz darauf kennenlernte, war, wenn sich das sagen läßt, ein typischer Amerikaner. Sie empfand ihn als oberflächlich und damit war er, wie sie fand, kein geeignetes Feindbild für Walter. Der aber sah nur das Etikett, ein Künstler, und das erschien ihm zumindest bedenklich. Rick verfolgte bei seinen Aufnahmen kein Konzept – er fotografierte einfach. Es verblüffte Kristin, mit welchem Gleichmut er zu seinen Modellen nach kurzem Plaudern sagte: *get undressed*. Es reizte sie, selbst einmal dort zu sitzen. Irgendwann bot sie ihm an, er könne sie fotografieren. Rick war einverstanden. In der folgenden Zeit entwickelten sie die Idee von der Galerie, und Kristin sagte sich, daß, wer Zahlen organisieren kann, auch Ausstellungen organisieren können müßte.

»Vor kurzem«, fährt Kristin fort und macht dann wieder eine Pause, »vor kurzem kam es in der Galerie zu einer Meinungsverschiedenheit zwischen mir und Rick.«

Jan hat den Eindruck, daß sie überlegt, wieviel sie erzählen soll. Er erinnert sich, daß Walter vor ein paar Stunden denselben Punkt angesprochen hat.

»Walter will«, sagt sie, »daß ich wieder als Mathematikerin arbeite.«

Sie bleibt stehen. Auf der anderen Straßenseite flattert ein roter Baldachin über einem Geschäftseingang im Wind, daneben Metallrolläden vor den Schaufenstern und davor schwarze und blaue Müllsäcke. Die Straßenlaternen leuchten schweinchenrosa. Ein Jugendlicher sitzt auf einem Hydranten, ein anderer kommt dazu, und sie geben sich mit seltsam übertriebener Wichtigkeit die Hand.

»Cindy weiß von Neil«, fährt Kristin fort, »daß Walter in der Bank gefragt hat, ob sie mich nehmen würden. Es könnte mir ja egal sein, aber es ärgert mich.«
Die Jugendlichen sehen Kristin und Jan über die Straße hinweg an. Jan fragt sich, ob er sofort als Tourist zu erkennen ist.
Kristin dreht sich unwirsch herum. »Es ist nicht so wichtig«, sagt sie, stellt sich an die Straße, hebt den Arm und winkt. Ein paar besetzte Taxen rollen vorüber. Unter einem Fenster im ersten Stock eines Backsteingebäudes läuft endlos eine Digitalschrift: *Yoga including psychic development. Find the peace within. All class include deep relaxation.*
Nach einer Weile hält eine der Taxen. Sie rutschen auf die kunstlederne Rückbank, und Kristin nennt die Adresse. Jan betrachtet die Plexiglaswand zwischen Fahrer und Fahrgästen und die mit Paßfoto und Registriernummer an die Trennscheibe geheftete Fahrlizenz, die aussieht wie ein Blatt aus einer Fahndungskartei. Jan dreht sich um und sieht durch das Rückfenster die Reklame der Yoga-Schule blinken: *All is within.*
Die Musik aus dem Radio fällt Jan auf, Klavier und Streicher, ein Quartett, Brahms vielleicht, überlegt er, er hätte alles erwartet, *Hiphop, Soul, Mainstream* – er kennt nur die Namen, zu der Musik selbst hat er längst den Kontakt verloren. *Nice music*, hört er sich sagen. Der Fahrer, ein Schwarzer, nickt und erklärt, daß er *old fashioned* sei, zumindest was die Musik angehe, und dann fragt er unvermittelt: *Are you married?*, eine einfache Frage, die Jan dennoch verwirrt, als gäbe es eine Das-kommt-darauf-an-Antwort. *Yes*, hört er Kristin sagen. Der Fahrer nickt zufrieden. Es gefällt ihm, daß Kristin und Jan verheiratet sind, *that's nice*, sagt er und noch ein paar Worte mehr. Er ist auch in diesen Dingen *old fashioned. You have children?* fragt er. *We're thinking about it*, sagt Kristin. *Ohh!* Mit dieser Haltung ist er nicht einverstanden.

Er schüttelt den Kopf: *Don't think about it. Just relax, and do it!* Jan nickt, obwohl er nie auf die Idee gekommen ist zu heiraten.
»Spielst du noch Geige?«, fragt er Kristin. *She plays violin*, übersetzt er dem Fahrer, der anerkennend nickt. Kristin schüttelt den Kopf. Der Fahrer erkundigt sich, ob sie in einer Band spielt. *No, just for myself*, sagt sie, was ihm wiederum nicht gefällt. Warum sie denn alleine spiele, Musik sei doch nichts, was man alleine mache. *That's like talking to yourself*, stellt er fest. Ein merkwürdig helles Lachen bricht aus seinem dunklen Körper hervor. Er schüttelt den Kopf über diese verrückten weißen Mittelständler, die in seinem Taxi landen und bei denen nichts mehr ohne Komplikationen geht, die weder in der Lage sind zu musizieren noch Kinder in die Welt zu setzen.
Jan sieht Kristin an, hinter deren Profil Lichter vorbeiziehen, und stellt sich vor, er steige mit ihr beim nächsten Hotel aus, eine der schäbigen Absteigen, in denen unschuldige Filmhelden vorübergehend Unterschlupf finden – er sieht sich durch kaum beleuchtete Gänge gehen mit abgeplatzter, verblichener Farbe und verschrammten, schlecht schließenden Türen rechts und links; in den Zimmern Metallrohrbetten mit verblaßten Synthetikbezügen und graue Waschbecken mit tropfendem Wasserhahn und dunklen Rissen im stumpfen Email wie Flüsse auf einer Landkarte. Darüber ein Spiegel mit abgesprungenen Ecken, teilweise erblindet, in dem man sich unrasiert und mit Staub in den Haaren gegenübertritt.
Das Taxi hält vor einem heruntergekommenen Eingang. Kristin zahlt und steigt aus. Jan folgt ihr durch eine Tür mit Milchglasscheibe, dahinter schwaches, grünliches Neonlicht. Links ein schmaler, mit teils abgestoßenem Holzimitat furnierter Tresen, unbesetzt. Sie gehen vorüber. Kristin erklärt nichts, und obwohl sie ihn nicht darum gebeten hat, schweigt auch Jan, eine unausgesprochene Abmachung, nicht zu reden.

Sie nähern sich einem gußeisernen Gitter mit angelaufenem Messinggriff, dahinter ein Schacht mit schmutzigen Drahtseilen, die träge beginnen, sich zu bewegen, als Kristin auf den in der Wand eingelassenen Knopf drückt. Es dauert, dann senkt sich der Fahrstuhl, eng wie eine Duschkabine. Kristin schiebt das Gitter zur Seite – das Rasseln der Metallscharniere in der Stille des Flurs. Jan ist unsicher, ob er der alten Konstruktion die acht Stockwerke zutrauen soll, für die sie laut Knopfleiste gebaut ist. Als er das dünnwandige Gehäuse betritt, hat er das Gefühl, es senke sich leicht unter seinem Gewicht. Kristin zieht das Gitter zu, das Schattenmuster der Streben schiebt sich matt über die gegenüberliegende Wand. Nicht acht, sondern neun Stockwerke sind es, stellt Jan fest. Mit einem Ruck setzt sich der Fahrstuhl in Bewegung. Sie stehen Schulter an Schulter. Nach wie vor sagt sie nichts, Jan sagt nichts. Eine graugestrichene Wand mit gipsweißen Einkerbungen und Schrammen läuft vor ihnen abwärts, dann das nächste Gitter und die über die Wand dahinter ziehenden Schatten. Über ihnen in der Deckenmitte pendelt langsam eine Glühbirne, an deren Glaskolben Mükken kleben. Die Kabine stöhnt, als sei sie Aufwärtsfahrten nicht gewohnt. Das trockene Leiern ungefetteter Winden – eine verlassene Schaukel, die in rostigen Haken schwingt. Jan kommt es vor, als werde der Fahrstuhl langsamer und langsamer, je mehr Stockwerke sie hinter sich lassen, sechs oder sieben jetzt. Die Vorstellung, daß es wenige Zentimeter unter seinen Schuhsohlen zwanzig Meter abwärts geht. Das Quietschen wird lauter, sie müssen sich den Rollen nähern, über die die Seile laufen. Das nächste Gitter, dann ein Ruck, und die Kabine steht. Kristin öffnet, sie betreten den Gang, ein schmaler, waagerechter Schacht ohne Leben, daß man sich fragt, wie so ein Vakuum überhaupt existieren kann in einer Großstadt. Wenn wenigstens die Wände beschmiert gewesen wären. Eine einzige Botschaft als Beweis für die Existenz der Welt. Kristin geht voraus, öffnet eine Tür, kein Zimmer, sondern ein Treppenhaus mit narbigem Putz, eine Mondoberfläche, die noch kein Mensch betreten hat, ein paar Insekten höchstens, Silberfische, die in den Kratern hausen. Rechts ein Geländer aus dünnen Metallrohren und grauem Maschendraht. Staubige Stufen, mit jedem Schritt schlechter zu erkennen, weil die Treppe kein eigenes Licht hat oder die Glühbirnen durchgebrannt sind. Kristins Leinenschuhe. Sie bleibt stehen, das Schnappen eines Riegels, dann öffnet sie eine Tür, und Jan folgt ihr auf das Dach. Die Stadt kehrt zurück, bleibt aber im Hintergrund, ein zurückhaltendes Konzert des nächtlichen Verkehrs.

Kristin geht zum Rand des Daches und bleibt vor einem kniehohen Mäuerchen stehen. Jan stellt sich neben sie, etwa einen halben Meter vom Rand entfernt. Trotz des Mäuerchens würde er ungern weiter gehen. Die Stadt liegt vor ihnen wie ein Neonschachbrett. Die Wolkenkratzer ragen aus der Hügellandschaft der Dächer. Sie stehen eine Weile nebeneinander, dann geht Kristin zurück in die Mitte des Daches und setzt sich auf einen Backsteinsockel. Jan sieht sie an, ihre Silhouette in der gelblichen Nacht. Sie steht wieder auf. Ihre Nervosität. Sie geht zum Treppenhaus und lehnt sich dort gegen die Wand, als warte sie auf etwas. Er weiß, worauf sie wartet, und es gibt kein Zurück mehr, er wird Walter, seinen Freund, betrügen. Bereits als er sie im Wohnungsflur wiedergesehen und sie umarmt hat, das Kartenhaus, hat er es gewußt. Er hat es bereits vor vier Jahren gewußt, als sie voreinander standen und rauchten, während Walter seine Zeitungen gekauft hat. Jan geht auf Kristin zu. Es ist immer noch warm und schwül. Kristin steht eine Armlänge vor ihm, und diesmal wird er sie nicht wieder ziehen lassen, und auch sie denkt nicht daran, ihm den Rücken zu kehren und das Dach zu verlassen, zurück in den Gang, den Fahrstuhl. Sie bleibt vor ihm stehen mit ihrem Jackett, ihrer Bluse, von der jetzt drei Knöpfe offenstehen, und ihrem Rock, der etwas höher gerutscht ist, wie zufällig. Es überrascht Jan, daß sie das Spiel mit Virtuosität spielt. Sie legt den Kopf leicht zurück und sieht ihn an. Jan bewegt sich den letzten Schritt auf sie zu und beugt sich vor, ihre Lippen sind überraschend rauh. Er fährt mit den Händen den Rock entlang über ihre Hüften, erreicht den Stoffsaum und schiebt ihn langsam über die Haut ihrer Taille entgegen. Sein Blick wandert über ihren Mund und ihren Hals zu ihren Händen, die die Bluse aufknöpfen bis zum Bund des Rocks, aber sie schiebt die Stoffbahnen nicht auseinander. Sie legt ihre Arme um Jans Nacken. Und während er ihr langsam den Slip herunterstreift, weiß er, welches Bild ihn erwartet, ihre sandige Scham, über die sie seinerzeit in den weißen Dünen ihre Jeans gezogen hat, und einen Moment lang ist Jan gelähmt. Sie wird ungeduldig und erwartet von ihm, daß er weitermacht, daß er ihr den Slip auszieht und ihre Scham endlich befreit. Sie rüttelt an ihm und rüttelt und ruft seinen Namen.

Auf Jans Netzhaut plätschern Lichtbächlein, zerstäubte Autoscheinwerfer, die langsam Konturen gewinnen. Die Stimmen dagegen sind deutlich, allerdings noch ohne das bindende Etikett, real zu sein, *must have been a nice dream*, hört er und wieder das helle Lachen. Sein Körper ist ein Geflecht aus überdehnten und verspannten Sehnen, das allmählich in Arme, Beine, Rücken und Nacken zerfällt, die alle eine Zeitlang falsch gelagert worden sind. Es zieht und reißt. Der Geschmack schalen Bieres haftet auf seiner Zunge.
»Wir sind da«, sagt Kristin.
Jan versucht, sich in die Realität zu kommandieren. »Jetlag«, sagt er. »Wie spät ist es denn?«

»Eins ungefähr«, sagt Kristin, dreht sich um und geht voraus. Jans Blick haftet an ihrem Rock, ihren Beinen – er schüttelt kurz den Kopf und fährt sich mit beiden Händen durch die Haare.

Er folgt ihr in den rot ausgekleideten Fahrstuhl. Dann betreten sie die Wohnung. Aus dem Wohnzimmer fällt noch Licht in den Flur, außerdem Musik, ein aus den Fugen geratenes Gitarrensolo von Jimi Hendrix. Walter sitzt am Rechner, stiert auf den Bildschirm und raucht. Ein Kokon aus Börsenkursen und Nikotin umgibt ihn.

»Warum bist du denn gegangen?« fragt Kristin.

Walter antwortet nicht.

Kristin bleibt in der Tür stehen. »Doch nicht wegen der paar Bilder?«

Walter bläst Rauch gegen den Monitor, der Qualm verwirbelt nach allen Seiten.

»Walter«, sagt sie und zieht ruhig ihr Jackett aus, als gehe es um eine alltägliche Verstimmung. »Ich bin nicht zu erkennen.«

»Ich habe dich erkannt«, stellt Walter fest.

Sie geht in den Raum. »Oh, ich wäre beleidigt gewesen, wenn du mich nicht erkannt hättest«, sagt sie, bemüht um einen luftigen Tonfall.

Walter tippt irgend etwas in die Tastatur. »So? Was liegt dir denn daran?«

Sie stellt sich hinter ihn, legt ihre Hände auf seine Schultern und beginnt, ihn leicht zu massieren.

»Ich arbeite«, sagt er.

Sie gibt nicht auf. »Laß uns morgen darüber reden. Jan ist todmüde. Er ist im Taxi eingeschlafen.«

Jan weiß nicht, wie er sich verhalten soll. Er sieht einen Eisberg von Konflikten herantreiben und hält es für besser, das Schiff zu verlassen. Er könnte in der Küche einen Kaffee aufsetzen. Er bleibt in der Tür stehen.

»Ich will überhaupt nicht darüber reden«, sagt Walter und versucht immer noch, mit ein paar Manipulationen auf dem Bildschirm seine Ungerührtheit zu beweisen. »Es gibt nichts zu reden. Du läßt dich nackt fotografieren, also bitte! Es ist dein Körper.«
Sie stellt die Massage ein. »Allerdings.«
»Mach mit ihm, was du willst.«
Sie nimmt die Hände von seinem Rücken. »Hör doch auf, auf dieser Maschine herumzutippen!«
»Einer von uns muß ja Geld verdienen«, sagt er. »Oder bezahlt dich Rick?«
Sie setzt sich. Die Schatten ihrer Halssehnen gewinnen an Konturen. Ihre Bereitschaft, über die Angelegenheit in einer ruhigen und freundschaftlichen Atmosphäre zu reden, schwindet.
»Du verletzt mich«, sagt sie, und ihr Blick verändert sich wie der eines Hundes, der angegriffen wird. »Du weißt genau, daß es Rick um etwas anderes geht.«
Endlich dreht Walter sich um. »Worum geht es ihm denn? Worum geht es überhaupt diesen ... Spinnern?« Er tut sich schwer damit, die Wahrheit, so wie er sie jetzt sieht, gegenüber Kristin auch als solche ungeschminkt zu benennen.
»Du bist eifersüchtig«, sagt sie und schlägt noch einmal einen versöhnlichen Ton an, weich, seidig. »Morgen denkst du anders darüber.«
Walter sagt einen Moment nichts. Aus den Boxen jaulen überdehnte Gitarrensaiten. Jimi Hendrix, denkt Walter, hat mit seiner Musik kompromißlos gesagt, was er empfand, und er ist entschlossen, die Karten jetzt auf den Tisch zu legen: »Du langweilst dich doch nur. Du hast dich von Rick aus purer Langeweile vögeln lassen.«
»Du bist ja verrückt.« Kristin bemüht sich, ruhig zu bleiben, aber ihr Hals wird wieder sehnig.

Walter steht auf. »Du, Rick – ihr alle langweilt euch zu Tode.« Kristin streicht eine Haarsträhne hinters Ohr. »Laß uns morgen reden. Gut, ich habe Fotos gemacht, und ich kann es dir erklären. Aber nicht, wenn du jetzt anfängst, alles kaputtzumachen.«
Walter geht durch den Raum. Er hat seine Meinung geändert. »Ich will *jetzt* darüber reden. Und ich sage dir: Es hat mich nie interessiert. Diese ganze Galerie ist nichts als eine luxuriöse Form, Zeit totzuschlagen. Das ist meine Meinung, und war sie schon immer.«
»Ach!« Ihre Stimme nimmt jetzt einen spröden Klang an, statt Seide, alter, kalkiger Frottee.
Walter geht erregt durch den Raum. »Ich habe gedacht: Bitte sehr, laß sie machen. Ich wäre aber nicht auf die Idee gekommen, daß ihr einen Puff betreibt.«
Kristin steht auf. »Es reicht«, sagt sie, und der Klang ihrer Stimme hat sich endgültig verhärtet. »Du redest nur noch Scheiße. Ich gehe ins Bett.« Sie geht zur Tür, Jan sieht sie auf sich zukommen – sie sieht ihn nicht.
»Weglaufen. Großartig!« Walter stellt sich seiner Frau in den Weg. »Kommt nicht in Frage.« Aus den Boxen rauscht und pfeift es nur noch. Kristin bleibt vor ihm stehen. Jan haben sie vergessen, er lehnt am Türrahmen wie eine abgestellte Schaufensterpuppe.
Kristin sieht Walter an. »Was ist? Ich betreibe mit Freunden eine Galerie, und Rick hat mich irgendwann gefragt, ob er mich fotografieren kann. Wenn du wieder klar denken kannst, erkläre ich dir, wie es dazu gekommen ist. Aber nicht so.«
»Aber nicht so!« Walter wird laut. Die Musik zerfließt über das gesamte Frequenzspektrum. »Wie denn? Also bitte: erklär es! Ich höre.«
Sie schweigt. Das Rauschen aus den Boxen verebbt, und Stille

breitet sich im Zimmer aus. Anstatt irgend etwas zu erklären, sieht Kristin Walter mit leerem Blick an. Es erscheint ihr sinnlos, etwas zu erklären, was er nicht verstehen kann. Walter nickt. Er glaubt, verstanden zu haben. »Wenn du wüßtest, wie lächerlich du auf dem Foto aussiehst«, sagt er.
Kristin besinnt sich wieder. »Bestimmt nicht lächerlicher als du!« Sie dreht sich zum Rechner, auf dem sich inzwischen der Bildschirmschoner eingeschaltet hat. Weiße Pünktchen fließen aus der Mitte des Monitors zu dessen Rändern.
»Natürlich!« Walter ist in seinem Element. »Wie bescheuert, Tag für Tag ins Büro zu gehen, wenn man doch von morgens bis abends vögeln kann. Was bin ich doch für ein Idiot!«
»Du redest Scheiße. Du redest einfach Scheiße. Mit wem lebe ich seit zehn Jahren zusammen? Mit einem kleinen, boshaften Spießer.«
»Ja, bitte! Mehr! Laß es raus!«
Kristin wendet sich ab, geht zum Fenster und sieht hinaus. »Hör auf. Hör bitte auf. Wir wissen nicht mehr, was wir sagen.«
Walter schüttelt den Kopf. »Ich weiß genau, was ich sage.« Er macht eine kurze Pause und erstarrt für einen Moment. »Und ich sage: Eure Galerie ist nichts als ein Fleischmarkt. Ein Fleischmarkt für satte, gelangweilte Wohlstandskreaturen.«
Kristin dreht sich hastig um, entschlossen, jetzt keine Friedensangebote mehr zu machen. »Du hast recht. Du öffnest mir die Augen. Wir haben den Spaß aus unserem Leben verdammt. Du verachtest ihn ja schon. Laß dich beerdigen in deinem Börsenschlamm!«
Walter geht auf sie zu. Jan befürchtet, die Situation könnte außer Kontrolle geraten. »Wir leben von diesem Börsenschlamm!« schreit Walter sie an. »Du bist dir doch nur zu fein, eine alltägliche Arbeit zu machen. Du willst keinen Job.

Du willst kein Kind. Aber einen ordentlichen Stecher, den willst du.«

Kristin sieht ihn an. Sie wird größer, dehnt sich, eine Mechanik aus Gelenken und Winden. »Was?« Sie macht noch einen Schritt auf ihn zu. »Du Grabscher und Sekretärinnenbefingerer? Das sagst *du* mir?«

Walter ist einen Moment irritiert. »Was soll denn *der* Unsinn?«

Jetzt ist Kristin entschlossen, die Karten auf den Tisch zu legen. »Meinst du, ich wüßte nicht, was hier läuft? Und ich sage dir: Ich will nicht, daß du dich in irgendeiner Weise in meine Angelegenheiten mischst. Du brauchst dich nicht um einen Job für mich zu kümmern. Und auch nicht um ein Kind. Das ist nicht mehr nötig.«

Walter bleibt stehen. »Wie meinst du das?«

»Ich war gestern beim Arzt. Ich bin schwanger.«

Walter dreht sich ihr wieder zu. Die beiden erstarren für einen Moment. Walter fühlt seine Wut sich auflösen. Er bleibt zurück wie eine leere Hülle, die sich langsam wieder mit Zuneigung füllt. Ein warmes Gefühl fließt in seinen Körper, das zuerst seine Beine auftaut, dann seine Arme, seinen Brustkorb, und schließlich kann er wieder reden, weich und ohne Reste jeder Empörung.

»Das ist doch wunderbar,« sagt er. »Ich freue mich!«

Kristin gelingt die Wandlung nicht. Ihr Körper steht unter Zug wie die überspannten Saiten einer verstimmten Geige. Nur noch Mißtöne schwingen in ihr, eine jede Harmonie hassende Atonalität. Walter steht vor ihr wie ein kleiner Junge, der ein Gedicht richtig aufgesagt hat und trotzdem das Lob nicht bekommt, das er erwartet. »Ich freue mich nicht«, sagt sie.

Walter versteht sie falsch. Sein Körper beginnt wieder einzufrieren. »Soll das heißen, das Kind ist nicht ...«

Kristin schneidet ihm das Wort ab. »Das soll es nicht heißen.« Sie dreht sich zur Tür. »Was für ein Hohn«, sagt sie, »daß du das, was ich will, Schnickschnack nennst, und das, was ich nicht will, wunderbar findest. Wie absurd das alles. Du verstehst nichts, gar nichts. Mein Gott, schwanger! Rutsch doch einer von deinen Sekretärinnen auf den Schoß, dann hast du eine, die in der Bank arbeitet und ihn dir von morgens bis abends lutscht. Viel Vergnügen.«
Sie geht aus dem Zimmer und beachtet Jan, die Schaufensterpuppe im Türrahmen, nicht. Kurz darauf schnappen die Schlösser der Wohnungstür.
Walter setzt sich auf seinen Arbeitsstuhl. Er schweigt. Über den Monitor strömen immer noch die Pünktchen des Bildschirmschoners, die ihm lautlos entgegenkommen. Als er sich auf die Tischplatte stützt, springt das Bild um: Zahlen, Tabellen. Walter starrt auf die Mattscheibe wie auf eine Kristallkugel, aber keine Bilder aus der Zukunft erscheinen, keine aus der Vergangenheit, der Rechner ist ebenso ratlos wie er. Er bietet nur Zahlen, die Walter anstieren wie ein Haufen ausgenommener Fische.
Er nimmt sich eine Zigarette aus der Schachtel und zündet sie an. Er bläst den Rauch gegen den Monitor. Das Bild springt wieder um, die weißen Pünktchen fließen durch Nebel auf ihn zu, schütter und ärmlich, als fahre man durch eine nur mit dem Notwendigsten beleuchtete Vorstadt, in der einem insektenverklebte Straßenlaternen in trübseligem Abstand entgegenkommen.

2
black monday

Dies sind die Absichten, die uns bei Abfassung unseres Werkes leiten sollen. Und zu diesem Behufe müssen wir uns der zynischsten Sprache, der unsittlichsten und gottlosesten Ideen bedienen, um das Verbrechen so zu malen, wie es ist, das heißt, immer triumphierend, immer zufrieden, immer beglückt, und ebenso die Tugend, wie sie wirklich aussieht: immer unglücklich, immer leidend, immer unterliegend.

Marquis de Sade, *Justine*

Where will his come go? Nowhere but mix with her shit.

John Updike, *Rabbit is Rich*

Wrong way. Jans Blick haftet kurz an dem roten Schild mit der schwarzen Schrift. Dann fließt es aus seinem Blickfeld wie die gerade entzündeten Straßenlaternen, die aus der Mitte der Frontscheibe quellen und zu deren Rändern fließen. Zu beiden Seiten des Highways liegen pralinenschachtelförmige Einkaufszentren, *Malls*, und geziegelte einstöckige Schuhkartons mit quadratischen Fenstern und einer Banderole aus lustlosen Neonreklamen. Dazwischen hin und wieder die *Drive-thru's* der großen Fastfoodketten. Die Ampeln hängen wie stillgelegte Gondeln an diagonal über die Fahrbahn gespannten Kabeln, müde Lampions an einem Ort, an dem schon lange keine Party mehr stattfindet.
Jan schaltet das Licht ein. Die Sonne ist sang- und klanglos untergegangen, ein staubiger Kürbis, der sich eine Handbreit über dem Horizont aufgelöst hat, wie ein träge treibender, porös gewordener Heißluftballon. Die Gegenstände beginnen in der Dämmerung ihre Farben zu verlieren. Die mit erstaunlicher Regelmäßigkeit an Gebäuden hängende amerikanische Flagge wird zu einem beliebigen Stück Stoff.
Jan fährt auf der rechten Spur. Eine Woche ist jetzt seit seiner Ankunft in New York vergangen, und er hat von der Stadt noch nichts gesehen, außer der Skyline, die ihn, als Walter ihn vom Flughafen abholte, beeindruckt hat, als handele es sich um die Aufbauten eines einzigartigen Ozeanriesens. Jetzt, von Westen kommend, ist Jan enttäuscht: zusammengewürfelte ebenerdige oder höchstens eingeschossige Häuser erstrecken sich Meile um Meile entlang der Straße, als hätte

jemand billige Spielsteine auf einem Schachbrett verteilt. Dazwischen Gerüste mit verwitterten Reklametafeln: *New Ford Explorer. The Best The World Has To Offer.* Ab und an ein ausgebranntes Haus. Der Buick fährt unter den schwarz angelaufenen Klinkern einer Eisenbahnbrücke durch, deren Rundbögen schräg über die Straße setzen. Die Schienen laufen wie ein mißlungener Strich über Millimeterpapier. Ein Querschläger, ein Komet. *Shoemaker-Levi,* denkt Jan. Nach fast zweitausend Kilometern nonstop fließen die Dinge in seiner Wahrnehmung ineinander.

Jan erinnert sich an die kurze Zeitungsnotiz, mit der vor gut einem Jahr der gestrige Treffer im planetaren Billard angekündigt wurde. Spätestens seitdem hatte *Shoemaker-Levi* nicht mehr die Freiheit, sich gegen eine Kollision mit Jupiter zu entscheiden. Er folgte gehorsam den Berechnungen der Astronomen, deren Pressemitteilung Jan seinerzeit nicht sonderlich interessierte, und er wundert sich jetzt, daß sie ihm überhaupt im Gedächtnis geblieben ist. Er stellt sich vor, was wäre, wenn er damals mit der gleichen Genauigkeit, mit der die Astronomen den Kollisionszeitpunkt mehr als ein Jahr vorausberechnen konnten, hätte wissen können, was er zur selben Zeit tun würde. Er hat es nicht einmal vor einer Woche gewußt. Und wenn er es gewußt hätte – das war die entscheidende Frage –, hätte er dann den Kurs geändert, beziehungsweise wäre es überhaupt möglich gewesen, den Kurs zu ändern?

Jan glaubt nicht an Vorbestimmung. Das Leben ist kein Film, bei dem das Ende schon feststeht, wenn noch der Vorspann läuft. Die Menschen sind keine Geschöpfe von Drehbuchautoren, die ihre Helden Fehler um Fehler begehen lassen, bevor sie sie mit einem glücklichen Ende belohnen oder auch nicht. Es gibt niemanden, der weiß, wie es weitergeht. Was geschieht, entscheidet sich im Moment. Jan ist überzeugt, daß er, und niemand sonst, über sein Leben bestimmt. Und wenn er einen Fehler macht, ist niemand außer ihm selbst dafür verantwortlich, jede andere Philosophie erscheint im mittelalterlich. Was ihn beunruhigt, ist nur, daß er nicht weiß, ob er einen Fehler begangen hat. Die vergangene Woche kommt ihm wie eine Täuschung vor.

Jan erinnert sich an den Augenblick, als Kristin nach ihrem Streit mit Walter voller Wut das Wohnzimmer verlassen hatte. Walter war nicht in der Lage gewesen, ihr nachzugehen, als sie dic Tür hinter sich zuschlug. Er war von seinem Arbeitsstuhl nicht hoch gekommen und hatte Jan gebeten, Kristin zu beruhigen. Jan war hinausgegangen und mit dem Fahrstuhl ins Erdgeschoß gefahren, wo Kristin auf dem Treppenabsatz saß. Er setzte sich neben sie.

Es sei nicht möglich, sagte sie erregt, mit Walter zu streiten, weil er jedes Maß verliere. Egal, ob es um die Faulheit eines Sachbearbeiters gehe oder um Ricks Bilder – er habe sich nicht im Griff. Aber das, was er heute gesagt habe, sei mit einem Wutausbruch nicht mehr zu erklären. »Er haßt die Galerie. Er haßt mich«, stellte sie damals fest.

Dann stand sie auf und verließ das Haus. Jan folgte ihr auf die Straße, und sie gingen Block für Block schweigend nebeneinander her. Es war niemand unterwegs, und auch Autos fuhren kaum noch an ihnen vorbei. Die Vorstellung ging Jan durch den Kopf, sie würden mit vorgehaltener Waffe angehalten, aber die Szene blieb abstrakt: Er fühlte sich nicht bedroht. Er war wie ein Wild, das noch nie einen Menschen gesehen hat und grast, bis es abgeschossen wird. Wie viele Morde gab es Tag für Tag in New York? Eine Handvoll, soviel Jan wußte. Er ging neben Kristin her, als spazierten sie mitten durch ein Kriegsgebiet, ohne daß Schüsse fielen oder Granaten einschlugen. Was für die Welt als Ganzes gilt, dachte Jan, gilt offenbar für New York im kleinen: erstaunlich viele Straßenzüge, in denen nicht geschossen wird. Er wußte um die Naivität des Gedankens, und dennoch ging ihm immer wieder durch den Kopf, auch mit einem Straßenräuber müsse zu reden sein. Trug denn heutzutage noch irgend jemand so viel mit sich herum, daß es einen Kampf wirklich lohnte? Für eine Kreditkarte und etwas Bargeld? – Für Kristin war die Situation eine andere. Als Frau trug sie etwas mit sich, das nicht verhandelbar war.

Er ging damals neben ihr her, ohne zu wissen, welches Ziel sie hatte – ob überhaupt eins. Einmal nahm er den Geruch nach Wasser wahr, nach Meer: eine Spur, die sich sofort wieder auflöste. Dann erreichten sie ein Parkhaus, dessen Einfahrt in weißem Neonlicht lag, daneben ein Resopalhäuschen mit kleinem Fenster. Die Tür stand offen, Kristin grüßte den Parkwächter: *hi Julio*. Er trug eine beigefarbene Uniform und grüßte zurück, *where are you going?* Kristin wies auf Jan, *sightseeing,* sagte sie, *this is Jan. A friend from Germany,* und Julio sagte: *great, hi. Hi*, sagte Jan. Er folgte Kristin über den nackten, staubigen Boden an den aufgereihten Wagen vorbei. Sie erreichten den blauen Buick, Kristin betätigte den Piepser am Schlüsselbund, die Türschlösser schnappten in der kahlen Stille des Betons.

Sie setzte zurück. Die Scheinwerferkegel glitten über Wände, Stoßstangen und Rückleuchten. Sie fuhr aus der Einfahrt. Julio winkte, als sie das Parkhaus verließen. Kristin steuerte den Wagen in eine etwas hellere Straße mit vereinzelten Imbissen.

Eine Zigarette, dachte Jan damals, warum nicht? Und er dachte: Warum gewöhnt man sich das Rauchen überhaupt ab? Er sah die noch geöffneten Läden rechts und links. Es wäre eine Sache von zwei Minuten, ging es ihm durch den Kopf: ein schneller, billiger Kauf, und dann reißt man die

Schachtel auf, zündet das Feuerzeug und inhaliert. Fünfzehn Jahre rauchen, dachte Jan, dann trifft man eine vernünftige Entscheidung, und wenn man darüber nachdenkt, macht sie einem nur klar, daß man älter geworden ist. Was heißt es, älter zu werden? überlegte er, außer mit dem Rauchen aufzuhören und daß einem die Musik im Radio von Jahr zu Jahr fremder wird.

Sie bogen in eine der Straßen, die ihren Fluchtpunkt im Unendlichen zu haben scheinen. Die Stadt durchströmte Jan wie die sich selbst beständig reproduzierende Neonmatrix des *2001*-Universums. Der Ritt auf einer Stahlkugel durch den Einschußkanal eines Flipperautomaten, der vor Jans Augen allmählich verschwamm. Kristin redete nicht, und Jan wußte, daß seine Energien jetzt verbraucht waren. Er konnte sich nicht länger gegen den Jetlag wehren und schlief ein, während sie fuhr. Hin und wieder versuchte er, die Schärfe der Bilder auf der Netzhaut wieder herzustellen, was ihm schließlich nicht mehr gelang, und allmählich wurde die Stadt zu einem dunklen Universum, in dem nur noch hier und da ein paar Sterne auftauchten, die nicht mehr zu erreichen waren, sondern Lichtjahre entfernt vorüberzogen.

Als er dann in der Nähe von Chicago aufwachte und langsam verstand, daß er sich nicht mehr in New York befand, sondern auf einem Highway Richtung Westen, wurde ihm klar, daß sein Urlaub kein Urlaub mehr war. Irgendeine Geschichte hatte begonnen.

Kristin steuerte den Wagen nach Chicago hinein und wollte auf den Sears-Tower. Jan stand in der vollgestopften Fahrstuhlkabine neben ihr. Ihr Oberkörper wurde gegen seinen gedrückt, nur dünne Baumwolle trennte ihre Brust von seiner. Sie schlenderten über die Aussichtsplattform und überblickten durch ein Fernrohr die Stadt, die in bläulichem Dunst schwamm. Dann mußte Kristin sich setzen, weil sie nach zwölf Stunden Autofahrt erschöpft war. Jan legte den Arm um sie, als sie zurück zum Fahrstuhl gingen, und er wußte, daß er auf dem besten Weg war, sich in sie zu verlieben.

Tage später die *Badlands*, die Nacht in ihrem Bungalow, und Jan erinnert sich an den weißen Körper Kristins, die im Zimmer steht wie eins der unerreichbaren Parfummodels – es war nicht mehr zu ändern. Unsinn zu hoffen, *Shoemaker-Levi* hätte den Jupiter verfehlen und auf Nimmerwiedersehen in den Tiefen des Alls verschwinden können. Die Astronomen wußten seit langem, daß er treffen würde, weil sie ihre Fernrohre nicht auf die dunstige Erdoberfläche, sondern ins klare, staubfreie Universum richten, dorthin, wo die Materie nach den exakten Gesetzen der Himmelsmechanik ihre Bahnen zieht. Vom Sears-Tower aus dagegen schwamm die Zukunft im Bodennebel der Stadt. Es war nicht zu sehen, wie es kommt.

Jans Blick hangelt sich von Verkehrsschild zu Verkehrsschild. Mal sind sie gelb mit schwarzem Rand, dann orange, quadratisch, auf einer Spitze stehend. *Dead end*. Die meisten Informationen werden nicht symbolisiert, sondern in schriftlicher Form gegeben: *Road construction ahead*, wo in Deutschland ein Arbeiter schaufelt. Gelegentlich Schilder mit Entfernungsangaben, die Jan immer wieder unterschätzt, weil er in Kilometern denkt. Ein paar Kreuzungen läuft es meist, dann wieder ein Halt vor Rot. Der Querverkehr stört die geradlinig fließende, gleichförmige Bewegungswahrnehmung, an die sich Jan auf der Landstraße gewöhnt hat, als sei es die einzig mögliche – eine Woche auf einem ruhigen, kaum befahrenen Fluß. Jan versucht, die Schilder nicht nur vorbeifließen zu lassen, sondern bewußt wahrzunehmen, um nicht aus der Konzentration zu gleiten in die Erschöpfung nach fast zweitausend Kilometern nonstop. Gelegentlich ziehen Wegweiser vorüber: *58W* und ein Pfeil, aber was nützt einem ein Koordinatensystem, denkt Jan, wenn man den Ursprung nicht kennt.

Er fragt sich, ob es eine Schuld gibt, und wenn, wer hatte sich schuldig gemacht? Kristin, die einfach losgefahren war, mitten in der Nacht, nachdem sie sich mit Walter gestritten hatte. Oder Walter, der sie, als sie die Wohnung verließ, nicht aufhalten wollte oder konnte. Oder Jan, der sich, nachdem er in der Nähe von Chicago, Hunderte von Meilen von New York entfernt, aufgewacht war, nicht entschieden gewehrt hatte gegen die Fahrt.

Jan wußte, daß Walter zu unkontrollierten Ausbrüchen neigte, wenn Dinge nicht so liefen, wie er sich das vorgestellt hatte – Wutanfälle, die um so überraschender waren, als er in der Regel einen entgegenkommenden Umgangston pflegte. Es gab aber Punkte, für die er kein Verständnis hatte, unter anderem Faulheit, die ihm eine mindestens ebenso bedeutende Zivilisationskrankheit zu sein schien wie Zucker oder Übergewicht. Erstaunlicherweise konnte er auch über unfaire Geschäftspraktiken in Wut geraten, weil er daran glaubte, die Wirtschaft sei eine saubere Sache und werde lediglich partiell durch aus dem Ruder gelaufene Gewinnsucht einzelner verunreinigt – eine Haltung, die Jan schlicht naiv fand. Walter konnte mit beeindruckender Ausdauer die Dynamik der freien Märkte loben und war überzeugt, daß die Geschichte bewiesen habe, daß wesentlich mehr Unheil angerichtet werde, wenn man Menschen oder Institutionen die Entscheidung über gesellschaftliche Entwicklungen überließ. Eigentlich waren für ihn fast alle Institutionen Einrichtungen zur Gängelung innovativer Vernunft, allen voran die Gewerkschaften, die für ihn nichts als Advokaten der Faulheit waren, womit sich sein Weltsystem schloß – ein System, das Jan in seiner Schlichtheit unangenehm gefunden hätte, wenn nicht die gelegentlichen Wutausbrüche gewesen wären, die Jans Meinung nach zeigten, daß Walter noch ein Gefühl dafür hatte, daß die Welt nicht ganz so rund war, wie er es gerne gehabt hätte.

Und auch an dem Abend vor einer Woche, als er sich mit Kristin gestritten hatte, war seine Welt ins Trudeln geraten. Die Konstruktion, an der er immer noch hing – er, der erfolgreiche Börsenmakler, und Kristin, die erfolgreiche Mathematikerin –, diese Konstruktion hatte einen Riß bekommen, der kaum noch zu kitten war. Im Grunde hätte ihm schon lange klar sein können, daß Kristin nicht mehr als Mathematikerin arbeiten würde.

Im Gegensatz zu Walter neigte sie dazu, sich Fehler und falsche Einstellungen vorzuwerfen. Nachdem sie der Universität den Rücken gekehrt hatte, redete sie sich eine Zeitlang ein, die konkrete Mathematik, das Rechnen, sei die eigentliche Mathematik, die, die der Menschheit Nutzen brachte, während der Rest nichts als ein egoistisches Vergnügen einzelner war, die Spaß daran hatten, sich mit Kunstproblemen in einer Kunstsprache zu beschäftigen, eine Tätigkeit so nützlich wie das Lösen von Kreuzworträtseln in Esperanto.

Kristin bewarb sich nach ihrem mißlungenen Ausflug in die mathematische Forschung bei Versicherungen und fand eine Stelle. Sie beschäftigte sich mit Policen, Zinsgewinnen, Unfallhäufigkeiten und der mittleren Lebenserwartung. Walter, der selten Schwierigkeiten hatte, sich an veränderte Situationen anzupassen, gab den Gedanken an eine Wissenschaftlerin an seiner Seite auf und freundete sich mit Kristins neuer Karriere als Versicherungsmathematikerin schnell an. Er vermutete, daß die in der Versicherung benutzten rechnerischen Methoden auch im Zusammenhang mit dem Wertpapierhandel nützlich sein könnten.

Kristin stellte fest, daß sie in ihrem neuen Beruf zwar erfolgreicher war als in der Forschung, weil ihre Berechnungen tatsächlich Verwendung fanden, aber glücklicher war sie deswegen nicht. Sie kam nicht umhin, sich einzugestehen, daß sie in eine seltsame Falle gegangen war: Sie hatte etwas studiert, was sie interessierte, aber es gab mit dieser Ausbildung nichts zu tun, was sie reizte. Sie hatte mit großer Perfektion ein Gericht zubereitet, das ihr, wie sie bei den ersten Bissen spürte, einfach nicht schmeckte.

Jan fährt immer noch durch Viertel, die wirken wie ausgesaugt. Selbst die *McDonalds*-Reklame – das gelbe M im roten Viereck – macht einen apathischen Eindruck. Jan starrt auf das weltweit anzutreffende Emblem, während er den Buick auf eine Ampel zurollen läßt. Soweit er weiß, hatte ein amerikanischer Unternehmer *McDonalds* als kleine, defizitäre Hamburgerkette vor rund dreißig Jahren gegen alle Warnungen von Freunden und Mitarbeitern aufgekauft – der Beginn einer der Erfolgsgeschichten, mit denen die USA die Welt demütigen, als sei jeder Widerstand zwecklos. Jack Warner verpfändete Anfang des Jahrhunderts das Lieferpferd seiner Brüder und kaufte für hundertfünfzig Dollar einen Filmprojektor, mit dem er bereits eine Woche später dreihundert Dollar verdient hatte. Revolutionen werden von denen gemacht, denen es nicht darum geht.
Am Anfang steht nichts als ein Instinkt, und Walter suchte in sich nach diesem Instinkt, im voraus zu wissen, was sich in ein paar Jahrzehnten über den Planeten ausbreiten wird und wofür die Menschen einmal ihr Geld ausgeben werden. Er suchte nach den entsprechenden Aktien, und das Erstaunliche war, daß Kristin ihm möglicherweise in ihren Ausstellungen solche Aktien präsentierte, er aber nicht in der Lage war, diese von einem Stück Toilettenpapier zu unterscheiden.

Sein Zorn speiste sich aus einem Gemisch von Eifersucht und Ignoranz und vielleicht auch aus einer Enttäuschung darüber, daß er den Schlüssel zum Erfolg noch nicht gefunden hatte. Seine Theorien über die wunderbare Vitalität des Kapitalismus waren, was ihn persönlich betraf, unbewiesen.

Die Straße ist etwas heller geworden, aber kaum belebter. Erleuchtete Einkaufszentren erstrecken sich auf einem Gelände, das weitläufig ist wie ein Flughafenrollfeld. Die Parkplätze bestimmen den Rhythmus der Bebauung. Jan fragt sich, wo all die Menschen wohnen, die hier Möbel, Autos, Kinderspielzeug und Haustiere kaufen sollen. An den Kreuzungen irritiert ihn der Oberleitungswirrwarr. Die Strommasten mit den Porzellanisolatoren wirken merkwürdig anachronistisch vor der modernen Shopping-Kulisse, den Glitzergirlanden des *Chevrolet*-Automarktes und den Parabolantennen.

Kristin ist neben Jan eingeschlafen nach anderthalb Tagen fahren und fahren. Vor sechsunddreißig Stunden sind sie überstürzt aufgebrochen, nachdem Kristin mit Walter telefoniert hatte. Hinterher saß sie auf der kleinen Treppe vor dem Bungalow, in dem sie übernachtet hatten, zweitausend Kilometer von New York entfernt, und vielleicht wären sie noch weiter gefahren, bis zum Pazifik oder sonstwohin, wenn Walter nicht angerufen hätte. Kristin brachte zuerst kein Wort heraus, und Jan mußte ein paarmal nachfragen, was geschehen war. »Walter ist am Ende«, hatte sie schließlich gesagt.

Jan verstand soviel, daß sie zurück nach New York mußten. Er räumte mit Hank, dem irischstämmigen Amerikaner aus dem Nachbarbungalow, den Buick voll, während sich Ariel, Hanks Frau, um Kristin kümmerte und sie tröstete. Dann stiegen sie ein. Kristin wirkte wie unter Glas, während Jan versuchte, den Weg auf den Highway zu finden. Erst Stunden

später begann Kristin zu reden: Walter hatte sich auf illegale Spekulationen eingelassen.
Während Kristin berichtete, zog hinter ihrem Profil der nur mit Gras bewachsene Grünstreifen vorbei, der im Unendlichen mit den beiden Fahrbahnen verschmolz. Hin und wieder ein Schild: *Litter removal next 5 miles: Falkenstein & Berger-properties. Adopt-a-Highway.* Ein Stück Autobahn zur Reinigung adoptieren: Gelegentlich frappierte Jan die Konsequenz, mit der alles, was nicht zwingend dem Staat überlassen werden mußte, privat erledigt wurde.
Für Walter war es eine Selbstverständlichkeit, daß nur Privatinitiative zu vernünftigen Ergebnissen führen konnte, in welchem Bereich auch immer. Und jetzt war er ein Opfer seiner Theorie geworden, weil er sich mit seiner Initiative nicht an die Regeln gehalten hatte. Allerdings war Kristin überzeugt, daß nicht er die treibende Kraft hinter allem war, sondern Neil, sein Arbeitskollege und Freund, Neil, der Grabscher, beziehungsweise dessen Frau Cindy. Sie habe schon länger so etwas befürchtet, sagte Kristin, denn Neil besitze weder die nötige Spontaneität, noch habe er die Nerven, um erfolgreich an der Börse zu spekulieren, und also habe er Walter überredet, eine Abkürzung, welcher Art auch immer, zu nehmen, weil seine Frau endlich Geld sehen wolle.
Kristin erzählte, Walter sei in letzter Zeit verändert gewesen. Offenbar habe er das Gefühl bekommen, der Erfolg stelle sich zu langsam ein. Die Nervosität des Mittelstreckenläufers bei einem Marathon. Allerdings war sie der Meinung, daß es nicht mit fehlender Kondition zu tun hatte, sondern mit fehlender Intuition. Bei Neil auf jeden Fall, aber wohl auch bei Walter, der zwar die Gesetzmäßigkeiten der Finanzmärkte beherrsche, dem aber ein Gespür fehle für das, was am Boden dieser Märkte keime. Das zum einen. Zum anderen gehe es natürlich ums Geld. Ohne eigenes Kapital sei eben nichts zu

machen, wenn man Monopoly spiele. Den meisten, sagte sie, gehe schon auf der Badstraße die Puste aus.
Kristin war überzeugt, daß Walter einfach die Geduld verloren und sich in den Datennetzen Kapital für seine Spekulationen verschafft hatte. Vom mathematischen Standpunkt aus, erklärte sie, gehe es darum, im Hin und Her der Kurse Sprünge nach oben aufzufinden. Es sei eine mathematische Eigenschaft komplexer Systeme, sagte sie, Sprünge auszuführen. Der Börsencrash beispielsweise sei ein Sprung des Gesamtsystems nach unten. Im Rahmen der mathematischen Theorien seien solche Vorgänge eine Banalität.
Während sie redete, hatte Jan den Eindruck, daß sie sich Walter überlegen fühlte. Die Verachtung des Theoretikers für den Praktiker: Sie hatte mit Erfolg studiert, was ihr Mann ohne Erfolg betrieb. In ihren Augen war die Börse ein algebraisches Problem, und je länger Walter ergebnislos an seinen Ideen herumbastelte, desto mehr wurde er in ihren Augen zum Versager. Sie hatte sich nicht in ihn verliebt, weil er vielleicht einmal Karriere machen würde, und sie liebte ihn auch jetzt nicht wegen irgendeines möglichen Aufstiegs, aber je mehr Walter selbst den Erfolg auf seine Fahnen schrieb, um so mehr riskierte er, daß sie ihn schließlich an seinem eigenen Wertesystem maß. Und im Rahmen dieses Systems hatte er soeben eine schwere Niederlage erlitten, mehr noch, vielleicht schon eine Vernichtung.
Offenbar, vermutete Kristin, hatte er den falschen Sprung erwischt, einen abwärts führenden, einen mit einem Faktor kleiner Eins. Am Telefon war er übermüdet und auch betrunken, so daß es schwierig gewesen sei, Details zu erfahren. Er habe Neil vorgeworfen, an der ganzen Sache schuld zu sein. Während sie das sagte, kam es Jan vor, als sei sie sich nicht mehr so sicher, daß Neil tatsächlich hinter der Geschichte steckte, obwohl sie es anfangs selbst behauptet hatte.

In ihren Gedanken hatte sich eine gefährliche Assoziation eingestellt: Sie hielt Walter für einen Verlierer wie seinerzeit ihren Geiger. Jan hatte den Eindruck, als wolle sie Walter als unbegabten Börsenmakler entlarven, um ihm heimzuzahlen, daß er ihr ihre Galerie nicht gönnte, ihre Freiheit. Jan fand sie ungerecht: Was verstand sie letztlich von der Börse, außer ein paar mathematischen Gemeinplätzen? Komplexe Systeme neigen zu Sprüngen – genauso könnte man es als Erkenntnis verkaufen, daß es im Verkehr zu Unfällen kommt.

Jan stoppt und schiebt den Hebel der Automatik vor. Das stupide Gasgeben-fahren-bremsen, Gasgeben-fahren-bremsen zermürbt ihn. Er fragt sich, wofür Autos in amerikanischen Städten überhaupt einen Fahrer brauchen. Als bemühe man sich, in einem Jahrmarktskarussell das Steuerrad korrekt zu bedienen.
Es hat ihn am Anfang überrascht, wie stark sich der amerikanische Straßenverkehr vom europäischen unterscheidet. Insgesamt, hat er registriert, wird ruhiger gefahren, weniger aggressiv auch, das Auto wird selten zur Machtdemonstration benutzt. Dann der spärliche Verkehr auf den Highways – jede Aggression würde schon deswegen ins Leere laufen, weil kaum einer da ist, an dem man sie auslassen könnte. Aber auch in den Städten: Ein Spurwechsel wird nicht als Eindringen in ein fremdes Revier interpretiert, sondern als legitime Entscheidung eines jeden Fahrers.
Aber nicht nur der Verkehr, auch scheinbare Trivialitäten wie das Tanken hatten ihre Besonderheiten. Bereits die fremden Namen der Kraftstoffe irritierten Jan: *Amoco, Gulf.* Wie selbstverständlich hatte er angenommen, es müsse auf der ganzen Welt die gleichen Benzinmarken geben. Nicht einmal der Tankvorgang war vollkommen identisch. Der Abzug der

Zapfpistole ließ sich widerstandslos wie ein ausgerenkter Arm hin- und herbewegen, ohne daß Benzin durch den Schlauch geströmt wäre. Jan nahm an, die Säule sei noch nicht freigegeben, aber der Mann an der Kasse machte irgendeine Handbewegung, die Jan nicht deuten konnte. Er hätte Kristin fragen können, die auf dem Beifahrersitz las, aber er wollte nicht zugeben, daß er Schwierigkeiten hatte, einen Wagen vollzutanken. Also bewegte er immer wieder den lose schwingenden Abzug, als müsse der irgendwann die Lust an dem Spuk verlieren und einrasten. Am Ende blieb ihm nichts übrig als zu fragen. Kristin lehnte sich aus dem Seitenfenster und wies auf die Pistolenhalterung an der Zapfsäule – ein Haken, der nach oben geklappt werden mußte, um die Leitung freizugeben. Beim nächsten Mal legte Jan den Hebel wie nebenbei um, als hätte er nie ohne diesen Handgriff getankt.

Jetzt sieht er Kristin an, die aufgewacht ist, als spüre sie das Ende der Fahrt. Sie sieht benommen auf die einwärts gebogenen Straßenlaternen, die ein Spalier bilden wie das Gerüst eines in die Manege führenden Raubtiertunnels. Die Häuser sind nur noch dunkle, massive Quader in der Dämmerung, terrassenförmig absteigende Scherenschnitte vor dem tiefblauen Hintergrund. Neben ein paar Schornsteinen behauptet sich ein offener kleiner Kirchturm mit einer frei hängenden Glocke und einer Zwiebelspitze darüber. Jan versucht, sich das Läuten vorzustellen: der Klang einer Triangel im Maschinenraum der Moderne.

Das nahe Ende der Fahrt beunruhigt Jan. Sie haben die lange, gleichförmig verflossene Zeit nur genutzt, um über Walter zu reden; und sie haben über Walter geredet, um nicht über sich reden zu müssen, über die hinter ihnen liegende Woche und vor allem nicht über die letzte Nacht in dem Holzbungalow. Und sie haben nicht über Kristins Schwangerschaft geredet.

Jan fragt sich, ob es noch Kinder gibt, die einfach so zur Welt kommen, ohne komplizierte Vorgeschichte.

Kristin konnte sich vorstellen, ein Kind zu haben, und sie konnte es sich nicht vorstellen. Die Aussicht allerdings, nie ein Kind zu haben, erschreckte sie. Im Moment vermißte sie nichts, aber wer garantierte, daß dies so blieb? Sie nahm an, daß ihr zur Zeit die Versorgung eines Säuglings keine große Freude bereiten würde. Sie hatte erlebt, wie aus Freundinnen in kurzer Zeit schwer ansprechbare Servicestationen geworden waren, unablässig um das Kind kreisende Fütterungs- und Waschbedienstete, die zwar darauf hinwiesen, daß es schön, mitunter beeindruckend sei, die Entwicklung ihrer Kleinen zu verfolgen, aber Kristin war mißtrauisch. Sie zweifelte nicht an den schönen Momenten, aber sie war unsicher, ob diese den auf der anderen Seite erlittenen Verlust aufzuwiegen vermochten. Gleichzeitig war ihr bewußt, daß die Forderung nach einem Ausgleich bereits falsch war. Ein Säugling und Kleinkind war immer eine Einschränkung. So gesehen war ihr klar, daß die Strategie, auf den richtigen Zeitpunkt für ein Kind zu warten, nicht aufgehen konnte: Es gab diesen Zeitpunkt nicht. Alle Überlegungen endeten somit immer bei der Frage, ob man ein Kind *wollte* oder eben nicht. Sie wußte es nicht.

Außerdem war ihr klar, daß Walter für diesen Konflikt keine Hilfe sein würde. Den Glauben daran, man könnte mit den Männern gemeinsam etwas organisieren, das beiden Seiten ein maximales Maß an Freiheit erhielt, hatte sie nicht. Immer waren es die Frauen, an denen alles hängenblieb, unabhängig davon, was vorher verabredet worden war – wobei Kristin für diesen Zustand nicht allein die Männer verantwortlich machte: War das Kind erst einmal da, glitten viele Frauen merkwürdig widerstandslos in ihre Rolle. Und letztlich hatte sie Angst davor, daß es ihr genauso gehen könnte, daß alles

den Gang gehen würde, den es schon immer gegangen ist. Gleichzeitig wollte sie nicht einsehen, daß die Konsequenz nur sein konnte, kinderlos zu bleiben. Je mehr sie darüber nachdachte, um so klarer wurde ihr, daß der Konflikt unlösbar war, daß er nicht die Struktur einer mathematischen Aufgabe hatte, sondern die eines Paradoxons: Wenn man annimmt, eine Aussage sei wahr, läßt sich damit beweisen, daß sie falsch ist, und nimmt man an, sie sei falsch, kommt heraus, daß sie wahr ist – ein Widerspruch, der so lange unauflösbar ist, bis die Natur Fakten schafft, und sei es durch eine Unaufmerksamkeit, einen Rechenfehler.
Sie nähern sich einer Maut-Station. Jan bezahlt, und dann tauchen sie in einen Tunnel mit Leuchtstoffröhren an der Decke, eine Lichtnaht, der Jan folgt. Seine eigene Phobie, er könne Vater werden, war verbunden mit der Befürchtung, alle Frauen sehnten sich irgendwann nach einem Kind. Er war überzeugt, daß sich sämtliche Vorstellungen von Freiheit und selbstbestimmtem Leben bis spätestens Mitte Dreißig auflösten, weil keiner wußte, wozu er das eigene Selbst bestimmen sollte. In dieser Situation, dessen war Jan sicher, aktivierten sich genetisch und gesellschaftlich fest verwurzelte Programme, und eines der ältesten und grundlegendsten war der Drang, sich fortzupflanzen, das eigene Erbgut und die eigenen Erfahrungen weiterzugeben und damit zu erhalten. Er hielt diesen Vorgang für sinnvoll, wollte allerdings trotzdem keine Kinder haben. Er wußte nicht, warum bei ihm der Schutzmechanismus der Natur, der einen vor einsamem Altern bewahrte, nicht griff, er wußte nur, daß es so war. Er hätte nicht einmal behaupten können, in seiner Art zu leben eine Notwendigkeit oder gar eine Erfüllung zu sehen. Er empfand sein Leben als angenehm und war der Meinung, daß jeder in einer aufgeklärten, modernen Zivilisation zumindest diesen Zustand – egal, ob mit Kind oder ohne –

erreichen konnte. Für Menschen, die über ihr Leben klagten, hatte er kein Verständnis. Er mied sie. Das einzige, was ihn hin und wieder beschäftigte, waren die klar sichtbaren Grenzen seines Systems. Wenn es stimmte, daß nahezu alle Frauen sich früher oder später ein Kind wünschten, dann war abzusehen, daß ihm irgendwann nur die Rolle des alten Mannes mit einer jungen Liebhaberin blieb, und diese Vorstellung gefiel ihm nicht. Der Stolz ergrauter Männer darüber, daß die Frauen an ihrer Seite auch ihre Töchter sein könnten, erschien ihm affektiert. Immer war zu sehen, daß ein derartiges Verhältnis ein Handel war, und dafür, daß sich jemand etwas Schönes kaufen konnte, hatte Jan noch nie Bewunderung gehabt – erst recht mochte er es nicht, wenn der betreffende Gegenstand auch noch ausgestellt wurde. Jan wußte, daß das *sein* Paradoxon war, nur daß er sich ihm, im Gegensatz zu Kristin, erst in zehn Jahren würde stellen müssen.

Die Lichtnaht endet, sie verlassen den Tunnel und sind damit zurückgekehrt nach Manhattan, dem Ausgangspunkt ihrer Reise.
Im Grunde, denkt Jan, hat sich seit ihrer Abfahrt nichts geändert: Walter sitzt in seinem Zimmer, und es muß geredet werden. Eine Viertelstunde ist vielleicht noch zu fahren, Jan weiß es nicht genau, aber soviel ist klar, daß jetzt die letzte Gelegenheit ist, mit Kristin über die hinter ihnen liegende Woche zu sprechen, über die Nacht in dem Holzbungalow. Jan hat nie über Nächte geredet. Nächte sind nicht geschaffen, um Worte über sie zu verlieren. Aber diesmal ist es anders, er spürt deutlich, daß zwischen ihm und Kristin noch nicht alles gesagt ist, bevor sie in wenigen Minuten Walter gegenüberstehen werden. Jan läßt den Wagen an den Straßenrand rollen und zieht die Handbremse.
»Laß uns reden«, sagt er.

Kristin sieht ihn nicht an.
»Warum?« sagt sie.
Jan dreht sich zu ihr. Hinter ihrem Profil blinkt blau eine Neonreklame, die Kristins helle Haut rhythmisch mit einer kränklichen Patina überzieht. Jan versteht nicht, warum sie nicht reden will. Seine Hand liegt immer noch auf dem Griff der Handbremse, als gebe der Kontakt zum Wagen ihm Sicherheit.
»Weil ich es will«, sagt er.
Sie dreht sich zu ihm. Sie ist entschlossen, aus der Geschichte kein Problem zu machen. »Es geht hier nicht nur um dich.«
Jan sucht nach seiner sonst so instinktsicheren Leichtigkeit im Umgang mit Frauen. Gegenüber Kristin gelingt sie ihm nicht. Er versucht in ihrem Blick einen Hinweis darauf zu finden, was sie wirklich denkt. »Du willst so tun, als sei nichts passiert?«
»Warum nicht? Ich finde, es ist nichts passiert«, sagt sie mit einem Tonfall, dessen Mühelosigkeit Jan erstaunt. »Walter vertritt in letzter Zeit den Standpunkt, daß Sex völlig überbewertet wird«, fügt sie hinzu wie eine Fußnote, die in der Lage sein sollte, Jans Bedenken auszuräumen.
Jan ist sich nicht sicher, ob sie das ernst meint. »Walter behauptet viel«, sagt er und bemüht sich noch einmal um einen leichten Tonfall. »Wie siehst du es denn?«
Kristin lehnt sich zurück. Jan kann die blinkende Neonreklame hinter ihr lesen: *Burger, Souvlaki, Falaffel.*
»Worüber willst du denn reden?« fragt sie, als stünden augenblicklich nur belanglose Themen zur Verfügung.
»Zum Beispiel darüber, was vor zwei Tagen war«, schlägt Jan vor.
Kristin schüttelt den Kopf: »Nichts, was Walter betrifft«, stellt sie fest. Sie verzieht nachdenklich ihre Nase, wodurch sie etwas bauchig wird wie ein umgedrehtes Fragezeichen.

»Ich habe darüber nachgedacht«, sagt sie. »Wir haben nicht miteinander geschlafen. So sehe ich es.«

»Du machst es dir sehr einfach«, sagt Jan, ohne so recht zu wissen, warum. Schließlich bietet sie ihm die angenehmste Lösung an: die ganze Geschichte zu vergessen.

»*Du* machst es dir zu einfach.« Ihre Stimme ist nicht mehr ganz so reißfest wie vor wenigen Minuten. »Dieser Komet ist an allem schuld: Katastrophe da oben, Katastrophe hier unten. Peng.«

»Sehr komisch.« Jan wendet sich ab. Vor drei Tagen, erinnert er sich, hat Kristin ihm erklärt, daß ein vergleichbarer Kometeneinschlag auf der Erde zu einer Eiszeit führen würde. Sie haben sich darüber unterhalten, was man tun würde, wenn man es vorher wüßte. Jan wurde klar, daß er nur sie wollte, Kristin, die neben ihm auf dem Beifahrersitz saß und ihn fragend ansah – er wollte sie, und sei es für einen letzten Tag, ein paar letzte Stunden.

Die schwüle Außenluft dringt in den Wagen, weil die Aircondition nicht mehr arbeitet.

»*Du* fliegst in ein paar Tagen wieder nach Deutschland zurück«, stellt sie fest, »während ich hier vor einem Scherbenhaufen stehe.«

Das kann er nicht widerlegen. Er ärgert sich. Er hat in der vergangenen Woche viel über sich geredet. Je länger er mit Kristin unterwegs war, um so mehr hat er erzählt, während sie neben ihm zuhörte. Sie ließ nie erkennen, was sie über sein Verhältnis zu Frauen dachte.

Die Erinnerung an dieses Fahren nirgendwohin löst Jans Verärgerung jetzt auf. Er denkt daran, wie Kristin morgens die *New York Times* gelesen hat, wie sie auf Rastplätzen in die Sonne blinzelte und wie sie abends mit einem übergeworfenen T-Shirt aus der Dusche kam und sich neben ihn auf die Eingangsstufen irgendeines Motelzimmers setzte. Einen

Augenblick lang stellt Jan sich vor, den Wagen zu wenden und wieder loszufahren. Er will sie immer noch. Einen Tag, eine Woche. Jahre. Warum nicht.
Er sieht sie an.
»Ich liebe dich«, sagt er.
Sie lacht auf, als hätte er erklärt, er sei in Wirklichkeit schwul. »Hör doch auf«, sagt sie. »Fahr zurück nach Deutschland und vergiß alles.«
Jan dreht sich zur Straße.
»Die Wievielte bin ich denn?« sagt sie. Die Härte ihres Tons schmerzt ihn. »Versteh bitte: Es hatte mit dir nichts zu tun«, fügt sie etwas weicher hinzu. »Deine Eitelkeit ist verletzt. Das ist alles.«
Jan will nicht aufgeben. Er sieht jetzt in Kristin alles, was ihm in seinem bisherigen zwar angenehmen, aber seltsam gestaltlosen Leben gefehlt hat. Er bildet sich ein, das Knäuel müsse sich entwirren lassen, wenn sie ihm nur ebenfalls ihre Liebe eingesteht – er weiß, daß sie es nicht tun wird.
Er läßt den Motor an, und innerhalb von Sekunden steigt Verachtung für Walter und sie und ihre Ehe in ihm auf, aus der sie sich nicht befreien kann, weil ihr Mut gerade mal dazu reicht, für eine Woche auszubrechen, um dann, kaum läuft bei Walter irgend etwas schief, umzukehren und sich dabei selbst zu bedauern und darüber zu jammern, daß das Leben eine Einbahnstraße ist. Vergiß alles!, als seien die schönen Jahre vorbei und man denke am besten nicht mehr daran, daß man nicht immer durch triste Wohngebiete gefahren ist. Jan weiß, warum er so ein Leben nicht lebt. Eins hat er sich vorgenommen: erst bei seiner Beerdigung tot zu sein.
Kristins Stirn spiegelt sich im Rhythmus der Reklame bläulich auf dem Innern der Windschutzscheibe. Von einem auf den anderen Moment erscheint sie Jan häßlich. Ihre Nase ist bauchig, stupsig und zu kurz.

»Wieso verläßt du Walter nicht«, sagt er, und in seiner Stimme liegt eine Abfälligkeit, als habe sich sein über Jahre kultivierter geschmeidiger Ton ins Gegenteil verkehrt. »Wieso hast du ihn überhaupt geheiratet? Er versteht nichts vom Leben.«
Sie starrt auf die leere Straße, und Jan spürt, daß seine Bemerkung sie getroffen hat.
»Er ist dein ältester Freund«, sagt sie nach einer Weile.
Jan hebt die Schultern. »Ich habe nie behauptet, ein guter Mensch zu sein.« Sie tut ihm jetzt leid, und er hat das Bedürfnis, etwas Versöhnliches zu sagen. Er erinnert sich nicht mehr, ob sie für ihn, als er sie kennengelernt hat, wirklich etwas Besonderes war. Ihn erstaunt heute manchmal der Hunger, mit dem er früher geliebt hat, als müsse er sämtliche auf einem Tisch angerichteten Speisen versuchen. Mit den Jahren lernt man, daß es nicht nur Delikatessen gibt, und im Lichte dieser Enttäuschungen blühen die frühen Nächte auf.
»Ich habe dich damals schon geliebt«, sagt er, bemüht um einen aufrichtigen Ton, der ihm nicht gelingt.
»Du überschätzt dich maßlos«, sagt Kristin, die in seiner Bemerkung nichts Versöhnliches entdecken kann. »Ich habe mich in Walter nicht mangels Alternativen verliebt.«
Alternativen hätte es gegeben, denkt Jan, aber sie hatte den Mut nicht, sie zu ergreifen. »Was ist denn mit eurer Ehe? Ihr streitet darüber, wer an den Geburtstag des Freundes gedacht hat! Noch eine Nummer kleiner geht es nicht. Walter neidet dir deine Freiheit, und du achtest seinen Beruf nicht. Wenn er wirklich kein Geld mehr hat, wirst du ihn über kurz oder lang verlassen.«
Kristin dreht sich mit einer heftigen Bewegung um: »Was bildest du dir ein«, sagt sie und öffnet die Wagentür. »Als hättest du ein Recht, solche Fragen zu stellen.«
Sie steigt aus, geht zu einer Straßenlaterne und lehnt sich an.

Die Gegend ist menschenleer, und Jan hat zum ersten Mal den Eindruck, es könnte besser sein, sich nicht auf der Straße herumzutreiben. Die Asphaltdecke ist abgeplatzt und hat wellige Kopfsteinseen zurückgelassen. Er öffnet seine Tür. Die schwüle Luft riecht nach vermoderten Speiseresten. Er geht auf Kristin zu, bleibt vor ihr stehen und weiß nicht, wohin mit seinen Händen.

»Es tut mir leid«, sagt er.

Kristin ist nicht in der Lage, sich mit Kühle zu umgeben. Sie hat nie ernsthaft darüber nachgedacht, Walter zu verlassen. Auch nicht in der Zeit mit Rick. Das Wissen darum, alle Voraussetzungen zu haben, im Leben auch alleine bestehen zu können, hat ihr keine innerliche Unabhängigkeit verschafft. Irgend etwas hat sie davon abgehalten, ihre Möglichkeiten zur Eigenständigkeit zu nutzen. Sie hat Walter geliebt, aber nicht nur deswegen hat sie ihn geheiratet. Walter war bereit, Verantwortung für ihr Leben zu übernehmen, und dagegen konnte sie sich nicht schützen, weil ihr ihre Angst vor Schutzlosigkeit nicht bewußt war. Jan, der jede Verantwortung, außer der für sein eigenes Leben, ablehnte, hatte bei ihr nie eine Chance. Weder vor dreizehn Jahren noch in der vergangenen Woche.

Kristin überblickt den Bürgersteig. Die Ampeln an der nächsten Kreuzung schalten für niemanden. Sie ärgert sich über Jans Eitelkeit, darüber, daß er glaubt, sie wolle eigentlich ihn und besitze nur nicht den Mut, sich von Walter zu trennen. Sie hat das Bedürfnis, Jan zu beweisen, daß sie zu Walter steht, daß ihre Ehe nicht zu einer leeren Gewohnheit geworden ist, sondern gerade in schwierigen Situationen Stärke zu beweisen vermag. Einen Moment lang ist sie erfüllt von dem Gedanken, auf der richtigen Seite zu stehen wie eine Heilige.

Jan ist erschöpft. Er kann das Gespräch nicht dorthin steuern, wo er es in seiner Vorstellung während der hinter ihnen liegenden Fahrt hat ankommen sehen. Kristin kann nicht aus ihrem Leben heraus, und er kann es auch nicht. Er schüttelt den Kopf. »Du hast recht«, sagt er. »Wir haben nicht miteinander geschlafen. Wir sollten fahren.«

Ein Gruppe Jugendlicher biegt um die Ecke, Schwarze und Weiße, soweit Jan erkennen kann. Sie tragen Jeans oder knielange Shorts, darüber flattrige T-Shirts mit Aufdruck. In Jan steigt die Unsicherheit wieder auf, die er empfunden hat, als er den Motor abgestellt hat und sich die Stille über die menschenleere Straße legte.

Kristin nimmt keine Notiz von der Gruppe, die allmählich näher kommt. Jan hat das Gefühl, daß sie sich in irgendeinen Gedanken verirrt hat, der ihm für immer fremd bleiben wird. Er sieht sie an, und es schmerzt ihn, daß die hinter ihnen liegende Woche schon jetzt tiefste Vergangenheit ist, eine so endgültige Vergangenheit, daß es unsicher ist, ob sie überhaupt stattgefunden hat.

»Und was sagen wir Walter?« fragt Jan und versucht, die Entfernung zu den Jugendlichen zu schätzen, fünfzig Meter vielleicht. Baseballschläger kann er keine erkennen.

»Nichts«, sagt Kristin und zeigt immer noch keine Reaktion auf eine drohende Gefahr. Jan bemüht sich, ruhig zu bleiben, und vernimmt das gleichmäßige Geräusch des hinter ihnen laufenden Motors, den er, er erinnert sich, wieder angestellt hat, kurz bevor Kristin den Wagen verlassen hat. Er würde den Motor nicht hören, wenn die Jugendlichen grölten, denkt er, aber er weiß nicht, ob es ein gutes oder schlechtes Zeichen ist, daß sie sich nur gedämpft unterhalten.

»Sind die ungefährlich?« fragt Jan ohne Hoffnung, Kristin aus ihrer Starre zu lösen. Es wäre sowieso längst zu spät, zum Wagen zu kommen. Zwanzig Meter ist die Gruppe noch entfernt, und es bliebe nicht genug Zeit, loszufahren – selbst bei laufendem Motor.

Kristin reagiert nicht. Jan sieht sie an wie zum letzten Mal. In wenigen Sekunden beantwortet sich seine Frage von selbst. Unvermittelt umarmt ihn Kristin, küßt ihn und drückt ihn an sich, wie sie ihren Teddy in ihrer Kindheit an sich gedrückt haben muß. Jan ist nicht mehr in der Lage, die Gruppe weiter zu verfolgen, weil er Kristin küssen muß, deren Augen sich unscharf in seinem Blickfeld hin- und herbewegen, während sie mit ihren Händen in seinen Haaren herumstreicht, als wollte sie sie ausreißen. Jan hört die Schritte der Jugendlichen hinter sich und spürt ein Kribbeln im Nacken in Erwartung eines Schlags. Endlich hebt er seine Arme, die wie abgeschaltet an seinen Schultern hängen. Er hebt sie und umarmt Kristin, die ihn immer noch küßt. Ihre Lippen sind rauh, leicht zerfurcht wie ausgetrocknetes, maseriges Holz – warm.

Jan steuert den Buick nach Kristins Anweisungen. Er braucht sich nicht zu konzentrieren, es geht geradeaus. Sie reden nicht. Noch einmal zieht die Erinnerung an die Nacht vor zwei Tagen durch Jans Kopf: Kristins Körper, der im Neonlicht so weiß ist wie der Embryo in ihr. Wie läßt sich feststellen, fragt sich Jan, was wirklich war? An Erinnerungen haftet kein Zertifikat, das sie als Realität ausweist. Jede Vergangenheit ist eine Schnittmenge aus verschiedenen Erinnerungen, ein Puzzle, das, was den Abend vor achtundvierzig Stunden angeht, nur verläßlich zu legen wäre, wenn er wüßte, welche Erinnerungen Kristin an diese Nacht hat und an den Tag davor, als sie durch die *Badlands* gefahren sind und die Zungen aus geronnenem Gips bestaunt haben, die geschmolzenen Säulen und Pyramiden, die versteinerten Dünen – und ein paar Stunden später hat sich Kristins Hüftknochen bei jedem ihrer Schritte unter der Haut abgezeichnet wie der Grat einer dieser Dünen, als sie nackt durch den Raum ging. Ihr Rücken war im Profil leicht gebogen, als sei ihre Wirbelsäule ein paar

Zentimeter zu lang. Die Bauchdecke dagegen spannte sich eben und pergamentfarben bis hinunter zur Scham. Ihre Brüste waren zu leicht, um sich im Rhythmus ihrer Schritte zu bewegen. Bilder und Bilder.
Jan fragt sich, was es bedeutet hätte, wenn die Jugendlichen vor wenigen Minuten nicht harmlos gewesen wären. Hätte er in der vergangenen Woche anders gehandelt, wenn es seine letzte gewesen wäre? Wohl nicht. Er hat versucht zu bekommen, was zu bekommen war, und – wenn auch überraschend – am Ende mit Erfolg. Jan hat nie Verständnis für die Behauptung gehabt, das Leben in einer Wohlstandsgesellschaft sei langweilig, weil es keine Herausforderungen biete. Gelegentliche Langeweile gehört zu jedem Spaß dazu. Vielleicht wäre es schade, wenn einen der Tod in einer dieser Flauten träfe, einfach weil er einen schwach vorfände, kraftlos. Aber vorhin, als er Kristin geküßt hat, ein Kuß, in dem für ihn die Fahrt durch den Kontinent noch einmal lebendig wurde, die Tage, die Abende, die letzte Nacht – in dem Moment hätte er mit dem Tod leben können.

Kristin gibt ein Zeichen anzuhalten, ohne daß Jan die Gegend wiedererkannt hätte. Sie steigen aus, und Jan nimmt die Tasche vom Rücksitz, die sie sich unterwegs gekauft haben zusammen mit ein paar T-Shirts zum Wechseln. Er schlägt die Tür zu und geht um den Wagen herum, Kristin hat auf ihn gewartet, und sie sehen sich noch einmal an. Es geht jetzt nicht mehr um sie, sondern um Walter, der ein paar Stockwerke über ihnen wartet. Sie drehen sich zur Tür und betreten das Treppenhaus, dann den Fahrstuhl, in dem Jan sich eingesperrt fühlt nach zweitausend Kilometern Highway. Dann öffnen sich die Kabinentüren, der weiße Gang erscheint Jan fast irreal, nur Neonröhren, die nicht auf- und nicht untergehen. Kristin bleibt vor der Wohnungstür stehen und holt den

Schlüssel aus der Tasche. Jan fragt sich, was in ihr vorgeht. Sie kehrt an den Ort zurück, den sie vor einer Woche verlassen hat, und nicht nur, daß ihr Streit mit Walter noch ebenso ungeklärt ist wie vor der Fahrt – zusätzlich hat ihr Mann ein paar hunderttausend Dollar Schulden.

Als Jan vor einer Woche an dieser Stelle gestanden hat, war er gespannt darauf, Kristin wiederzusehen, und jetzt geht es ihm so mit Walter: Wie sieht jemand aus, der sich ruiniert hat, der mit allen Mitteln den Erfolg gesucht und verloren hat. Und einen Augenblick lang stellt er sich vor, Walter säße betrunken, dumpf und geschlagen in einem Sessel, seit Stunden schon.

Kristin öffnet die Tür. Sie gehen durch den Flur, es riecht nach Zigarettenrauch, hier und da sind Lampen an, die Räume wirken wie alltäglich bewohnt, nur daß Geräusche fehlen, kein Klappern einer Tastatur, kein Schnaufen der Kaffeemaschine oder Prasseln von Wasser in der Duschkabine. »Walter?« sagt Kristin und sieht in die Küche, dann ins Wohnzimmer, auf dessen Tisch ein voller Aschenbecher steht. Die Anzeigen der Stereoanlage leuchten. Kristin öffnet die Tür zum Schlafzimmer, macht Licht. Noch einmal ruft sie Walters Namen, dann dreht sie sich zu Jan, der auch keinen Rat weiß. Er betritt das Badezimmer und sucht den Lichtschalter, der außerhalb angebracht ist und den Kristin jetzt betätigt. Die schwarzweißen Kacheln und die Badewanne mit der aufmontierten Duschwand. Ein leichter Geruch nach Seifenpaste und Feuchtigkeit. Jan dreht sich um. Kristin geht zurück ins Wohnzimmer und setzt sich, steht wieder auf und öffnet ein Fenster, um den Zigarettendunst hinauszubekommen. Anstatt sich über Walter Gedanken zu machen, wundert sich Jan jetzt, daß er in der vergangenen Woche nicht wieder mit dem Rauchen angefangen hat. Er sieht die Schachtel neben dem Aschenbecher liegen und geht zum Tisch. Er nimmt das Päckchen und klappt es auf, es ist leer. Kristin dreht sich zu ihm und sieht ihn an, als bewundere sie seinen Scharfsinn. »Das wird es sein«, sagt sie und nickt. »Er ist Zigaretten holen.« Jan legt die Schachtel wieder auf den Tisch und korrigiert das Mißverständnis nicht.

Ein Schlüssel wird in der Wohnungstür gedreht, sie öffnet sich und fällt wieder ins Schloß. Walter betritt den Raum. Er legt zwei Zigarettenschachteln auf den Tisch und geht auf Kristin zu, umarmt sie. »Schön, daß du wieder da bist«, sagt er und streicht ihr durch die Haare. Sie umarmt ihn auch, und Jan muß daran denken, daß er sie vor nicht einmal einer Stunde ebenso umarmt hat. Sie lösen sich voneinander, und Walter wendet sich Jan zu. Er macht einen aufgeräumten, gutgelaunten Eindruck und sieht lediglich um die Augen etwas erschöpft aus.

»Ich hoffe, die Fahrt hat sich gelohnt«, sagt er ohne Unterton, ohne einen unausgesprochenen Vorwurf oder gar Verdacht.

»Wie geht es dir?« sagt Kristin.

Walter winkt ab. »Das wird schon wieder«, sagt er, und jetzt ist zu hören, daß er die Unbeschwertheit nur spielt. Er nimmt eine der Zigarettenschachteln vom Tisch und reißt sie auf. »Ich habe mich mit ein paar Leuten in der Bank unterhalten, die meine Arbeit schätzen. Sie sind nicht begeistert, aber sie denken, die Sache wird sich in Ordnung bringen lassen.«

Jan spürt, daß das nur die halbe Wahrheit ist, aber sowohl er als auch Kristin sind zu müde, um genauer nachzufragen. Offensichtlich besteht auch keine ausgesprochene Eile, und es ist nicht geboten, noch an diesem Abend alle Konsequenzen bis ins letzte Detail zu besprechen.

»Hast du mit Neil geredet?« fragt Kristin und fügt hinzu: »Soll ich einen Kaffee machen?«

Walter schüttelt den Kopf. »Vielleicht ist es besser, morgen alles zu besprechen.« Er zündet sich eine Zigarette an. »Neil behauptet«, sagt er, und die Zigarette hüpft im Rhythmus

seiner Worte, »mit allem nichts zu tun zu haben.« Er stößt den Rauch aus.
»Und?« fragt Kristin, und ihr unterläuft ein leiser Verhörton. Walter sieht sie an, nicht verärgert, aber leicht irritiert. Für den heutigen Abend hat er nur Verständnis erwartet. »Ich habe doch gesagt, daß er mich reingelegt hat. Er hat meinen account benutzt.«
»Er kennt dein Password?«
Walter ist jetzt gereizt. »Wir arbeiten zusammen.«
Kristin nickt. Sie hat den Mißton selbst bemerkt und bemüht sich, die Verstimmung auszuräumen: »Ich will nur sagen, daß ich es nicht verurteilen würde, wenn es nicht so gewesen wäre.«
Walter versteht sie jetzt falsch. Er liest aus ihrer Bemerkung einen Vorwurf heraus. »Muß ich mich hier verteidigen?« sagt er. »Ich habe mir nichts vorzuwerfen, außer Neil vertraut zu haben.« Er lehnt sich zurück.
Kristin ist jetzt ihrerseits verärgert, da er nicht verstehen will, daß sie auf seiner Seite steht. »Ich meine nur«, bemerkt sie, »irgend jemand muß die Codes ja geknackt haben.«
Für Walter ist damit klar, daß sie nicht bereit ist, ihn zu schonen. Er weiß, daß er keine Schonung verdient hat, und trotzdem erwartet er sie von seiner Frau. Er steht auf. Es sei nicht schwer, Codes zu knacken, erklärt er, wenn man die nötigen Schlüssel hat. Er schweigt einen Moment und stellt sich ans Fenster. Er habe, sagt er, die entsprechenden Schlüssel bereits vor zwei Jahren gefunden, mehr durch Zufall: eine Fehlfunktion im System, der er ohne Hintergedanken und rein dienstlich sozusagen nachgegangen sei, und mit einemmal war er im Kernbereich der Datenverwaltung, im Tresor gewissermaßen mit all den Schätzen, die dort herumlagen: Aktienpakete, die im Grunde kaum bewegt wurden, die dort nur verstaubten, weil ihre Besitzer sie nicht pflegten, träge Besitzer, denen

das Wissen um ihren Reichtum genügte, Besitzer im wahrsten Sinne des Wortes, die auf ihrem Schatz saßen wie die Henne auf dem Ei, nur daß nie etwas schlüpfen würde aus ihrem Kapital, weil es nicht durch Bewegung befruchtet wurde. Walter sah sich um in der Gruft des Privatvermögens, einer Geldverwesungskammer ohne jeden Zweck, und er hatte sofort den Gedanken, was wäre, wenn man sich hier die eine oder andere Million borgen würde, um sie zum Leben zu erwecken, zu vermehren und anschließend wieder zurückzulegen in ihre Urne, während man den Gewinn für sich selbst verbucht. Ist das Unrecht? hat er sich gefragt. Ist das noch Diebstahl? Wem nimmt man etwas weg? Grabräuber sind nur die, die mit ihrer Beute auf Nimmerwiedersehen verschwinden. Es ist ein Borgen, mehr nicht. Ein ungefragtes, aber wen interessiert das schon. Hennen, die über ihren Eiern eingeschlafen sind, merken es nicht, wenn man sie ihnen kurz entführt. Das ungefähr ging ihm durch den Kopf bei seinem Streifzug durch das Tal der Könige. Aber er ist der Versuchung nicht erlegen, hat die Tür hinter sich leise wieder zugemacht und den Schlüssel in ein Schächtelchen gelegt: ein paar kleinere Programme und Codes, die nicht mehr Raum einnahmen als der Textfile eines Allerweltsdossiers.
»Ich habe Neil davon erzählt«, fährt Walter fort. Neil habe sofort glänzende Augen bekommen und konnte kaum verstehen, wieso Walter seine Ölquelle noch nicht angezapft hatte. Gefahrloser sei Kapital doch nicht zu bekommen, und er drängte Walter, doch zumindest einen Versuch zu wagen, irgendeine sichere Sache, die unmöglich schiefgehen konnte, ein Testlauf, und wenn am Ende nicht mehr dabei herausspränge als ein gutes Essen. Walter ließ sich überreden. Die Manipulation funktionierte reibungslos.
Er wolle sich nicht entschuldigen, sagt Walter, aber für Außenstehende sei die Faszination des Verfahrens kaum

nachzuvollziehen. Im Grunde sei es eine Möglichkeit, sich Geld zu verschaffen, ohne zum Dieb zu werden. Vielleicht sei man ein virtueller Dieb, aber erst, wenn die virtuelle Transformation zu einer realen werde, weil man einen Verlust eingefahren habe und das geborgte Ei nicht wieder zurücklegen könne, werde es gefährlich. Und selbst in diesem Falle könne es noch gutgehen, wenn das Huhn nicht aufwacht und durch irgendeinen teuflischen Impuls dazu veranlaßt wird, einmal nach seinem Ei zu schauen, sich einfach zu überzeugen, daß es noch da ist. Aber – und genau das ist vor drei Tagen passiert – es war nicht mehr da: zweihunderttausend Dollar, die fehlten und damit innerhalb einer Sekunde von einem Nichts zu einer Katastrophe geworden sind.

»Wenn wir Zeit gehabt hätten«, sagt Walter und setzt sich, »wäre es vielleicht möglich gewesen, den Verlust wieder einzuspielen. Es wäre gefährlich geworden, weil wir höher hätten pokern müssen. Ich verstehe bis heute nicht, was eigentlich in Neil gefahren ist. Er hat das Geld vor etwa zwei Wochen entnommen und angelegt und dann offenbar seelenruhig zugesehen, wie die gekauften Aktien gefallen und gefallen sind, bis nichts mehr übrig war, anstatt rechtzeitig zu verkaufen und den Schaden zu begrenzen.«

Kristin nickt. Die gereizte Stimmung hat sich aufgelöst. »Vielleicht sollten wir morgen in Ruhe über alles nachdenken«, sagt sie. »Ich bin todmüde. Meinst du, daß es solange Zeit hat? Sonst setze ich doch einen Kaffee auf. Einen europäischen«, fügt sie in Jans Richtung hinzu.

Walter greift nach der Zigarettenschachtel. »Kein Problem«, sagt er. »Ich rauche noch eine Zigarette und komme dann.«

Kristin steht auf. »Denk daran, daß Jan hier schläft«, sagt sie. Es ist nicht als Kritik gemeint, sondern als Hinweis, den Walter versteht. Er öffnet die Fenster und setzt sich wieder, während Kristin den Raum verläßt.

»Wie weit seid ihr gekommen?« fragt er Jan, um das Thema zu wechseln.

Jan hat den Eindruck, als wolle Walter noch mit ihm allein reden, und die Vorstellung gefällt ihm nicht. Er befürchtet, Walter könnte doch mißtrauisch sein und Einzelheiten ihrer Fahrt wissen wollen. »Bis zur Mitte des Kontinents etwa«, sagt er. »Bei den in den Fels gehauenen Präsidentenköpfen sind wir umgekehrt.«

»Und?« fragt Walter. »Beeindruckt?«

Jan kann sich nicht vorstellen, daß Walter über Sehenswürdigkeiten informiert werden will. Er ist vorsichtig. »Ja, schon«, sagt er. Er hört Kristin im Bad hantieren.

»Ich bin praktisch noch nicht aus New York herausgekommen«, stellt Walter bedauernd fest. »Wenn das hier vorbei ist, werde ich mir das Land ansehen. Das habe ich mir vorgenommen.«

»Die Fahrt querdurch ist langweilig: Felder, Felder und nochmals Felder.« Jan bemüht sich, das Gespräch auf dem unverbindlichen Ton zu halten, bis Walter seine Zigarette geraucht hat.

»Die Weite muß faszinierend sein«, überlegt Walter.

Kristin kommt aus dem Bad. Dann öffnet sich eine andere Tür und wird wieder geschlossen. »Sicher«, sagt Jan. »Aber nicht drei oder vier Tage lang.«

Walter hebt die Schultern. »Ich muß einfach mal raus«, stellt er fest.

Jan nickt. Die Asche von Walters Zigarette hat jetzt fast den Filter erreicht. Er zieht noch einmal und kneift dabei die Augen zusammen. Dann drückt er sie aus. »Weißt du«, sagt er nachdenklich, »natürlich kann ich mir Vorwürfe machen. Aber zu der Situation jetzt ist es nur gekommen, weil Neil eigenmächtig gehandelt hat.«

Jan hofft, daß Walter nicht vorhat, den ganzen Fall noch einmal mit ihm durchzugehen. Er kann nichts dazu sagen, er hat noch nie eine Aktie in der Hand gehabt. Aber Walter redet weiter.

»Es gibt Aktien«, erklärt er, »die in kurzer Zeit zehn, manchmal zwanzig Prozent zulegen, das heißt, zehn- bis zwanzigtausend Dollar für hunderttausend. Es ist wie die Erzeugung von Geld aus dem Nichts. Nur fallen dürfen die Papiere nicht – und Neil, anstatt das Spiel auf der sicheren Seite zu spielen, wollte über Nacht reich werden. Dann sind die gebuchten Aktien abgestürzt, und Neil, beziehungsweise ich sitze jetzt mit einem Verlust von zweihunderttausend Dollar da. Wie konnte ich so leichtsinnig sein, und ihm den Zugriff auf die Datenbanken erlauben?«

Walter nimmt sich erneut eine Zigarette. Jan hat sich damit abgefunden, daß er sich die ganze Geschichte noch einmal anhören muß. Vermutlich, denkt er, schläft Kristin längst.

Walter erzählt, er habe mit Neil telefoniert, um ihn zur Rede zu stellen und zu fragen, was er jetzt zu tun gedenke, um die Sache wieder in Ordnung zu bringen. Neil, und das war in Walters Augen die Höhe, habe behauptet, er wisse von nichts. Er wollte nie etwas von den betreffenden Aktien gehört haben. Wie denn Walter darauf komme, daß er sich an solchen Machenschaften beteiligen würde? Und während er alles abstreitet, hört Walter Neils Frau im Hintergrund turteln, daß er doch ins Bett kommen soll. Walter hat getobt. Wer Scheiße baut, hat er gesagt, muß wissen, wie die Klospülung funktioniert, und er, Neil, solle sich jetzt gefälligst nicht aus der Verantwortung stehlen. Aber Neil blieb dabei, von der Sache nichts zu wissen, und Walter war klar, daß er damit durchkommen würde, weil er die ganze Arbeit gemacht und Neil sich nur mit den anfänglichen Gewinnen die Hosentaschen vollgestopft hatte. Walter verfluchte sich, daß er seinem Freund vertraut hatte, vertraut darauf, daß er sich an die

Abmachung hielt, nur auf sichere Aktien zu setzen und sich nicht auf den Handel mit *Junk*-Papieren einzulassen, die heute Füllhörner sind und morgen der letzte Dreck. Wie kann man nur so dumm sein, so unendlich dumm, hat er sich gesagt, und dann hat es ihm gereicht, und er wollte sich ins Auto setzen, zehn Minuten Fahrt, und Neil zur Rede stellen. Erst auf der Straße fiel ihm ein, daß er sich nicht ins Auto setzen konnte, weil das Auto nicht da war, weil seine Frau mit seinem Freund irgendwo durch die Landschaft gondelte. Er ist sich vorgekommen wie der letzte Arsch, auf dem alle nach Belieben herumtrampelten. Aber nicht mit mir! hat er sich gesagt und sich ins Taxi gesetzt, zehn Minuten Fahrt, und dann macht Cindy, Neils Frau, die Tür auf, ziemlich verschlafen und im Morgenmantel. *Walter?* sagt sie, *what are you doing here at this hour?* Walter ist an ihr vorbei in die Wohnung gegangen und hat behauptet, sie wisse sehr gut, was er hier mache, aber sie blieb dabei, daß sie von nichts etwas wisse, und wo denn eigentlich Neil sei, mit dem er doch den Abend verbracht habe? Walter dachte, das ist der Gipfel!, diese blöde amerikanische Pute glaubt doch tatsächlich, sie könnte ihn mit ihrer Unschuldsmiene wieder loswerden. Neil, der Feigling, schickt auch noch seine Frau vor! Aber Walter läßt sich nicht aufhalten, er kennt sich in der Wohnung aus, diese protzige Wohnung mit fünf Zimmern, die sich Neil hinten und vorne nicht leisten kann. Er geht durch das Wohnzimmer, das mit Marmor-, Glas- und Plüschkitsch nur so vollgestopft ist. Auf dem Sofa sitzt blöde und stumm Cindys Kinderteddy, den er schon immer grauenhaft fand und dessen Brummen sie bei jeder ihrer Cocktailparties unter dem Gekreische ihrer Freundinnen vorführt und den sie, nimmt er an, bis heute liebt, weil er keine Widerworte gibt. Wahrscheinlich, denkt Walter, hat die abgewetzte Tatze dieses Viechs sie auch entjungfert, irgendwo muß das Fell ja geblieben sein. Und Cindy – der er nicht mehr zutraut, als zu telefonieren und zu vögeln –, diese dumme Person will ihm weismachen, Neil sei nicht zu Hause! Neil, mit dem er vor gerade mal einer Viertelstunde telefoniert hat, während sie im Hintergrund rumflötet, er soll ins Bett kommen. Walter geht Richtung Schlafzimmer, Cindy protestierend in seinem Schlepptau, die Tür steht offen, und Walter tritt ein und ist einen Moment irritiert, weil Neil wirklich nicht da ist, in keiner Ecke dieses Kunstseide-Spiegel-Mahagonipuffs, wie Walter das Schlafzimmer der beiden einmal genannt hat. Jetzt wird die Angelegenheit schwierig, weil er beginnen müßte, die ganze Wohnung abzusuchen, das Badezimmer, die Küche mit der *Miele*-Waschmaschine – irgendwo muß sich Neil ja nun versteckt halten, aber bei einem Katz-und-Maus-Spiel würde sich Walter genauso lächerlich machen, wie er es lächerlich findet, daß sich Neil, der Feigling, versteckt, während Cindy in Walters Rücken hysterisch kreischt, daß Neil nicht da ist, *he's not here, I told you so*. In Walter beginnt es für einen Moment zu arbeiten, und dann addieren sich die Fakten ganz anders zusammen. In dem Augenblick, in dem er im Schlafzimmer steht und ihm auffällt, daß Neils Teil des Bettes wirklich unberührt ist, reimt sich alles in einer für ihn sehr viel reizvolleren Logik zusammen. Er hat zwar mit Neil telefoniert, und er hat im Hintergrund diese Frauenstimme gehört, die er natürlich für Cindys Stimme gehalten hat, aber er hat, wie immer, Neils Handy angewählt, und Neils Handy ist da, wo Neil ist, und wenn Neil nicht in seiner Wohnung ist und im Hintergrund eine Frauenstimme turtelt, daß er ins Bett kommen soll, dann ist er bei einer dieser Wallstreetpussis, die die Büros bevölkern – Neils Sekretärin beispielsweise, der er auf den Schoß gerutscht ist – und die, davon ist Walter überzeugt, nur darauf hoffen, daß man irgendwann die eigene Frau davonjagt und statt dessen sie über die Schwelle des Penthouses trägt. Bei so einer also, reimt er sich zusammen, ist Neil, während seine Frau hier in ihrer Plüsch- und Kunstseidewelt liegt und denkt, ihr Mann wäre mit ihm sonstwo, bei der Arbeit jedenfalls und nicht beim Bumsen. Die Geschichte, die sich in Sekundenschnelle in Walters Gehirn bildet, paßt ihm wunderbar ins Konzept, um Neil einen ersten Strich durch die Rechnung zu machen: Über die Dollars, denkt er, wird später geredet, jetzt geht es erstmal darum, seine Frau, diese Schnepfe, die jetzt, ohne Make-up und Tusche aussieht wie Miss Piggy mit der Figur von Claudia Schiffer – jetzt geht es darum, Neils Frau darüber aufzuklären, was ihr Mann so treibt, wenn er behauptet, er sei mit Walter unterwegs. Und Walter wird ganz ruhig, setzt ein freundschaftliches Lächeln auf und entschuldigt sich erstmal in aller Form für sein Eindringen. Cindy bringt ihre Locken in Ordnung. Walter erklärt ihr, daß er vor nicht einmal zwanzig Minuten mit Neil telefoniert hat, via Handy wie immer, und im Hintergrund habe eine Frauenstimme, die ihrer, Cindys Stimme sehr ähnlich gewesen sei, gesäuselt, er solle doch ins Bett kommen. Und jetzt das! Er könne einfach nicht umhin anzunehmen, daß Neil, wenn er nicht hier sei, bei einer anderen Frau sein müsse. Cindy sagt nichts mehr, sagt endlich einmal nichts mehr, und einen Augenblick lang, zum ersten Mal überhaupt, soweit Walter sich erinnert, nimmt ihr Gesicht in seinen Augen einen halbwegs normalen Ausdruck an: Miss Piggy, die wirklich verzweifelt ist, weil Kermit, der Frosch, keinen Blick für sie hat. Sie setzt sich langsam auf die Bettkante, und während sie nichts sagt und neben ihm sitzt, breitet sich in Walter eine Kälte aus, die er selbst an sich nicht kennt: Er weiß jetzt, daß er sich an Neil rächen wird, und er weiß auch, wie. Denn Cindy, die neben ihm sitzt und immer noch nichts sagt, hat ihm hin und wieder deutlich zu verstehen gegeben, daß sie für ein Abenteuer zu haben wäre, was ihn nie sonderlich gereizt hat, aber jetzt reizt es ihn aus einem anderen Grund. Er weiß, daß er diesen Versuch machen wird, er muß. Er legt Cindy, wie zum Trost, seinen Arm um die Schultern und sagt, daß es ihm leid tut, aber er habe es ihr sagen müssen, und Cindy beugt sich zum Nachttischschränkchen und holt eine Flasche Whiskey heraus – Walter weiß von Neil, daß sie gelegentlich trinkt –, und sie gießt sich ein. *You want a drink?* Walter nickt, und dann trinken sie, und Cindy flucht über Neil, das Schwein, aber sie flucht nicht hysterisch und aufgesetzt, sondern sie ist jetzt einigermaßen maskenlos bei sich. Sie trinken, das braucht sie offenbar, und Walter braucht es auch, um alles, was geschehen ist, in seinem Kopf zu löschen und leer zu werden, für das, was kommen soll, und nach dem dritten oder vierten Glas glaubt er, soweit zu sein. Er sieht Cindy an, die immer noch auf der Bettkante neben ihm sitzt, und sie sieht ihn an, die Augen vom Alkohol trüb wie bei einem Fisch, der zu lange gelegen hat. *Get undressed*, sagt Walter, und sie steht tatsächlich auf – er wundert sich selbst, wie einfach es geht – und zieht sich den Morgenmantel aus, unter dem sie ein fleischfarbenes Satinnachthemd mit falschen Spitzen trägt. Sie schiebt die Spaghettiträger über die Schultern, und der falsche Schimmer gleitet zu Boden. So wie die Figur von Claudia Schiffer ist ihre nicht, denkt Walter, die Brüste hängen wie Zitronen an ihr herab, die Nippel fast an der tiefsten Stelle. An ihren Oberschenkeln ist sie breiter als am Becken. Dennoch erregt ihn ihre Nacktheit und mehr noch die Macht, die er jetzt über sie hat, und er zieht seine Hose aus und spreizt die Beine. Sie kniet sich hin – es geht so einfach, denkt Walter, so einfach – und sie nimmt seinen Schwanz in den Mund. Walter sieht Cindys dauergewellte, blonde Haare, eine künstliche Fülle, die ihm rhythmisch entgegenkommt und sich wieder entfernt. Und während sie zwischen seinen Beinen arbeitet und sich eine billige Genugtuung in ihm ausbreitet, steigt zusätzlich sein Haß auf Neil wieder in ihm hoch und gleichzeitig damit eine Verachtung für Cindy, seine Frau, die einfacher zu bekommen ist als eine von der Straße, und genau das – so sieht er es jetzt – ist ihre Aufgabe: Sie hat zwischen seinen Beinen einen Job zu erledigen, damit Neil versteht, was es bedeutet, gefickt zu werden. Denn Neil hat ihn gefickt, ist in seine Datenkanäle eingedrungen und hat ihm dort einen Betrug injiziert. Neil, das Schwein. Walter spürt, daß er sich dem Punkt nähert, ab dem es kein Zurück mehr gibt, und er will nicht mehr zurück, im Gegenteil, er weiß jetzt, was er will: daß Cindy ihren Job erledigt, um Neil zu demütigen, und Walter wird dafür sorgen, daß sie ihren Job erledigt, obwohl Cindy selbst die Sache jetzt bleiben lassen will, weil sie spürt, daß er kurz davor ist, und sie auch etwas haben will von allem, aber bevor sie den Kopf wieder heben kann, legt er seine Hände auf ihre künstlichen Locken und drückt sie wieder hinunter, und sie grunzt, weil sie seinen Schwanz jetzt loswerden will. Sie schlägt mit den Armen auf seinen Knien herum. Kein Problem, denkt Walter, sie kann es auch anders haben, er ist jetzt in der Lage, es ihr auf alle möglichen Weisen zu besorgen. Er zieht ihren Kopf an den Haaren hoch, sie schreit auf, aber ihr bleibt nichts übrig, als den Bewegungen seines Armes zu folgen, und als Walter sieht, daß sie wie ein Fisch am Haken zappelt, muß er an diesen ängstlichen Sachbearbeiter denken, den er damals auf den Schreibtisch gepreßt, aber nicht ins Gesicht geschlagen hat, obwohl er es verdient gehabt hätte. Cindy wird nicht so glimpflich davonkommen, denn jetzt ist die Grenze erreicht, mehr kann man ihm nicht zumuten, er läßt sich sein Leben nicht zerstören. Irgendwann platzt jedem der Kragen. Er preßt Cindys Gesicht in die Satinbettwäsche, seine Armmuskeln sind hart, sie schlägt und schlägt auf die Matratze, die ihre Schreie schluckt und in ein gepreßtes Quieken verwandelt. Mit den Beinen strampelt sie, als sei sie Nichtschwimmerin und habe Angst unterzugehen, aber sie hat keine Chance, Walter zu treffen, der zwischen ihren Schenkeln kniet und mit der rechten seinen Schwanz herunterdrückt, bis er über der hin- und herwackelnden Rosette angekommen ist. Cindy, die ihn jetzt spürt, erstarrt für einen Moment, weil sie es nicht glauben kann. Sie versucht, Walters Namen zu rufen, aber selbst wenn sie zu verstehen gewesen wäre, hätte sie ihn nicht erreicht, Walter ist nicht mehr zu erreichen, er ist ein einsamer Kämpfer für seine Sache, er wird der Welt zeigen, was es bedeutet, so mit ihm umzuspringen, er wird es Neil zeigen. Er stößt seinen Schwanz in Cindy, die nicht mehr genug Luft bekommt, um noch zu schreien, nur noch ein Grunzen dringt durch die Matratze, die im Rhythmus von Walters Stößen vibriert. Es ist Neil, dem er jetzt die Scheiße zurück in den Arsch stopft, einen Stoß nach dem anderen, und es riecht jetzt nach Scheiße, alles kocht hoch, die Welt gibt sich als die Kloake zu erkennen, die sie ist. Den Sieg trägt der davon, dem der Gestank nichts ausmacht. Walter macht der Gestank nichts aus. Nicht mehr. Ein, zwei Stöße noch, und er kommt. Er zeigt es Neil, er zeigt es allen. Er pumpt Cindy voll, die er endlich losläßt, die hustet und spuckt, ihr Gesicht ist rot und voller Flecken. Sie hustet und spuckt und wimmert, und Walter steht auf, zieht sich die Hose an und geht, geht durch das Wohnzimmer mit dem Plüschbären, der Cindy nicht beschützt hat. Er atmet durch: Er hat diesen ganzen Marmor-, Glas- und Plüschkitsch gefickt. Er hat Neil gefickt. Er hat Amerika gefickt.

Walter steht am Fenster, spricht ruhig und mit leiser Stimme, nur die Zigaretten, die er fast am Stück raucht, verraten seine innere Spannung. Er redet von sich selbst wie von einem

Fremden. Es ist deutlich, daß es ihm nicht darum geht, sich zu verteidigen. Wenn Walters Darstellung stimmt – und sie stimmt aus seiner Sicht –, hat er sich nicht vorgenommen, Cindy zu vergewaltigen, sondern lediglich mit ihr zu schlafen, um sich an Neil zu rächen, was zwar primitiv, aber nicht verboten ist. Wenn man ihm vor einer Woche gesagt hätte, er sei in der Lage, eine Frau zu vergewaltigen, hätte er das von sich gewiesen in dem sicheren Bewußtsein, sich in diesem Punkt richtig einzuschätzen. Sein Verhältnis zur Sexualität war nicht so geradlinig wie das von Jan, es klaffte eine Lücke zwischen seinem Bettleben mit Kristin und gelegentlich imaginierten Abenteuern, deren Realisierung er aber nie ernsthaft in Angriff genommen hätte. Er hatte Kristin einmal Lackstiefel geschenkt – ein bescheidener Versuch auf diesem Weg –, und die Tatsache, daß Kristin die Stiefel nie getragen hatte, interpretierte er als Beweis dafür, daß der Graben zwischen Fantasie und Realität ein naturgegebener und damit per se nicht zu überbrückender sei. Jede Anstrengung in diese Richtung, sagte er sich, war damit ein von vornherein nutzloser Energieaufwand, und die eingesetzten Kräfte fehlten einem am Ende doch nur bei der Verwirklichung erreichbarer Ziele, Wohlstand, Erfolg.
Auch in seinen Fantasien spielten Vergewaltigungen keine Rolle, im Gegenteil, meistens stellte er sich vor, daß er allein oder abwechselnd mit einem anderen Mann eine billige Hure nehmen mußte, den Kommandos einer unberührbaren Frau folgend, allerdings ohne vorher irgendwelche Stiefelabsätze küssen oder auf allen vieren herumkriechen zu müssen – das fand er albern. Der einfache Seitensprung reizte ihn dagegen kaum, und den in der Bank gelegentlich angedeuteten Offerten in diese Richtung konnte er gut widerstehen. Er selbst hätte sein Sexualleben als ausgeglichen und zufriedenstellend bezeichnet. Und er war überzeugt, daß ihn diese Tatsache von

dem Verdacht, er könne jemals eine Vergewaltigung begehen, vollständig befreite.
Was geschehen war, entsetzte ihn, als es ihm bewußt wurde, was allerdings nicht sofort der Fall war. Nachdem er Neils Wohnung verlassen hatte, nahm er sich erneut ein Taxi und setzte sich zu Hause vor den Monitor. Das Geschehene versank in kürzester Zeit wie unter Nebel, und seine Konzentration richtete sich ausschließlich darauf, die verhängnisvollen Transaktionen wieder rückgängig zu machen und Neil – so stellte er es sich vor – die Scheiße wieder zurückzustopfen oder wenigstens alle Geldbewegungen zu löschen, die auf den Betrug hinwiesen.
Er hat getrunken. Als sich der Sonnenaufgang näherte, wurde ihm klar, daß nichts mehr zu vertuschen war, daß er in ein paar Stunden als Betrüger dastehen würde. Die Geschichte mit Cindy kehrte zurück. Er fühlte sich im Recht, obwohl bereits mit Unbehagen. Es wäre ihm jetzt lieber gewesen, er hätte Neil krankenhausreif geschlagen, vielleicht wäre dann die Befriedigung so dauerhaft gewesen wie vor Jahren, als er seinen Sekretär gedemütigt und anschließend erhobenen Hauptes gekündigt hatte in dem sicheren Bewußtsein, daß die, denen er seine Kündigung auf den Tisch legte, ihm im Grunde recht gaben. Jetzt dagegen hätte er sich ohrfeigen können nicht nur für das, was er Cindy – die ihm nun in ihrer Naivität wieder liebenswert erschien – angetan hatte, sondern er überlegte sich, daß ihn seine Entgleisung in der Auseinandersetzung mit Neil schwächte, weil Neil sich damit auf den Standpunkt stellen konnte, sie seien quitt.
Er saß ratlos vor dem Monitor und konnte nichts mehr erkennen, weil die Helligkeit der aufgehenden Sonne auf dem Bildschirm einen milchigen Nebel aufsteigen ließ. Er ging zum Telefon und rief Kristin an, die ihre Nummer auf den Anrufbeantworter gesprochen hatte, ausgerechnet als er bei

Cindy war. Er sah in ihr seine letzte Rettung, obwohl sie irgendwo da draußen war, mehr als tausend Meilen entfernt. Er begann zu wählen und legte nach wenigen Ziffern wieder auf. Was sollte er ihr sagen? Wieviel sollte er ihr sagen? Es war nicht möglich, ihr die ganze Geschichte am Telefon zu erzählen. Trotzdem mußte er mit ihr sprechen. Er wollte nur ihre Stimme hören, und er begann wieder, die Nummer zu wählen, diesmal bis zur letzten Ziffer. Dann war statt Kristin eine unbekannte, verkaterte Männerstimme am anderen Ende. Das verwirrte ihn.

»Das war Hank, ein Deutschlehrer aus Madison, der mit seiner Frau im Nachbarbungalow wohnte«, sagt Jan, der neben Walter an der Wand lehnt und ebenfalls leise spricht. »Er wollte alles über Deutschland wissen, und wir haben die Nacht durchgemacht.«

Walter geht zum Aschenbecher und drückt seine halbgerauchte Zigarette aus. »Es ist spät«, sagt er und richtet sich wieder auf. Er bleibt einen Moment stehen. »Danke, daß ihr sofort gekommen seid.«

Jan geht zum ersten Mal alleine durch New York und wundert sich, wie fremd ihm die Stadt ist, jetzt, an einem Montagmorgen. Die Alltäglichkeit paßt nicht zu seinem Bild von der Stadt. Wo es um Vergnügen, Geld und Sex geht, erwartet man keine Gemüsehändler, die Salatkisten vor ihren Läden stapeln wie überall.

Vor einer knappen Stunde ist Jan aufgewacht und durch den Flur zum Bad gegangen. Er war froh, daß Kristin und Walter noch schliefen, und zog sich an. Die Vorstellung, mit den beiden frühstücken zu müssen, war ihm unangenehm, und er legte eine kurze Notiz auf den Tisch, daß er sich die Stadt ansehe. Er entriegelte die Türschlösser und ging.

Dann die Taxifahrt durch New York am Morgen. Die Sonne

fiel horizontal auf die Glasfronten und vervielfältigte sich dort wie auf einer Wand aus gleichgeschalteten Monitoren. Die Fenster der niedrigeren Häuser wurden von der Sonne nicht erreicht und erschienen wie die dunklen Felder von kleinen Schachbrettern. Der Taxifahrer war gut gelaunt, erzählte, daß in New York mehr Nationalitäten versammelt seien als in der UN, womit klar war, daß er in Jan sofort den Touristen erkannt hatte, der nichts wußte von den Besonderheiten der Stadt. Er wußte nicht einmal, wieviel Trinkgeld er geben sollte. Fünfzehn Prozent Minimum, hatte er gelesen, wenn man nicht unhöflich sein will.

Er stieg aus, das Taxi fuhr weiter, und dann gab es nichts und niemanden mehr, der die nächsten Schritte bestimmte. Jede Richtung war möglich. Jan kam sich vor wie eine erstmalig von sämtlichen Fäden befreite Marionette. Er hatte sich in die Nähe des japanischen Restaurants fahren lassen, in dem er mit Walter und Kristin gesessen hatte und dessen Koordinatenpunkt im System der Straßen ihm in Erinnerung geblieben war. Er schlenderte über den Bürgersteig, vorbei an den Schaufenstern von Drugstores, Friseuren und Lebensmittelläden.

Er hatte gehofft, der Morgen in den Straßen würde ihn von allem ablenken, aber das Hin und Her zwischen seiner Vorstellung von New York und der Alltäglichkeit des Stadtlebens ist zu unruhig, um ihn einfach nur dasein zu lassen, und seine Gedanken kehren immer wieder zu dem gestrigen Abend zurück, zu Walter, der seine Geschichte erzählt.

Jan ist nicht entrüstet. Es gelingt ihm nicht, sich in Cindy zu versetzen, die er nicht kennt. Ihr Leiden bleibt für ihn abstrakt. Er hält Walter zwar für schuldig, aber nicht aus Empörung heraus, sondern weil er weiß, daß es so nicht geht, daß es nicht zu rechtfertigen ist, derart die Kontrolle zu verlieren. Jan kann die Geschichte im Moment nur in bezug auf seine eigene Situation sehen: Er ist nicht mehr der unbeteiligte Gast, der er gerne wäre. Sollte Walter sein Geständnis gegenüber Kristin wiederholen, wäre es ein Gebot der Fairneß, auch über das zu reden, was vor drei Tagen war, zweitausend Kilometer entfernt.

Jan hat es sich immer als eine Art Tugend angerechnet, daß er, egal, in welcher Situation, bisher weitgehend mit offenen Karten gespielt hat. Ob im Beruf oder in seinem Verhältnis zu Frauen – er hat verdeckte Spiele nie gemocht. Was den Beruf anging, war ihm klar, daß er damit seine Möglichkeiten deutlich beschränkte. Bei Frauen nicht, so war es jedenfalls bisher. Er konnte sich nicht vorstellen, ein kompliziertes Geflecht von Liebschaften – möglicherweise in Konkurrenz zu anderen Männern – zu unterhalten. Es gab Tage, da hat er morgens und abends jeweils mit einer anderen Frau geschlafen, aber anstatt daraus eine einfältige Befriedigung seiner Männlichkeit zu ziehen, haben ihn diese Tage zumeist merkwürdig leer zurückgelassen. Das mechanische Zähneputzen am nächsten Morgen erschien ihm dann wie ein Sinnbild für alles, was er den Tag über tun würde. Er verließ unter irgendeiner Ausrede, und ohne Kaffee zu trinken, die Wohnung und ging durch die Stadt. Hinterher war er fast froh, wenn es auf der Welt zu einer Katastrophe gekommen war, deren Nachrichtenschwemme ihn für ein paar Stunden ablenkte. Fast allen Frauen sagte er, sie sollten ihn in der Redaktion nicht anrufen.

Jetzt gibt es keine Redaktion, in die er flüchten könnte. Er geht vorbei an Mülltonnen, deren verbeulte Blechdeckel an den Hauswänden festgekettet sind. Die Hydranten wachsen wie metallene Baumstümpfe an den Straßenecken aus dem Zement. Unter den meisten Fenstern der Altbauten hängen die staubgrauen Kästen der Klimaanlagen wie an die Wand montierte Hamsterkäfige – schwer vorstellbar, in New York könnte es noch Luft geben, die nicht durch irgendwelche Rohre oder Ventilationssysteme gelaufen ist. Die gelegentlich am Straßenrand gepflanzten Bäume sind fast alle jung, als müsse man sie regelmäßig erneuern. Kaum welche haben echte Kronen, bei den meisten reicht es nur zu ein paar vom Stamm ausgehenden begrünten Tentakeln.

Eine heftige Bewegung ein paar Meter vor ihm erregt Jans Aufmerksamkeit. Ein älterer Mann greift sich an die Hosentasche, ein Jugendlicher rennt weg und ist schon um die nächste Ecke. Der Alte sieht dem Jungen nach: *Son of a bitch!* flucht er und stellt fest, daß seine Hose fast bis zum Knie eingerissen ist. Er schüttelt noch einmal den Kopf, dann geht er weiter und hält den herunterhängenden Stofflappen mit der Hand fest, damit es nicht zu lächerlich aussieht.

Fünf Minuten später dann eine andere Szene: Eine Passantin niest, ein ihr entgegenkommender Mann wünscht ihr Gesundheit, sie dankt mit einem kurzen Lächeln, und beide gehen aneinander vorbei, haben ihren Gang nicht einmal verzögert.

New York sickert allmählich in Jans Wahrnehmung. Die Gedanken an Walter und Kristin rücken in den Hintergrund, lösen sich auf in der Hoffnung, daß sich schon alles irgendwie klären werde, daß er in einer Woche sanft zurückgleiten wird in sein Leben in Deutschland. Er wird erzählen, wie beeindruckend die Stadt ist, wie einen die Gegensätze überwältigen, wie verblüffend die unterschiedlichsten Kulturen den Alltag prägen und wie es einen reizt, eine Zeit selbst hier zu leben – er wird erzählen, was alle schon wissen.

Jan überquert den Broadway. Als er mit Kristin über Land gefahren ist, hat er sich gewundert, daß es fast in jeder kleineren Stadt einen Broadway gab. Allerdings keine Theater. Irgendeine der großen Shows sollte er besuchen, denkt Jan, der in Deutschland aus eigener Initiative fast nie ins Theater geht, weil er sich, wenn er doch einmal eine Aufführung besucht, fast immer langweilt. Während sich die Schauspieler auf der Bühne Mühe geben, Seelennöte darzustellen, blättert er im Programmheft, was weniger an den Schauspielern liegt, sondern an den Nöten selbst, die ihm durchweg fünf Nummern zu groß vorkommen. Hätte man selbst einmal in einer Todeszelle gesessen, könnte es möglicherweise interessant sein zu erfahren, was in Danton kurz vor seiner Hinrichtung vorgegangen ist, aber wenn die brenzligste Situation im Leben ein Blechschaden ist, weil einem jemand die Vorfahrt genommen hat, ist der Kerker nichts als ein Museumsstück.

Es ist Jan immer vorgekommen, als sei das Theater eine Einrichtung für Zwanzigjährige und nicht, entsprechend der Tradition in Deutschland, eine Bildungsinstitution für das Bürgertum. Wenn er junge Menschen im Parkett und auf den Rängen sah, hatte er Verständnis dafür, daß sie auf der Suche nach Dramatik für das eigene Leben im Theater nach großen Emotionen Ausschau hielten wie Jugendliche, die von Autorennen fasziniert sind, solange sie noch keinen Führerschein haben. Nach fast zwanzig Jahren Stadtverkehr dagegen sieht man die Dinge anders.

Jan erreicht eine hüfthohe Mauer, an der die Straße endet. Vor ihm liegen ein paar kaum genutzte Docks und der Hudson River. Er steigt eine Treppe hinunter und schlendert über das Kopfsteinpflaster, in das hier und da rostige Schienen eingelassen sind. Die Anlagen zum Löschen der Frachten und die Lagerschuppen machen einen heruntergekommenen Eindruck. Jan bleibt vor einer Bank mit abgeblätterter Farbe stehen. Die Umgebung erinnert ihn an die, in der Kristin sich von Rick hat fotografieren lassen mit übergeworfenem Männertrenchcoat, der ihr über eine Schulter gerutscht ist. Sie könnte auf dieser Bank gesessen haben, denkt Jan, aber vermutlich gibt es in New York ungezählte Ecken wie diese, halb verlassen und aus der Zeit gefallen.

Jan setzt sich auf die Bank und stützt die Arme auf die Knie, als könne er, indem er Kristins Haltung einnimmt, verstehen, was sie damals gedacht hatte. Rick muß sie gebeten haben, Schuhe und Strümpfe auszuziehen und den Mantel von der Schulter zu streifen, und da sie wohl kaum wirklich nackt darunter war, mußte sie ein paar Knöpfe ihrer Bluse öffnen, um diesen Eindruck zu erwecken.

Jan stellt sich vor, wie sie verschiedene Haltungen ausprobiert. Vielleicht, denkt er, hat Walters Eifersucht auf Rick darin ihren Grund, daß das Foto mehr andeutet, als er jemals von ihr bekommen hat: Sexualität als Verführungsspiel. Es könnte sein, daß Walter statt dessen in simplen Kategorien denkt: manuell, genital, oral, anal. Wahrscheinlich, vermutet Jan, hätte er von Cindy auch ohne Gewalt alles bekommen. Möglicherweise glaubte Walter, das Machtspiel zwischen den Geschlechtern habe sich verlagert von der Frage, *ob* man miteinander ins Bett geht, zu der Frage, *wie* man miteinander ins Bett geht, welche Kategorien man einander gewährt. Vielleicht hatte er von Kristin nur die ersten bekommen, und seine Reaktion in dieser Nacht war nichts als die Angst, es könne auch diesmal wieder dabei bleiben. Es ging gar nicht um Neil, und es ging nicht um die Zweihunderttausend. Es ging darum, so absurd es klingen mochte, daß Walter *nicht* skrupellos war. Weder im Geschäft noch privat. Er hatte nicht mit allen Mitteln Geld gemacht, um sich einfach zu kaufen, was er von seiner Frau nicht bekommen konnte. Er hat getreu seinem Glauben an den Kapitalismus fair gespielt, und selbst, als der Goldschatz vor ihm lag, hat er ihn lange Zeit nicht angerührt. Und als er zugegriffen hat, ist es schiefgegangen. Vielleicht war es nur der Wunsch, *einmal* mehr zu bekommen als sonst, der ihn die Kontrolle hat verlieren las-

sen, als er Cindy nackt zwischen seinen Beinen sah. Im Grunde, denkt Jan, hat ihn seine Anständigkeit – oder das, was er unter Anständigkeit versteht – dorthin gebracht, wo er jetzt steht.
Jans Gedanken kehren noch einmal zu dem Foto von Kristin zurück, und es geht ihm durch den Kopf, daß es noch andere Aufnahmen geben muß, die hier entstanden sind. Kein Fotograf macht nur eine Belichtung, sondern sie machen immer gleich ein paar Filme. Sie probieren alles aus, was dem nahe kommen könnte, was sie als Bild im Kopf haben. Und die in der Galerie ausgestellten Bilder legen nahe, daß Rick nicht bei Kristins Schulter geblieben ist. Eine andere Geschichte des Bildes erscheint Jan jetzt viel wahrscheinlicher, weil sie sich mit dem deckt, was ihm verschiedentlich Fotografen erzählt haben: daß die besten Bilder oftmals dann entstehen, wenn man sie gar nicht machen will – in den Aufnahmepausen, am Ende. Eine Pause vielleicht, in der Kristin den Mantel nur über ihre Haut geworfen hat, um nicht zu frieren.

Kristin öffnet, und Jan betritt den Flur. »Ausgeschlafen?« fragt er.
Sie nickt. »Du bist früh aufgestanden.«
»Um sieben.«
Kristin sieht erschöpft aus, als hätte sie bereits gearbeitet. Die Ringe unter ihren Augen sind dunkler als sonst. Obwohl Jan eine Woche mit ihr unterwegs gewesen ist, kommt es ihm vor, als sei sie über Nacht noch hagerer geworden.
»Kaffee?« fragt sie.
Jan nickt. »Gerne.« Er geht ins Wohnzimmer. »Ist Walter nicht da?«
»Er ist in der Bank. Sie haben ihn ja noch nicht entlassen. Er sagt, er will die Sache heute regeln.«

Jan setzt sich auf die Couch, die er morgens als Bett zurückgelassen hat. »Hat er eine Chance?«
Kristin kommt aus der Küche. Das Hemd, das sie wie immer über der Jeans trägt, ist zerknittert. Ihre Haare hat sie hinter dem Kopf zusammengesteckt, und im Moment kommt sie Jan vor wie eine Wissenschaftlerin, die sich um ihr Äußeres wenig kümmert.
»Ich glaube«, sagt sie, »er will ihnen vorschlagen, daß sie ihm die Zweihunderttausend als Kredit geben und er den Betrag dann abstottert.« Sie setzt sich. Aus ihrem Ton schließt Jan, daß sie nicht an den Erfolg dieses Plans glaubt.
»Welchen Grund hätten sie, ihm entgegenzukommen?« fragt er und denkt, daß es nicht sehr einfühlsam ist, Kristin in ihren Zweifeln zu bestärken.
Sie hebt die Schultern. »Er will versuchen, den Hergang der Geschichte aufzuklären. Er wird seinen Teil der Schuld auf sich nehmen, aber gleichzeitig darauf hinweisen, daß nicht er, sondern Neil letztlich verantwortlich ist. Er vermutet, daß man sich über die Illegalität der Geschichte relativ wenig Gedanken macht, im Gegenteil, daß die Illegalität für ihn fast noch ein Trumpf ist, weil damit der Ruf der Bank auf dem Spiel steht.«
Jan nickt. Vielleicht, denkt er, ist das bereits die Lösung: Walter bekommt seinen Kredit und behält seine Geschichte für sich, so wie Kristin die ihre. Und er, Jan, kehrt in ein paar Tagen zurück nach Deutschland.
Die Kaffeemaschine beginnt zu röcheln, Kristin geht in die Küche. Jan steht auf und sieht aus dem Fenster. Daneben steht der Monitor, auf dem wieder die Sterne des Bildschirmschoners quellen. Jan dreht sich um, und sein Blick fällt auf das Foto von Kristin. Vielleicht, denkt er, sollte er sie fragen, wie es entstanden ist.
Sie kommt mit zwei Tassen zurück. »Walter glaubt«, sagt sie,

»daß es der Bank darum geht, den Schaden zu begrenzen und zu verhindern, daß auch nur ein Hauch der Geschichte an die Öffentlichkeit gelangt.«

Jan setzt sich wieder und nickt. »Gut möglich.« Er versucht sich selbst einzureden, daß Walters Optimismus gerechtfertigt ist.

Kristin trinkt ihren Kaffee und schweigt. Jan kann ihre Stimmung nicht recht einordnen. Er hat den Eindruck, sie ist nur zur Hälfte bei dem Gespräch. »Ich glaube«, sagt sie schließlich, »sie werden ihn dazu zwingen, das Land zu verlassen, und statt dessen lieber auf das Geld verzichten. Was sind zweihunderttausend Dollar für eine Bank! Gerade wenn ihr Ruf auf dem Spiel steht, werden sie ihn möglichst weit weg haben wollen.«

Jan wäre es lieber, das Thema zu beenden. Er weiß, daß sie recht hat, möchte es aber im Moment nicht wissen. »Könntest du dir denn vorstellen, zurück nach Deutschland zu gehen?« sagt er und hofft damit, dem Gespräch eine andere Richtung zu geben.

Kristin überlegt. Jan hat den Eindruck, sie ist gerade im mathematischen Teil ihrer Persönlichkeit, und er ist erstaunt über die Diskrepanz zwischen der Frau vor ihm und der auf dem Foto im Hintergrund.

»Wenn ich ehrlich bin«, sagt sie schließlich, »habe ich schon länger das Gefühl, daß die Staaten für mich eine Sackgasse sind.« Sie winkelt ein Bein an und steckt den Fuß in die Kniekehle des anderen. Ihre bloßen Füße, denkt Jan, sind das einzige, was noch in Übereinstimmung zu dem Foto steht; alle Sinnlichkeit hat sich in Fesseln, Knöchel und Zehen zurückgezogen. Vielleicht ist nicht Amerika die Sackgasse, sondern diese unbestimmte Lust in ihr, die Rick mit seiner Kamera einmal hat einfangen können, die sie aber für sich nie erobert hat, die ihr immer fremd geblieben ist.

»Was die Fotografie angeht«, fährt sie fort, »ist Deutschland ein Entwicklungsland. Mit den Erfahrungen und Kontakten, die ich hier gesammelt habe, könnte ich dort sicher etwas bewegen.« Dann lächelt sie müde. »Mit meinem Wunsch, Dinge zu organisieren, bin ich hier häufig an Grenzen gestoßen.«
»Und Walter«, fragt Jan, »will er zurück?«
Kristin schüttelt den Kopf. »Alles, nur das nicht. Du kennst ja seine Meinung. Für ihn ist Deutschland eine Gewerkschaftsdiktatur, und er glaubt nicht, daß sich daran in nächster Zeit etwas ändern wird.«
Jan trinkt seinen Kaffee aus. »Vielleicht bekommt er ja seinen Kredit«, sagt er.
Kristin zieht jetzt auch das zweite Knie an und verknotet ihre Beine zum Schneidersitz. Beide Füße sind jetzt zwischen Polster und Jeansstoff vergraben. »Das bedeutet, daß er seinen Willen bekommt und ich nicht«, stellt sie sachlich fest.
Jan nickt. Von dem Problem versteht er nichts. Er hat sich nie mit einer Frau darauf verständigen müssen, wo man gemeinsam leben will. Er steht auf. »Ich habe noch nicht geduscht«, sagt er.

Walter kommt gegen sechs. Er zieht sein Jackett aus und lockert sich die Krawatte. Kristin steht in der Küche und hat gekocht, Nudeln mit Soße, die in einem geschlossenen Topf leise vor sich hin brabbelt. Walter begrüßt Kristin mit einem flüchtigen Kuß, es macht nicht den Eindruck, als sei es während des Tages zu einer weiteren Katastrophe gekommen. Kristin öffnet eine Flasche Wein, lüftet den Deckel des Soßentopfes und gießt einen Schuß in die zähe Flüssigkeit, die lavaartige Blasen schlägt. Sie nimmt einen Löffel und rührt Hackfleisch und geraspeltes Gemüse an die Oberfläche. »Ich habe noch gar nicht mit dir gerechnet«, sagt sie und läßt noch einmal Spaghetti aus der Schachtel in das kochende

Wasser rutschen, in dem sich bereits zwei Portionen Nudeln ineinander verschlungen haben.
»Ich wollte wegen Jan nicht zu lange bleiben«, sagt Walter, nimmt sich ein Glas aus dem Schrank und gießt sich einen Schluck Wein ein. »Ich finde, wir sollten nicht immer diesen französischen Chardonnay kaufen«, sagt er. »Der kalifornische ist nicht schlechter und nur halb so teuer.«
»Er schmeckt nach Nelken«, sagt Kristin.
Walter geht ins Wohnzimmer. Jan hat den Fernseher angestellt, schaltet die Kanäle durch und sucht Nachrichten. Es ist an Kristin, denkt er, Walter zu fragen, was er in der Bank erreicht hat. »Sag mal«, fragt er, »gibt es irgendwo *CNN*?«
»Ziemlich weit vorne«, sagt Walter. »Drei oder vier oder so. Kristin programmiert gelegentlich um.« Er setzt sich. »Wie war es in der Stadt?«
»Ich bin durch die Straßen gelaufen und habe die Atmosphäre geschnuppert.« Jan stellt den Ton des Fernsehers ab. »Aber ich glaube, morgen muß ich gezielter vorgehen, sonst komme ich nach Hause und habe weder die Freiheitsstatue noch das Empire State Building gesehen.«
»So beeindruckend ist das gar nicht«, behauptet Walter.
»Na ja«, sagt Jan. »Aber man fährt nicht nach Ägypten und sieht sich dann die Pyramiden nicht an.«
Kristin kommt mit Tellern ins Zimmer, stellt sie auf den Tisch und verteilt das Besteck. Walter steht auf und holt Gläser und Servietten. Jan spürt, daß er darauf wartet, endlich auf seinen Tag angesprochen zu werden.
»Wir können essen«, sagt Kristin. »Ich lege in der Küche auf«, entscheidet sie und sammelt die Teller wieder ein.
Walter setzt sich auf den Platz, der dem Rechner am nächsten ist und schenkt Wein ein. Seine Krawatte rutscht auf den Tisch, weil er sich vorstrecken muß, um Kristins Glas zu erreichen. Jan geht in die Küche und nimmt von ihr zwei Teller

entgegen. Schließlich sitzen sie. Die Soße auf den Spaghetti schmeckt säuerlich, Jan lobt sie höflich.
Kristin trinkt einen Schluck Wein. »Es fehlt Sahne«, sagt sie.
»Es war keine mehr da.«
»Es schmeckt sehr gut«, wiederholt Jan.
Walter füllt die Gläser noch einmal auf. Danach trinkt er seins gleich zur Hälfte aus. Er will jetzt endlich gefragt werden, wie es gelaufen ist. Er findet, er hat es verdient, daß sich die anderen für seinen Tag in der Bank interessieren und nicht dafür, ob die Spaghetti gelungen sind oder zuwenig Sahne haben. Andererseits ist ihm klar, daß Jan die Sache auch unangenehm sein könnte, weil er mit allem im Grunde nichts zu tun hat. Er hat es selbst gesagt: Er ist gekommen, um Pyramiden zu bestaunen und nicht Probleme zu besprechen. Aber irgendwie ist Walter der Meinung, daß Jan durch die Woche, die er mit Kristin unterwegs war, das Recht verspielt hat, unbeteiligt zu sein.
»Es ist beschissen gelaufen«, sagt er schließlich ungehalten.
Kristin sieht auf. Ihr Blick, findet Jan, ist erstaunlich kühl. Sie ist nicht begierig, alles zu erfahren, sondern sie will informiert werden. »Was haben sie gesagt?«
»Sie haben mir ein Ultimatum gestellt«, sagt Walter und legt sein Besteck zur Seite. »Sie erklären sich bereit, den entstandenen Verlust eine Woche lang zu decken. Länger nicht.« Er trinkt seinen Wein aus und füllt das Glas wieder.
Kristin dreht ein Knäuel Spaghetti in ihrem Löffel. »Und dann? Ich meine, was erwarten sie denn?« Sie hebt die Gabel an, und ein paar widerspenstige Nudeln pendeln über dem Teller.
Walter fährt mit der Rechten durch die Luft. »Was werden sie schon erwarten? Ich soll die Zweihunderttausend beschaffen. Auf sauberem Weg, versteht sich.« Er nimmt Löffel und Gabel auf, legt sie aber sofort wieder zur Seite. »Zweihundert-

tausend in einer Woche! Ich habe gefragt, wie sie sich das vorstellen.«
Die Nudeln über Kristins Teller sind ausgependelt. Offensichtlich findet sie es jetzt doch unpassend, weiterzuessen. Jan überlegt, ob er auch aufhören soll, aber er ist hungrig.
»Und der Kredit?« fragt Kristin.
Walter steht auf, geht zum Couchtisch und nimmt seine Zigaretten. »Sie denken nicht daran, mir das Geld zu leihen. Ich müßte zu irgendwelchen Haien rennen! Sie wollen mich demütigen.« Er zündet sich eine an.
Jan kommt sich jetzt lächerlich vor, weiter Spaghetti zu drehen, und läßt das Besteck auf den Teller sinken.
»Sie haben mich behandelt wie einen Idioten«, schimpft Walter. »Wenn ich die Zweihunderttausend beschaffe, haben sie gesagt, dann wollen sie mich gnädigerweise nur entlassen und nicht anzeigen.«
»Und wenn nicht?« fragt Jan. Wenn es schon nicht mehr möglich ist zu essen, will er wenigstens nicht nur herumsitzen.
Walter kommt mit einem Aschenbecher zurück zum Tisch und setzt sich wieder. »Wenn nicht, zeigen sie mich wegen Unterschlagung an.«
»Was ist mit ihrer Angst vor Publicity?« Kristin rückt etwas vom Tisch ab. Jan nimmt an, daß es ihr nichts ausmacht, nichts zu essen, so dünn wie sie ist.
»Unterschlagungen kommen überall vor«, sagt Walter. »Sie werden nicht dazu sagen, wie es genau gelaufen ist.« Er greift wieder zu seinem Glas. »Damit ist für sie die Angelegenheit beendet.«
Walters Wut verwandelt sich für einen Moment in Resignation, und Jan hat jetzt Mitleid mit seinem Freund, der, zumindest was die Vorwürfe seitens der Bank angeht, ja unschuldig ist. »Hast du ihnen denn nicht gesagt, daß Neil letztlich verantwortlich ist?« fragt er.

»Es hat sie nicht interessiert«, sagt Walter. »Im Moment nicht. Ich vermute, daß sie ihn am Ende ebenfalls rauswerfen werden. Ich nehme an, sie haben mir, was Neil betrifft, geglaubt, aber es ist alles über meinen account gelaufen, und damit ist die Sache für sie entschieden.« Walter richtet sich wieder auf, und seine Wut kehrt zurück. Er nimmt sein Weinglas und steht auf. »Wie konnte Neil nur so idiotisch sein und diese Aktien fast zwei Wochen lang unbeobachtet lassen. Er kauft hoch instabile Ware und kümmert sich einfach nicht darum. Wahrscheinlich hat er die ganze Sache über die Vögelei mit seiner neuen Pussi einfach vergessen.«
Kristin, die sich kurzzeitig in irgendwelche Überlegungen eingesponnen hat, sieht jetzt auf. »Neil hat eine Geliebte?«
Walter schweigt. Ihm ist klar, daß er einen Fehler gemacht hat, und auch Jan ist nicht erfreut über diese Wendung: Von Neils Geliebter ist der Weg nicht weit zu Walters Vergewaltigung. Und dann, befürchtet Jan, gerät das Gespräch in einen Sog, dem auch er nicht entgeht.
»Man redet so was«, sagt Walter.
»Ach.« Kristin gießt sich Wein nach.
»Vielleicht ist nichts dran«, sagt Walter.
»Es ist immer etwas dran«, sagt Kristin.
Walter versucht, das Gespräch von dem Thema wegzubringen. »Es ist doch egal«, sagt er. »Jedenfalls hat er sich verhalten wie ein Anfänger, hat eine Spekulation begonnen und dann den Überblick verloren, warum auch immer. Und ich muß die Sache jetzt ausbaden. Sie wollen mich aus dem Land werfen.« Er bleibt stehen und wirkt kraftlos wie ein übriggebliebener Luftballon am Morgen. Er sucht in sich vergeblich nach der Energie, die ihn bisher stets angetrieben hat. Wo kommen die Kräfte her, fragt er sich, die der Welt beweisen, daß alles anders ist, als sie noch vor fünf Minuten gedacht hat? Es gibt keine Wunder, und doch geschehen sie. Es muß

eine Lösung geben, denkt er, auch wenn alle Gesetze der Logik sie verbieten. Er ist immer überzeugt gewesen, daß Gesetze nur so lange Gültigkeit haben, bis sie durchbrochen werden. Gesetze sind kein Schicksal, sondern Hürden. Die Alchimisten, das weiß man heute, hatten recht: Gold ist machbar. Die Herstellung ist nur teurer, als das hergestellte Gold am Ende wert ist, aber das war nie die Frage.

Er setzt sich und stellt das Glas vor sich auf den Tisch.

»Ich kann dir das Geld geben«, sagt Kristin.

Walter sieht auf, und Jan dreht sich ebenso irritiert in ihre Richtung. Sie sitzt vor ihren kalten Spaghetti und wickelt das Knäuel, das sie vor einer Viertelstunde auf die Gabel gerollt hat, wieder ab.

»Wie bitte?« sagt Walter.

»Ich habe zweihunderttausend«, sagt sie. »Mehr sogar. Ich weiß es nicht genau.«

Walter reagiert mißtrauisch. »Was heißt das, du hast zweihunderttausend?« sagt er.

Kristin nimmt ihr Weinglas. »Das heißt, daß ich zweihunderttausend habe. Ein Haus in Deutschland, das ich vor anderthalb Jahren verkauft habe.«

»Davon weiß ich ja gar nichts.« Weil er vergessen hat zu ziehen, fällt ein graues Zäpfchen Asche von der Zigarettenspitze in Walters Schoß und nagelt ihn, leicht wie es ist, fest, weil er den Aschenbecher nicht erreichen kann, ohne sich vorzubeugen.

»Eine Erbschaft«, sagt Kristin.

Walter befeuchtet den Zeigefinger der linken Hand und senkt ihn langsam auf den Aschekrümel, der aber nicht daran haften bleibt, sondern zerfällt. »Du hast mir nie etwas davon erzählt«, sagt er verblüfft und nimmt die Zigarette in den Mund. Er beugt sich vor, nimmt den Aschenbecher und versucht, mit zusammengekniffenen Augen den Staub auf seiner Hose in das Porzellanschälchen zu klopfen.

»Den Verkauf hat eine Maklerfirma übernommen«, sagt Kristin und trinkt einen Schluck Wein. »Was sollte ich mit dem Haus.«
Das Telefon klingelt. Walter nimmt seine Zigarette wieder zwischen die Finger und bleibt sitzen, wie Kristin, die kein Interesse zeigt, den Anruf entgegenzunehmen.
Jan trinkt einen Schluck Wein und entspannt sich. Es mag ungewöhnlich sein, daß Kristin Walter nichts von ihrer Erbschaft gesagt hat – Tatsache ist jedenfalls, daß sich, womit nicht zu rechnen war, durch ihr Angebot alles auf wundersame Weise geklärt hat. Walter muß weder bei seiner Bank betteln noch sich in die Hände von Kredithaien begeben. Er kann den Schaden ausgleichen, er ist gerettet. Vielleicht mißfällt es ihm, von Kristin Geld annehmen zu müssen. Aber das hat mit Jan nichts zu tun, es gibt keinen Grund mehr, weiter in der Geschichte zu graben, die mit seiner Ankunft begonnen hat. Es gibt keinen Grund mehr, über Neil zu reden, über Cindy, und es gibt keinen Grund mehr, über seine Fahrt mit Kristin zu reden, die *Badlands*, die Nacht im Bungalow. Die Sache ist vorbei, und darüber ist Jan erleichtert. Der Wein bringt ihn in eine heitere Stimmung.
Das Telefon klingelt zum zweiten und zum dritten Mal, dann springt der Anrufbeantworter an. Jan kennt den Spruch, der jetzt vom Band kommt, weil er gelegentlich eine Nachricht auf dem Gerät hinterlassen hat: *We're not home right now. But if you want to leave a message, just start talking at the sound of the tone.* Dann das Piepsen und das Rauschen einer Leitung, drei Sekunden lang, vier, fünf, knistert es nur leise. Eine brüchige Frauenstimme meldet sich tonlos: *Hello?* Wieder folgt eine längere Pause, in der unter dem Leitungsknistern ein fernes Straßengeräusch hörbar wird, als befinde sich die Person zu der Stimme in der Nähe eines geöffneten Fensters. *Hi, this is Cindy.* Es ist nur ein energieloses Flü-

stern, das der Lautsprecher jetzt überträgt. *Kristin, are you there?* Die Stimme gewinnt nicht an Kraft, sondern wird zunehmend schwächer. Im Hintergrund heult eine Ambulanz kaum hörbar auf. *I need to talk. Could you call me.* Es rauscht noch ein, zwei Sekunden, dann knackt es. Stille.

Walter sagt nichts. Er drückt die Zigarette, mit der er soviel Pech gehabt hat, aus und nimmt sich eine neue. Jan kann sich vorstellen, wie es in ihm aussieht, weil auch für ihn der Anruf dem kaum merklichen Zittern der Erde glich, das einem Beben vorausgeht. Seine Hoffnung, alles könne sich geklärt haben, hat sich zerschlagen. Jan sieht auf den Anrufbeantworter, als müsse dieser auf der Stelle wieder anspringen und das Ganze als Spuk entlarven. Aber statt einer heiteren Entwarnung, geht nur Stille von dem Gerät aus.

Kristin schlägt auf ihrem Stuhl wie nachmittags ein Bein unter das andere, nur daß sie im Moment nicht barfuß ist, sondern wieder Leinenschuhe trägt. Sie versteht nicht, wieso der Anruf das ganze Leben aus dem Zimmer gesaugt hat. Sie führt es auf Cindys seltsame Kraftlosigkeit zurück.

»Cindy hat irgendwie anders geklungen als sonst«, sagt sie zu Walter. »Findest du nicht?«

Walter stiert auf den Aschenbecher. »Eigentlich nicht«, sagt er.

»Ich finde, ohne ihre übliche Aufgedrehtheit hat sie einen fast ehrlichen Ton in der Stimme. Das kennt man sonst gar nicht an ihr.«

Walter steht auf und öffnet das Fenster. Er sucht nach einer möglichst harmlosen Erklärung. »Du magst sie eben nicht«, sagt er. Jan spürt seine Bemühungen, ungezwungen zu wirken.

Kristin hebt die Schultern. Sie hat nie einen Hehl daraus gemacht, daß sie Cindy unerträglich dumm findet. »Ich rufe wohl besser zurück«, sagt sie.

Walter sieht die Lawine auf sich zurollen und darf doch nicht zu deutlich in Deckung gehen. »Das mit Cindy ist doch jetzt nicht so wichtig«, sagt er. »Schließlich hat Neil mich hintergangen, und wenn es jetzt zwischen ihm und Cindy Probleme gibt, kann das doch nicht Vorrang haben.«
Kristin nickt. »Ich mach's kurz. Wenn es eine längere Geschichte ist, sage ich ihr, sie soll später zurückrufen.«
Walters Anspannung ist deutlich zu spüren. Er steht nach wie vor am Fenster und knetet an seinen Wangen herum, die sein Bartwuchs mit einem bläulichen Schimmer überzogen hat. Je nachdem wie das Licht darauf fällt, sieht es aus, als beginne er bereits zu verwesen. Kristin ist noch nicht mißtrauisch, aber sie spürt, daß es Walter um mehr geht, als Neils Frau mit Schweigen zu bestrafen, weil ihr Mann ihn reingelegt hat.
»Nein«, sagt Walter, »ich möchte erst alle Möglichkeiten durchsprechen. Und die Zweihunderttausend von dir zu nehmen ist die letzte und schlechteste. Es muß auch anders gehen.«
Kristin hat sich das Telefonat jetzt in den Kopf gesetzt. »Sei doch nicht albern, Walter«, sagt sie. »Cindy klang wirklich sehr schlecht.« Sie steht auf und geht zum Telefon.
Walter gibt auf. Er sieht ein, daß sich das, was kommen wird, auf Dauer nicht hätte verhindern lassen. Kristin nimmt den Hörer und geht ins Nebenzimmer.
Jan sieht auf das Telefon, in dem, kurz nachdem Kristin die Tür zum Schlafzimmer hinter sich geschlossen hat, ein Relais knackt. Er stellt sich vor, wie die Nummern, die sie wählt, als unsichtbare Funkimpulse durch die Wände dringen. Und auch das, was Kristin gleich von Cindy erfahren wird, wird sich im ganzen Raum ausbreiten und Walter und Jan durchstrahlen, ohne daß sie sich dagegen wehren könnten. Und am Ende wird sich das, was vor drei Tagen passiert ist, wie ein Röntgenbild über die Möbel legen, über den Tisch mit den

Spaghettitellern, über Walter und über Jan. Ein graues, farbloses Bild, in dem alles, was einmal Leben war, zu Schatten geworden ist.
Walter setzt sich wieder in einen der Futonsessel und erstarrt. Ein Delinquent, der sein Urteil erwartet. »Mein Gott«, sagt er endlich, »ich habe einen Fehler gemacht. Cindy wird mich als Monster hinstellen. Vielleicht war ich ein Monster, aber es war eine Reaktion auf das, was geschehen ist. Eine Reaktion, die ich nicht habe kontrollieren können. Niemand hat sich ständig unter Kontrolle. Man kann doch nicht sein Leben lang zu Hause bleiben. Und wer auf die Straße geht, tritt irgendwann in die Scheiße.« Er sitzt in den Polstern wie eine gelenklose Masse.
Jan sagt nichts. Er steht auf und geht in die Küche. Er muß etwas tun, um nicht hilflos mit Walter zu schweigen. Er füllt die Kaffeemaschine, häuft Pulver in den Filter, genug für die doppelte Menge Wasser, um sicherzustellen, daß es nicht wieder ein amerikanisch dünner Aufguß wird. Er konzentriert sich darauf, ob nicht Kristins Stimme aus dem Nebenzimmer zu hören ist, aber offenbar redet sie nicht, sondern hört zu. Jan kennt die Geschichte. Selbst als der Kaffee bereits dampft, bleibt er noch eine Weile neben der Maschine stehen, dann endlich nimmt er zwei Tassen aus den Schränken, füllt sie und trägt sie ins Wohnzimmer. Walter bedankt sich mit einem Nicken. Dann trinken sie, ohne zu reden.
Das Relais knackt im Telefon. Es dauert noch einmal ein paar Minuten, bis sich die Tür des Schlafzimmers öffnet. Kristin betritt den Raum, und auch sie sieht aus wie von der Geschichte geröntgt, ein hageres Gerippe mit bläulicher Haut. Sie legt den Telefonhörer auf den Tisch und setzt sich. Eine Weile schweigen sie zu dritt.
Die Situation beginnt, sich von Jan abzulösen. Weil er nicht fliehen kann, entzieht sich sein Inneres dem Elend, das jetzt

den Raum angefüllt hat. Er betrachtet Kristin und Walter, als wäre er selbst nicht da. Sie sitzen mit leeren Gesichtern im Zimmer, als hätte sich ihre einstige Liebe vollkommen aufgelöst – ihre Liebe, die dort begonnen hatte, wo alles hindernislos war: die Felder, das Meer, der Wind; die lachend begonnen hatte auf Dünen, in denen sie den Motor aufheulen ließen, um die Möwen aufzuscheuchen, die dann schimpfend über dem geöffneten Schiebedach kreisten – räähh, räähh; die begonnen hatte zwischen Deichen, Wiesen und Pappelalleen und auf feuchtem, mit Muscheln und Muschelsplittern durchmischtem Sand, auf dem man ging wie auf festem Schaumstoff und auf dem der Wind die von der Ebbe zurückgelassenen, flachen Teiche riffelte, deren Wasser bei jedem Schritt fröhlich unter den Füßen schmatzte. Und jetzt war nur noch Schweigen.

Kristin richtet sich auf und sieht Walter an, der auf seine Tasse stiert. »Du glaubst doch nicht«, sagt sie leise und beherrscht, »daß ich ein Kind von dir zur Welt bringen werde.«

Walter sitzt im Sessel wie geschmolzen. Er raucht nicht einmal mehr. »Es tut mir leid«, sagt er so stimmlos, daß nicht genau zu orten ist, ob die Äußerung wirklich von ihm kommt. »Ich bin ein Idiot.«

Kristin sieht ihn immer noch an und erwartet, daß er zu ihr und nicht zum Aschenbecher redet. »Du hast sie vergewaltigt«, sagt sie, und als sie das Unglaubliche ausspricht, zerfällt die Ruhe, in die sie sich durch Konzentration hineingezwungen hat, in matte, einsilbige Kraftlosigkeit.

Walter nimmt mit Verwunderung zur Kenntnis, daß er noch lebt, daß nicht innerhalb von Minuten alles eingestürzt ist, was er sich aufgebaut hat, und er erwacht langsam aus seiner Starre. Er stellt fest, daß er nach wie vor das Recht hat zu reden. »Hat sie dir erzählt, daß es ... wie es angefangen hat?«

Kristin nickt. Noch versucht sie, sich unter Kontrolle zu halten, was ihr sichtlich schwerfällt. Sie will nicht die sein, die eine Szene macht. »Du hast ihr erzählt, daß Neil sie betrügt, und ihr einen Whiskey nach dem anderen verabreicht.«
Jetzt dreht sich Walter um. »*So* hat sie es dargestellt?«
»Und dann hast du ihr gesagt ...«, sie braucht einen Moment zur Konzentration, als stehe sie unter Schock wie eine Augenzeugin, »... sie soll sich ausziehen ... Sie war betrunken und hat es getan.«
Walter steht auf wie ein erschöpfter Autofahrer, der auf einem Parkplatz durch Kniebeugen versucht, seine Energien wieder zu aktivieren. »Ich hatte schließlich kein Messer in der Hand.« Er ist jetzt entschlossen, sich so weit wie möglich zu verteidigen. »Und den Whiskey hatte sie im Nachttischschrank.« Walter spürt, daß seine Lebenskräfte wieder beginnen zu zirkulieren.
Kristin richtet sich auf ihrem Stuhl auf. Sie versucht, seinen wiedererwachten Kräften etwas entgegenzusetzen, was ihr nicht gelingt. »Sie hat mir nicht verheimlicht, daß sie sich gelegentlich vorstellen konnte ... mit dir zu schlafen«, sagt sie, um Walter den Wind aus den Segeln zu nehmen. »Aber erst *du* hast sie dahin gebracht, sich darauf einzulassen, indem du ihr von Neil erzählt und sie betrunken gemacht hast.«
»Das stimmt nicht«, sagt Walter, den die, wie er findet, falschen Anschuldigungen empören. »*Sie* hat mit dem Trinken angefangen.«
Kristin sieht ihn ungläubig an und schüttelt den Kopf. »Ach! Cindy ist natürlich alles schuld! Wahrscheinlich *wollte* sie, daß du sie auf die Matratze drückst und sie dann ... Ich darf nicht daran denken.« Im Gegensatz zu Walter fließen ihre Energien mehr und mehr aus ihr ab. Die Tatsache, daß Walter sich in genau der Weise wehrt, wie sie es erwartet hat, ist für sie der Beweis, daß Cindys Darstellung in allen Einzelheiten

stimmt. »Du solltest dich reden hören«, sagt sie. »Es ist doch völlig unerheblich, *wo* die Whiskeyflasche gestanden hat. Wie lächerlich, was du da sagst.«

»Lächerlich?« Walter hält sich zurück, weil er das Gefühl hat, zu einem richtigen Wutausbruch noch nicht das Recht zu haben. »Neil hat *mich* betrogen. Damit hat es schließlich angefangen.«

Seine Erregung erreicht Kristin nicht. »Was spielt das für eine Rolle«, sagt sie, und ihre Stimme beginnt zu flackern wie eine Glühbirne, die kurz vor ihrem Ende steht. »Warum hast du denn nicht Neil vergewaltigt?«

Walter antwortet nicht direkt. Er verflucht Neil, der ihn nicht nur finanziell ruiniert, sondern ihn durch die Vögelei mit seiner Sekretärin oder mit wem auch immer erst recht ins Unglück gestoßen hat. Wäre er zu Hause gewesen, hätte Walter seinen Haß an dem entladen können, der ihn verdient hatte, und keiner hätte ihm einen Strick daraus gedreht. Walters Zorn richtet sich jetzt gegen Neil. »Versetz dich doch in meine Lage«, sagt er. »Neil hat unter meinem Namen zweihunderttausend Dollar verspekuliert. Und am Telefon will er von der Geschichte nichts wissen. Der Mann hat mit seiner Nachlässigkeit und Habgier meine Existenz zerstört.«

»*Deine* Existenz.« Kristin sieht ihn an wie einen Schwachsinnigen, der auf der Straße lautstark den Weltuntergang verkündet.

»Mein Gott, ja: *unsere* Existenz.« Walter hat den Faden verloren und besinnt sich kurz. »Aber du warst nicht da«, fügt er hinzu. »Du warst mit Jan unterwegs.«

Die Bemerkung holt Jan aus seiner Beobachterposition wieder zurück in den Raum. Aber weder Walter noch Kristin nehmen Notiz von seiner Rückkehr.

Kristin bleibt verschlossen. Alle Versuche Walters, sie wenigstens zu einem Wutausbruch zu treiben, mit dem er vielleicht

umgehen könnte, schlagen fehl. »Ich war nicht da«, sagt sie leise, »das stimmt. Aber es entschuldigt nichts.«
»Ich will nichts entschuldigen«, sagt Walter. »Ich will versuchen zu erklären, warum es passiert ist.«
Kristin glaubt nicht mehr an den Nutzen des Gesprächs und sie hat auch nicht mehr die Kraft dazu. Sie sieht nicht, daß noch etwas zu ändern wäre. Es ist eine Tatsache, daß sie ab heute mit einem Mann zusammenlebt, der eine Frau vergewaltigt hat. »Wie soll es denn jetzt weitergehen?« fragt sie, und diese Frage ist keine Rhetorik. Sie weiß es wirklich nicht.
Walter wird wieder ruhiger. Wer fragt, wie es weitergehen soll, denkt er, hat schon den ersten Schritt getan, das Vergangene zu begraben. »Ich habe einen Fehler gemacht«, sagt er reumütig. »Einen schweren Fehler. Ich kann versuchen, wieder alles in Ordnung zu bringen. Ich werde mit Cindy reden. Oder wir treffen uns gemeinsam mit Cindy und Neil und reden darüber. Neil hat einen Fehler gemacht, ich habe einen Fehler gemacht. Es *muß* möglich sein, über alles zu reden.«
Tränen beginnen über Kristins Gesicht zu kriechen. »Ich bin schwanger«, sagt sie. »Das ist kein Unfall, über den man reden kann.« Sie stiert durch die Feuchtigkeit in ihren Augen auf die erkalteten Spaghetti. »Ich kann nicht mehr«, sagt sie und steht auf. Sie geht, ohne sich umzudrehen, langsam über den Flur ins Schlafzimmer und schließt die Tür hinter sich.
Walter sieht ihr regungslos nach. Daß sie aufgestanden ist und unter Tränen den Raum verlassen hat, erschüttert ihn. Andererseits wehrt sich etwas in ihm dagegen, sich endgültig zum Schwein stempeln zu lassen. Er glaubt, die Dialektik des Verbrechens auf seiner Seite zu haben: Jeder Täter ist gleichzeitig auch Opfer. Und er verlangt für sich nicht mehr, als sich für jeden Täter aus dieser Gleichung ergibt: mildernde Umstände.
Während Walter immer noch dorthin sieht, wo Kristin ver-

schwunden ist, trifft Jan eine längst fällige Entscheidung. Er steht auf und bleibt einen Moment vor dem Stuhl stehen.
»Ich suche mir besser ein Hotelzimmer«, sagt er.
Walter braucht einen Moment, um zu begreifen, daß er nicht allein ist. Er dreht sich zum Eßtisch.
Er sieht Jan an. »Wie meinst du das?«
»Ich hätte nicht hier sein dürfen«, sagt Jan. »Ich habe kein Recht dazu.« Er sieht Walter an, auf dessen Krawatte die abgefallene Zigarettenasche eine kleine gräuliche Wolke zurückgelassen hat.
»Bin ich ein Schwein?« fragt Walter.
Jan sieht ihm nicht in die Augen, sondern auf seinen Krawattenknoten. »Ihr müßt damit alleine klarkommen«, sagt er schließlich. »Ich kann euch nicht helfen, selbst wenn ich wollte. Ich verstehe nichts von langjährigen Beziehungen. Es ist nicht meine Welt.« Er geht in den Flur und nimmt seine Jacke vom Haken. Dann kommt er noch einmal zurück. Walter steht hilflos in der Mitte des Zimmers, seine Hose hängt ihm wie zerlaufen von der Hüfte, darüber die verworrenen Falten seines Hemdes. Jan streckt ihm die Hand entgegen. »Nimm das nicht als Verurteilung«, sagt er. »Wir sind Freunde, und dabei wird es bleiben.«
Walter nickt langsam. Dann geht Jan hinaus.

Es herrscht Krieg. Bomben fallen auf Sarajevo. Das Flüchtlingselend in Bosnien. Bilder aus Europa, übertragen von *CNN* auf einen *Sony*-Bildschirm. Jan steht vor einem Schaufenster mit Walkmans, Kassettendecks und Fernsehern, die hinter einem Rollgitter ihre Nachrichten verbreiten. Die Welt ist eingesperrt. Das Bild wechselt: statt Menschen, die geduckt über ausgestorbene Plätze rennen, füllt jetzt eine unscharfe, blaßgestreifte Kugel mit einem roten Fleck die Monitore, ein dürftiger Lampion vor einem schwarzen Hintergrund. Nach

einer Weile wächst ein heller Punkt am unteren Rand des Ballons und verglüht wieder, als hätte dort jemand versucht, ein feuchtes Streichholz zu entzünden. Die Sequenz wird wiederholt, die Explosion flimmert wie ein kurzes Filmchen aus den Anfängen des Kintopps. Die Euphorie, mit der die Astronomen den Kometen *Shoemaker-Levi* nicht nur als Jahrhundertereignis angekündigt haben, sondern ihrer Neigung folgend, mit großen Zahlen zu hantieren, gleich als Jahrmillionenereignis, ist nach diesen Aufnahmen nur schwer zu verstehen. Nach der dritten Wiederholung des Kometeneinschlags verschwindet Jupiter vom Bildschirm und macht den Verwüstungen eines Hurrikans Platz.
New York in Jans Rücken ist vergleichsweise ruhig. Schwül ist es immer noch oder schon wieder. Die Parkuhren sehen aus wie kleine Schneiderpuppen oder wie übergroße Schlüssellöcher. Ein modriger Geruch geht von den verbeulten Abfalltonnen und den am Straßenrand gestapelten Säcken aus, die jetzt auf Jans Höhe an ein Müllfahrzeug verfüttert werden. Wie ein schwerfälliges Reptil arbeitet es sich mit kleinem Kopf und riesigem Maul Meter für Meter voran. Die blauen Säcke werden geschluckt wie Pastillen, es knackt und knirscht, wenn sie zwischen den Zähnen zerdrückt werden. Verdaut wird allerdings nichts, am Ende kommt alles wieder heraus, wie es hineingestopft worden ist, stinkend, gärend.
Seit Jan Walter in der Wohnung zurückgelassen hat, treiben seine Gedanken richtungslos durch ein Meer aus düsteren Stimmungen. Jetzt steigt eine Abrechnung mit den USA in ihm auf, über die er nichts weiß und die er dennoch beschuldigt, nichts als eine Müll- und Verschwendungsgesellschaft zu sein, ein ölfressendes Monstrum, das dabei ist, die Erde in kürzester Zeit zu plündern, und sich bereits zum Kampf um die letzten Ressourcen rüstet, zu einem weltweiten *Desert Storm*, dessen propagandistisches Ziel die Beseitigung des

Bösen ist, das im naiven Weltverständnis der US-Zivilisation einem Krebsgeschwür gleicht, das nur herausgeschnitten werden muß – und welchen besseren Chirurgen könnte es dafür geben als die USA selbst, die behaupten, mit ihren modernen Waffen einen Krieg wie mit dem Seziermesser führen zu können, und am Ende ist die Welt geheilt. *Heal the world*, singen ihre Popstars, die es, wie man hinterher erfährt, mit Kindern treiben, was letztlich nicht verwundert in einem moralisch erzkonservativen Land, in einer prüden Gesellschaft von christlichen Fundamentalisten mit einem tief verwurzelten Haß auf Intellektuelle. Der Ku-Klux-Klan als sichtbarer Exponent einer patriarchalischen Grundhaltung, die, wie sich Zeitungsberichten entnehmen läßt, in den letzten Jahren ständig Zulauf hat und der es um die Erneuerung des Glaubens an die natürliche Überlegenheit der weißen Rasse und an die Existenz des Wahren und Guten geht. Das Land ist, trotz scheinbar sündiger Städte, fest im Griff eines geschlossenen ländlich-religiösen Weltbildes.
Jan scheint die Theorie vernünftig, daß Gewalt eine Artikulation unterdrückter Sexualität ist, und das nicht nur in einem Individuum, sondern in ganzen Gesellschaften. Jan hat sich in Kirchen nie wohl gefühlt. Die Atmosphäre der Demut, ob mit Gläubigen oder ohne sie, erscheint ihm stets entwürdigend. Er hat nichts dagegen, daß man die angenehmen Dinge des Lebens ritualisiert, aber gebeugte Häupter, Unterwürfigkeit und Entindividualisierung in die Form eines Rituals zu bringen, stößt ihn ab. *In God We Trust* steht auf dem Dollar, aber nichts in New York hat mit Gott zu tun, weder das *World Trade Center* noch die Nagelstudios an jeder Straßenecke.
Auf beiden Seiten der Straße flimmern jetzt die gleichen Neonschriftzüge: *live nude, XXX-video, european, oriental, spanish, asian, lesbian, amateur*. Die Reklamefassaden und

die Häuser darüber wirken billig. Den Straßenzug durchweht nicht der lockende Hauch eines Erotik-Las Vegas, sondern die traurige Verkommenheit eines gedopten Reizwäschenwühltischs. Hier und da strecken Bettler am Straßenrand den wenigen Passanten ihre *McDonalds*-Pappbecher entgegen, schütteln die paar Münzen darin und bitten um *change*.
Nach dem, was ihm Kristin über die Gepflogenheiten in den New Yorker Diskotheken erzählt hat, überrascht Jan die Provinzialität des Straßenzugs. Ein echtes Rotlicht-Viertel kann es nicht sein, und er weiß nicht, ob es so ein Viertel in New York überhaupt gibt. Verglichen mit dem *real fucking on stage*, das in Amsterdam angekündigt wurde, geht es hier jugendfrei zu: *Peep Show 25¢*.
In Jans Leben gibt es keine Verwendung für Sexshops. Jetzt, da ihn ihre Fassaden zu locken versuchen, wird ihm bewußt, daß sie darin Kirchen gleichen. Er vermißt keine Heilslehre, und ihm fehlt nichts beim Sex. Der Grundmythos des Christentums erscheint Jan indiskutabel: einen Mann zu verehren, der nackt ans Kreuz geschlagen ist – also das Leiden zu verehren. In dem Sexshop ist ein ganzes Regal mit Videokassetten bestückt, die den Cover-Bildern nach in den Kerkern des Herodes entstanden sein könnten: Ans Kreuz gebundene Männer und Frauen mit Nadeln in Brustwarzen und Genitalien. Auspeitschungen und Penetrationen am Pranger. Begattungszeremonien von angeketteten Froschmännern und mit verbundenen Augen gesenkten Hauptes knienden Frauen – die Menschen mögen das Interesse an weißen Messen verloren haben, das an schwarzen dagegen nimmt zu, und solange dies der Fall ist, kann die Kirche hoffen.
Jan wendet sich den Regalen mit der Swimmingpool- und Schlafzimmer-Pornografie zu, in denen keine Kassetten mit Auspeitschungen mehr zu finden sind. In der Lasterhöhle herrscht Ordnung. Die Bilder auf den Kassettenhüllen, wenn

sie sich auf zwei Darsteller beschränken, decken sich – sieht man von den Pools und den Einrichtungen ab – hier und da mit Jans Erfahrung. Er bleibt vor einer Kassette stehen, die Walter und Cindy zeigen könnte: ein Mann auf einer Bettkante und eine Frau mit langen blonden Locken, die zwischen seinen Beinen kniet. Walter hätte sie freilassen können, und alles wäre zu einem normalen Ende gekommen. Aber irgend etwas hatte ihn dazu getrieben, sie auf das Bett zu zerren und mit Gewalt zu nehmen. Er selbst glaubt, es sei die Rache an Neil gewesen, die ihn dazu getrieben hat, aber vielleicht wollte er nur einmal haben, was hier herumstand. Für ein paar Dollar.

Jan verläßt den Sexshop wieder. Er geht die Straße entlang wie manchmal, wenn ihn eine innere Spannung abends aus dem Haus an irgendeinen Tresen treibt. Meist kreisen seine Gedanken um einen unbekannten, noch zu entdeckenden Frauenkörper – jetzt um die weiße Schlankheit von Kristin. Ihr Bild vermischt sich mit den Reißbrettfantasien der *Calvin-Klein*-Welt, deren kühle, unbeteiligte Schwarzweißkörper New Yorks Straßen durchsetzen. Jan entdeckt eins der Plakate am Eingang des Busbahnhofs, den die zwei Augen des Models ebenso leidenschaftslos überblicken wie den Verkehr, die wenigen Passanten, die Nacht. Jan bleibt vor dem Bild stehen, und es kommt ihm vor, als werde der Schwarzweißblick der beiden Augen lebendig, als stünde Kristin vor ihm, und sie geht neben ihm her, während er Walter und Cindy im Sexshop zurückgelassen hat. Es herrscht kaum Betrieb in der Haupthalle des Busbahnhofs, die Kioske starren in eine kundenlose Leere, niemand will die Stadt verlassen, niemand will hinein – eine von keiner Institution verordnete Quarantäne. Die Nacht hat alle eingeschlossen und umstellt mit dem Zwang, die Möglichkeiten zu nutzen, die der Tag nicht bietet. Alle sind auf der Suche nach dem Ort, an dem die Models von ihren Plakaten herabsteigen und den nur Jan bisher gefunden hat, dort, wo ihn niemand vermutet, in einer neonkargen Ödnis, in der die Rolltreppen seit Stunden nur noch Luft auf die nächste Ebene transportieren. Jan durchquert die Halle, folgt Kristin, der weißen Kristin, die wie eine Heilige vor ihm herschreitet, nackt nur, als habe auch Calvin Klein einsehen müssen, daß seine Unterwäsche in den Bildern nur stört. Links sitzen Ticketverkäufer hinter Glas, wenige nur, die die Hoffnung auf Kundschaft aufgegeben haben. Jan stellt sich vor, daß Kristin sie von ihrer Langeweile erlöst und ihnen eine Fahrkarte abkauft, um sich dann neben ihn in einen Bus zu setzen und aus dem Fenster zu sehen, während draußen die Nacht und dann der Morgen vorbeizieht. Sie fahren durch den Kontinent, zurück an den Ort, den sie vor drei Tagen verlassen haben. Er stellt sich vor, daß sie wieder einziehen in ihren Bungalow, während sich die nächste Nacht und der nächste Regen nähern, dessen Tropfen an Kristins weißem Körper herunterfließen. Sie betreten die Rolltreppe und erlösen auch diese von ihrem stundenlangen sinnlosen Rollen, zu dem sie irgendeine Stromzufuhr verurteilt hat, und dankbar hebt sie Jan langsam aus der Haupthalle, vorbei an dem Gestänge der Deckenbeleuchtung und vorbei an einem großen Glaskasten mit Monitorwand, deren Aufgabe es ist, die Tatsache, daß nichts geschieht, einem Wachbeamten in allen Facetten vor Augen zu führen. Auf der Schalttafel davor gibt es nichts zu schalten, und Jan überlegt, ob es nicht möglich wäre, auch diesen Mann zu erlösen, aber das bedeutete, es müßte etwas geschehen statt nichts, aber seine Rolltreppenfahrt mit Kristin ist vom Standpunkt des Beamten aus nun mal nichts, weil seine Monitore nur einen Mann zeigen, der eine Rolltreppe benutzt und sich, oben angekommen, umsieht, wie es weitergeht, weil keine Busse zu sehen sind, sondern wieder nur eine schwimmbadhell gekachelte, verlassene Halle mit verschiedenen Werbeplakaten und Wegweisern: *Gates 301 to 326*, denen Jan folgt. Er erreicht eine Treppe, ebenfalls makellos weiß gekachelt, und steigt die Stufen hinauf, an deren oberen Ende das *Gate* beginnt, ein schmaler Gang mit Plexiglaswänden, durch die man auf eine kaum beleuchtete Plattform mit Betonsäulen sieht, ein Parkhaus ohne Autos und Licht, nur die regelmäßig aus der Tiefe heraufmündenden länglichen *Gates* erhellen hier und da die asphaltierte Fläche. Der einzige Bus, den Jan erkennen kann, ist fünfzehn, zwanzig Meter entfernt, er steht dort abgeschaltet und vergessen, als habe er es nicht rechtzeitig geschafft, die Stadt zu verlassen. Oder er wartet auf Jan und Kristin. Es wäre möglich, daß es sich um den Bus handelt, den sie suchen und der sie zurückbringen wird in die *Badlands* und ihren Bungalow, während Walter und Cindy im Sexshop zurückbleiben, gefangen in ihrer Swimmingpool- und Schlafzimmer-Sexualität und ihrer Hoffnung auf Reichtum, während Kristin, die weiße Heilige, mit Jan auf dem stillgelegten *Gate* steht. Sie beobachten, daß der Bus in zwanzig Meter Entfernung jetzt das Licht anschaltet und den Motor anläßt. Er setzt sich langsam in Bewegung, die Kegel seiner Scheinwerfer überstreichen den schwarzen Asphalt und hin und wieder eine der Betonsäulen. Er fährt einen größeren Bogen und schwenkt dann auf Jan zu, nähert sich dem *Gate*, fast macht es den Eindruck, als halte er genau auf den schmalen Plexiglasgang zu, an dessen Ende Jan steht. Die Scheinwerfer werden größer und rücken weiter auseinander. Sie blenden Jan, der nicht in der Lage ist, mit seinem Blick die Windschutzscheibe des Busses zu durchdringen, über die gelegentlich ein paar Lichtreflexe fliegen. Zwischen den Scheinwerfern erkennt er jetzt silbrige Lamellen, die von den Neonröhren des *Gates* beleuchtet werden. Keine zehn Meter ist der Bus mehr entfernt, er kommt näher und näher, die Lamellen des Kühlers schweben auf Jan zu. Kurz vor ihm schwenken sie nach links und wieder nach rechts, und der Bus fährt an Jan vorbei. Die Rücklichter entfernen sich und tauchen eine Abfahrt hinunter. Die Plattform bleibt zurück, wie Jan sie vorgefunden hat, nur noch verlassener. Es ist jetzt klar, daß kein Bus mehr fahren wird, daß er und Kristin hier in New York bleiben müssen, daß Kristin, die Heilige, ihn wieder zurückführen wird in das Leiden, Walters Leiden, Cindys Leiden, dorthin, wo Jan nur mittelalterliche Kräfte am Werk sieht, mit denen er nichts zu tun haben möchte. Im Moment bleibt ihm keine Wahl, hier geht es nicht weiter, und er wendet sich um und geht zurück zu der weiß gekachelten Treppe, die auf halber Höhe eine Kehrtwendung macht. An der Wand dort hängt ein Werbeplakat, wieder ein Parfum, diesmal allerdings ohne Reißbrettmodels, sondern nur der Flakon mit der goldenen Flüssigkeit ist abgebildet: *Paco Rabanne, XS*, was, wie dem Plakat zu entnehmen ist, für *excess* steht, und darunter sind lexikonartig ein paar nähere Bestimmungen vermerkt: *ecstacy, bliss, nirwana*. Am unteren Rand ist eine Internet-Nummer vermerkt: *http://www.homeshop.com*. Das Plakat, denkt Jan, wendet sich schon nicht mehr an seine Generation, sondern an die folgende, an Ecstacy-schluckende und Internet-surfende Techno-Kids, mit denen ihn nichts verbindet. Als er sich umdreht, um auch die zweite Treppenhälfte hinunterzusteigen, steht am unteren Treppenabsatz, als hätten sich seine Gedanken materialisiert, ein Vertreter dieser Ecstacy-Generation mit Baseballkappe, Jeans und Totenkopf-T-Shirt. Jan will weitergehen, aber irgend etwas in ihm ist beunruhigt, vielleicht durch den Blick dieses Ecstacy-Jugendlichen, der so gar nichts von der friedlich-narzißtischen Grundhaltung offenbart, die man dieser Generation immer nachsagt. Auch ist die Kleidung nicht mit Akkuratesse verschmuddelt und zerrissen, sondern auf natürlichem Wege verwahrlost. Obwohl Jan sicher ist, kein ängstlicher Mensch zu sein, wirft er jetzt doch einen schnellen Seitenblick auf den nach oben führenden Treppenast, und fast wundert es ihn nicht, daß sich dort noch einmal dieselbe Erscheinung materialisiert hat wie auf der anderen Seite. Kristin, die Heilige, die ihn vielleicht hätte schützen können, ist jetzt verschwunden, und auf einmal ist alles nur noch simple, fast banale Realität: die beiden Jugendlichen vor ihm und das Excess-Plakat in seinem Rücken. Er ist in der Zange, und sie kommen näher. Jan sieht nur die Möglichkeit, sie anzusprechen, sein Geld können sie haben, dafür wird er sich nicht schlagen. *What do you want*? sagt er ungelenk, aber sie reagieren nicht, ihre Gesichter bleiben starr. Jan denkt kurz an den Beamten vor seiner Monitorwand, aber er kann keine Kameras entdecken, die die Szene beobachten und in den Kontrollraum senden könnten. Der Beamte wird sich weiter langweilen, wird nicht erlöst von seinem Nichtstun, weder durch ihn noch durch die weiße Kristin, die wieder auf ihr Plakat zurückgekehrt ist und ihn hier, in dem gekachelten Treppenhaus seinem Schicksal überläßt, das er jetzt nicht mehr abwenden kann. Die beiden stehen vor ihm, und er spürt ihren Atem. Dann zerreißt ein Schmerz seine Bauchdecke. Die Wucht des Stichs wirft ihn gegen die Wand mit dem Parfumplakat. Er knickt ein, und ein Schlag wirbelt ihn herum wie bei einer Pirouette. Sein Gesicht trifft dumpf auf Paco Rabannes Flakon mit der goldenen Flüssigkeit. Jan denkt, wenn es wenigstens ein *Calvin-Klein*-Model wäre, wenn es Kristin wäre, die ihn jetzt ansähe, die sähe, wie er nicht zum Helden wird, wie er nicht den richtigen Schlag kennt, den blitzschnellen Schulterüberwurf im rechten Moment, wenn es wenigstens sie wäre, die sähe, wie er gedemütigt wird, weil er der Gewalt nichts entgegenzusetzen hat, außer einem ungelenken *What do you want?* – er würde etwas darum geben, und wenn sie ihn noch so unbeteiligt ansähe mit den dunklen Augen in ihrem embryoweißen Körper. Sie hätte ein Recht dazu, nicht mit ihm zu leiden. Sie hätte ein Recht dazu nach dem, was vor dem Bungalow war. Aber sie ist es nicht. Es sind nur die Buchstaben der *Excess*-Synonyme, die jetzt von unten nach oben durch Jans Blickfeld ziehen und auf denen seine Nase eine rote Spur hinterläßt: *ecstacy*, ein weiterer Schlag, *bliss*, dann ein Tritt. Jans Körper ist nichts als Schmerz, der sich stärker und stärker in ihm ausbreitet. Die Helligkeit des Plakats vor seinen Augen beginnt zu flackern wic cine Glühbirne, die kurz vor dem Ende steht. Und während das Bild langsam dunkler wird, beginnt auf wundersame Weise der Schmerz sich aufzulösen, fährt aus ihm heraus wie ein fremdes Wesen und läßt ihn schließlich frei. *Nirwana*.

3
bad lands

Ich habe das Experiment durchgeführt, indessen mich vernünftige Überlegungen bereits zuvor fest davon überzeugt hatten, daß die Wirkung genauso eintreten muß, wie sie eben eingetreten ist.

Galileo Galilei an Francesco Ingoli

Suttree kniete sich in den Sand und ließ einen Stein übers Wasser hüpfen. Eine kurvige Spur aus Ringen. Das andere Ufer lag tief beschattet. Die Sandbänke zierlich vernäht mit den Fährten von Wanderratten. Sie war neben ihm in die Knie gegangen und knabberte an seinem Ohr. Die weiche Brust an seinem Arm. Woher dann diese Einsamkeit?

Cormac McCarthy, *Verlorene*

Früher begannen Romane häufig mit einer Vorrede. Die Autoren wiesen darauf hin, daß die von ihnen erzählte Geschichte vieles enthalte, was dem Leser, gemessen an seiner Erfahrung, unwahrscheinlich vorkommen könne – ungewöhnliche Ereignisse, besondere Charaktere –, und sie begründeten, warum es trotzdem gerechtfertigt sei, die Geschichte aufzuschreiben, auch wenn sie auf den ersten Blick mit dem gewöhnlichen Leben nur wenig zu tun habe. Um die Glaubwürdigkeit des Erzählten zu erhöhen, tarnten sie sich mitunter als Chronisten, denen die Geschichte angeblich aus verläßlicher Quelle überliefert worden sei, oder sie beriefen sich auf alte Manuskripte, deren Inhalt sie wahrheitsgetreu wiedergäben. Diese aus heutiger Sicht merkwürdigen Konstruktionen hatten auf den ersten Blick den Sinn, die Skrupel des Autors zu mildern, dem Leser schlicht eine erfundene, nur der Fantasie entsprungene Geschichte vorzusetzen. Man könnte das Ganze demnach als Unsicherheit oder auch Marotte betrachten – der wahre Sinn der Vorreden könnte aber ein ganz anderer gewesen sein: Sie waren möglicherweise nichts als ein Vehikel, um gleich zu Anfang darauf hinzuweisen, wie erstaunlich die Geschichte eben sei, wie einzigartig und damit wie lesenswert. Sie waren ein Trick: ein scheinbar seriöses literarisches Entree, das doch nur den Zweck hatte, dem Leser den Mund wäßrig zu machen. Kaum einem dieser Autoren, die im Anschluß an die Vorrede auf Hunderten von Seiten die haarsträubendsten

Abenteuer erzählten, kann man, so scheint es, ernsthafte Skrupel wirklich abnehmen.

Wenn heute Hollywood eine seiner Großproduktionen weltweit in die Kinos schickt, geschieht dies fast nie, ohne daß bereits Monate vorher häppchenweise Details, Szenen, Plotfragmente oder Klatsch vom Set in die Presse lanciert werden. Wochen vor dem Filmstart kondensiert aus diesem Informationsnebel dann der Werbefeldzug, und im Fernsehen gibt es erst einmal ein Making-of, bevor sich dann endlich der Vorhang öffnet und die Geschichte über die Leinwand geht. Vergleicht man diese Strategie mit den Vorreden aus den Anfängen des Romans, findet man keine nennenswerten Unterschiede. Den Schriftstellern früherer Zeiten fehlten lediglich die Medien, in denen sie ihre Vorrede hätten plazieren können, deswegen mußten sie sie dem Roman selbst voranstellen. Sie mußten die Erwartung selbst erzeugen, mit der sie das Publikum zum Lesen ihrer Geschichte verführten. Hollywood hat also mit seinen Vermarktungsstrategien keine neue Erfindung gemacht, sondern lediglich einen alten Trick adaptiert und für das Medium Film perfektioniert.

Was an dem ganzen Vorgang dennoch beeindruckt (oder manche auch abstößt), ist der Erfolg, mit dem in den USA alte Ideen umgesetzt werden. Weder der Traum von der Mondlandung noch der Computer sind wirklich neu, nur hat man sie in Europa oder anderswo über Jahrhunderte oder Jahrtausende stets in einem geistigen Raum betrachtet und gepflegt und in dem Gedanken an ihre Realisierung – so erscheint es fast – beinahe etwas Unanständiges gesehen. Noch zu Beginn dieses Jahrhunderts wurde die Dissertation eines deutschen Ingenieurs über Raketen und ihre technische Realisierbarkeit von seiner Fakultät entschieden zurückgewiesen. Als er sie anschließend in Buchform herausgab, wurde sie zu einem Bestseller.

Die Frage, warum Amerika erfolgreich ist, ist kompliziert, kann aber auch sehr einfach beantwortet werden: Amerika ist erfolgreich, weil es nie eine andere Chance hatte, als erfolgreich zu sein. Während sich Europa erst aus einem Wust von Herrschaftsformen herausarbeiten mußte, die nicht dem Erfolg, sondern Gottes Gnaden oder ähnlichen nicht überprüfbaren Zielen verpflichtet waren, ist Amerika durch eine einfache Einwanderermentalität geprägt: Entweder man hat Erfolg, oder man geht unter. Der Behauptung, die daraus hervorgegangene Kultur bedrohe den Fortbestand der europäischen und anderer Kulturen, liegt die Angst zugrunde, der Erfolg der US-Kultur könnte total sein.

Erfolg zu haben ist ein merkwürdiger Vorgang. Das deutsche Wort Erfolg hat zwei Aspekte: Zum einen ist es dynamisch, Folgen ist eine Bewegung, und wer einem Menschen oder einer Idee folgt, bleibt nicht stehen. Zum anderen ist Folgen keine wirklich freie Bewegung, sie ist gebunden an dasjenige, dem man folgt. Man hat keinen Einfluß auf die Richtung, in die man geht. Die Dynamik ist eine zwanghafte.

Die einzige originäre Erfindung der US-Kultur ist das Roadmovie. Niemand käme auf die Idee, von einem Straßenfilm zu reden. Es gibt *La Strada*, und trotzdem wird man das Gefühl nicht los, daß die Straßen eines *echten* Roadmovies nur staubige amerikanische Straßen sein können mit halb verrotteten *Gas-Food-Lodging*-Stationen, riesigen Trucks und schrottreifen Chevrolets. *On the road* ist der Traum, vielleicht weil er – wie die Legende vom Erfolg – von einer Bewegung erzählt, aber von einer freien, einer Bewegung, deren Richtung sich bei jeder Kreuzung ändern läßt, ohne Vorgaben, ohne Notwendigkeiten.

Jan erwacht in der Nähe von Chicago. Er schwitzt. Sein Hemdkragen klebt an seinem Nacken, und die steil in den

Wagen scheinende Sonne heizt seine Oberschenkel auf. Er hat einen säuerlichen Nachtgeschmack auf der Zunge, und seine Zähne sind wie mit Filz belegt. Kristin sitzt neben ihm, eine Hand am Steuer und den Blick geradeaus in die Landschaft gerichtet, die hinter ihrem Profil vorüberfließt, ein grobgeknüpfter, welliger Teppich, der blaßgrün neben dem Highway verlegt ist. Keine Hochhäuser, kein Asphalt.

Jan braucht eine Weile, um zu verstehen, wie er in den Wagen gekommen ist. Er erinnert sich an den Besuch in Kristins Galerie und an Walter, der aus Wut über die ausgestellten Bilder gegangen ist, weil Kristin sich nackt hatte fotografieren lassen. Dann der Streit zwischen den beiden, an dessen Ende Kristin Walter ihre Schwangerschaft vor die Füße warf wie einen Fehdehandschuh und nicht wie ein gemeinsames Glück, und Walter war nicht in der Lage, ihr nachzugehen und sich bei ihr zu entschuldigen. Er bat Jan darum, der anschließend mit Kristin durch die Straßen ging. Er folgte ihr zu dem Parkhaus, sie wechselte ein paar Worte mit dem Parkwächter, und dann fuhren sie durch New York, und Jan kämpfte gegen die Müdigkeit, den Jetlag, während Kristin den Buick durch die nächtlichen Straßen steuerte – und jetzt, vielleicht sechs oder sieben Stunden später, die porzellanene Helligkeit um ihn herum ...

Jan rutscht höher im Sitz. Sein Mund ist ausgetrocknet. »Wieviel Uhr ist es?« Er nimmt die Mineralwasserdose aus der Halterung in der Mittelkonsole, sie ist leer und leicht wie ein Tischtennisball.

Kristin dreht sich zu ihm und sieht ihn an. Ihre Augen liegen tief und erschöpft in den Höhlen, aber ihr Blick enthält eine seltsame Entschlossenheit.

»Halb zehn«, sagt sie und wendet sich wieder dem Highway zu, dem sie seit Stunden folgt, durch die Dunkelheit zuerst, dann durch das Morgengrauen.

Jan versteht, was geschehen ist. Sie hat die Stadt verlassen, lautlos und ohne jemandem ein Wort zu sagen, und sie ist gefahren und gefahren, als müsse sie seine Übermüdung nach dem Flug und dem langen Abend nutzen, um ihm nicht nur New York zu zeigen, sondern den Kontinent.

»Hast du noch eine?« fragt Jan und schüttelt die leere Getränkedose.

»Auf dem Rücksitz.«

Jan dreht sich herum. In den Polstern liegen ein paar Dosen, Schokoriegel und in Zellophan eingeschlagene Sandwiches. Kristin hat irgendwann in der Nacht angehalten und getankt, während er geschlafen hat. Er nimmt eine der Dosen und öffnet sie, kleine Wasserperlen sprühen auf seine Hand und glitzern in der Sonne. Er sieht Kristin an. Wie auch immer alles gekommen ist, im Ergebnis ist es einfach: Er ist mit ihr unterwegs.

Der Highway folgt einer weitgezogenen Biegung, scharfe Schatten bewegen sich langsam über Kristins Gesicht. Ihre Züge gefallen Jan besser als vor Stunden in der diffusen Stadtatmosphäre. Es kommt ihm vor, als hätten sie hinter der Erschöpfung, die ihr Gesicht überschattet, ihre jugendliche Signatur wiedergewonnen, eine hellhäutige Kühle, hinter der sie früher stets ihre Unsicherheit verborgen hat. Aber es ist nicht nur das Licht, das ihr Gesicht verändert. Es scheint, als habe sich die Patina von Jahren über Nacht gelöst.

Jan trinkt einen Schluck Wasser und tauscht die leere Dose in der Halterung gegen die volle aus. »Hast du mit Walter gesprochen?« fragt er.

Kristin schüttelt den Kopf. »Ich wollte dich nicht wecken.«

Jan weiß, daß es eine Ausrede ist, aber eine lieb gemeinte. Er stellt fest, daß es ihm egal ist, was Walter denkt.

Kristin verläßt den Highway und steuert auf den Parkplatz eines Einkaufszentrums, sie steigen aus. Obwohl noch Vormittag, ist es bereits heiß. Im Supermarkt dagegen trockene Kühle. Jan kauft ein paar T-Shirts und eine Hose zum Wechseln, dann ein Paar *Reeboks*, die mit blauem Teppich ausgeschlagen sind wie der Buick. An jedem zweiten Produkt hängt ein Schild: *Sale!*, daneben eine Prozentzahl. »*Sale*«, erklärt Kristin, »heißt soviel wie Sonderangebot. *Sales* gibt es immer. Den *rainy-day-sale*, wenn es regnet, um die Leute vor die Haustür zu locken.«

Jan erinnert sich, daß sie ihm vor ein paar Stunden beim Kaffeetrinken erklärt hat, was *Donuts* sind. Den Geburtstagskuchen, den sie für ihn gebacken hat, haben sie nicht gegessen. Bis sie wieder in New York sind, wird er vertrocknet sein.

Obwohl sie nicht darüber reden, ist klar, daß sie Kleidung brauchen. Wenigstens für ein paar Tage. Kristin schiebt den Einkaufswagen in die Wäscheabteilung. Sie kauft Slips mit zwei Finger breiten Hüftstegen; es fällt Jan auf.

In der Haushaltsabteilung nimmt sie eine Kunststoffkühlbox aus dem Regal, die sie hinterher in den Kofferraum stellt und mit Getränkedosen auffüllt. Sie leert einen Beutel Eiswürfel darüber und klappt den Deckel zu. Nach der Kühle im Supermarkt liegt die Hitze wie Quecksilber auf dem Asphalt.

»Ich brauche noch einen Kaffee«, sagt Kristin. Sie setzen sich in ein Restaurant mit Aussicht auf den Parkplatz. Die fußballfeldgroße Asphaltfläche ist höchstens zu einem Drittel ausgelastet. Jan betrachtet die an- und abfahrenden Autos. Er ist mit Kristin unterwegs, und es gefällt ihm schon jetzt. Einfach nur dazusitzen und ihr zuzusehen, wie sie ihren Kuchen ißt, erscheint ihm wie ein um einen Tag verspätetes Geburtstagsgeschenk.

Kristin sieht auf und bittet ihn, mit Walter zu telefonieren.

»Ich?« Jan könnte sich darauf zurückziehen, daß dies nicht seine Sache ist. Kristin überredet ihn mit einem Blick, in dessen Erschöpfung sich ein kindliches Vertrauen in seine Fähigkeit mischt, in jeder Situation die Nerven zu behalten, ein Vertrauen, das ihm schmeichelt, obwohl ihm nicht klar ist, woher sie den Glauben an seine Souveränität nimmt. Er steht auf und geht zum Telefon.

Walter ist sofort am Apparat, er habe sich Sorgen gemacht, was denn los sei? Jan bleibt tatsächlich ruhig und erklärt ihm, daß er nicht mehr in New York ist, sondern knapp zweihundert Kilometer vor Chicago.

»Chicago?« Walter bringt ein paar Sekunden lang keinen Ton heraus. Für einen *Broker* müßte er abgebrühter sein, denkt Jan.

»Wieso Chicago?« fragt Walter noch einmal.

Jan hebt die Schultern, als könne das Telefon auch seine Körpersprache übertragen. Er erklärt Walter, was geschehen ist; daß Kristin genug hatte und gegangen ist, aber so sagt er es nicht. Er sagt: »Sie mußte mal raus. Wohl seit langem schon.« Er sagt nicht, wie sehr es ihm gefallen hat, neben ihr aufzuwachen.

Walter hegt gegenüber Jan kein Mißtrauen. Er wird wütend. »Kristin ist verrückt geworden. Die Ausstellung gestern, das war doch lächerlich«, sagt er. Ihm ist klar, daß es keinen Sinn hat, mit Jan über eine schnelle Rückkehr zu feilschen. Er sieht Jan als Opfer, nicht als Täter. »Paß auf sie auf und versuch, ihr den Unsinn auszureden«, bittet er ihn. Jan nickt das Telefon an, und sie verabschieden sich.

Kristin steht zwanzig Meter weiter an den Buick gelehnt und wartet. Er wird ihr überhaupt nichts ausreden, denkt Jan. Sie erkundigt sich nicht danach, was Walter gesagt hat. Sie hat sich noch einen Kaffee besorgt, den dritten. Der Pappbecher ist fast leer. Jan wird bewußt, daß sie übermüdet ist. Aus irgendeinem Grund will sie trotzdem am Steuer bleiben, aber er besteht darauf, sie abzulösen, es sei denn, sie suchten sich auf der Stelle ein Hotel – und für einen Moment zieht die

Vorstellung durch Jans Kopf, daß er sich mit ihr in einem Motelzimmer befindet mit einem billigen Bett, auf dem sie sich lieben.

Kristin gibt nach und geht um den Wagen herum. Jan setzt sich hinters Steuer, verschiebt den Automatikhebel und läßt den Wagen anrollen. Sie nähern sich der Auffahrt zum Highway und haben zwei Richtungen zur Auswahl.

»*East* oder *west*«, fragt Jan.

»*West*«, sagt Kristin.

Irgendwann wächst die Skyline von Chicago aus dem Boden, als stünde sie auf einer Hebebühne.

Kristin will auf den *Sears tower*. Die Vorstellung, mit dem Fahrstuhl siebzig oder achtzig Stockwerke zu fahren, gefällt Jan nicht. Er hat einmal gehört, Wolkenkratzer seien keine starren Gebilde, sondern in der Lage zu schwanken wie Gummi, und dabei gehe es nicht nur um wenige Zentimeter, sondern um Meter, fünf bis sechs Meter könne ein Wolkenkratzer an seiner Spitze pendeln. Kristin nimmt ihm nicht ab, daß er sich darüber ernsthaft Sorgen macht.

Sie betreten den Fahrstuhl und zwängen sich mit dreißig oder vierzig Personen in die Kabine. Jan mag weder Fahrstühle noch Seilbahnen. Die Menschen schieben sich zusammen wie die Poren eines Schwamms. »Wieso heißt es eigentlich Fahr*stuhl*?« sagt Jan, während Kristin gegen ihn gedrückt wird und er ihre Brüste auf seiner Brust spürt. Dann setzt sich die Kabine mit einem Ruck in Bewegung. Nach einer knappen Minute öffnen sich die Türen wieder. Blaukristallenes Licht fällt durch Fenster, die schräg eingesetzt sind wie überhängende Klippen aus Glas, damit man besser hinabsehen kann. Vor ihnen erstreckt sich die türkisfarbene Fläche des *Lake Michigan*, in den die Schatten der Hochhäuser ragen wie Stege.

Kristin wendet sich nach rechts. Sie schreiten die Fensterfront

einmal rundum ab. In der Mitte hinter Lamellenrollos hat ein Radiosender seine Studios. Die umliegenden Wolkenkratzer wirken kleiner. Jan hat das Gefühl, in einer Kapsel über der Stadt zu schweben, die in glimmendem blauem Dunst schwimmt, als habe die UV-Strahlung endgültig und auf breiter Front ihren Weg auf die Erdoberfläche gefunden. Er lehnt sich an eins der Fernrohre, das unbenutzt auf den Horizont zielt. Kristin kramt eine Münze aus der Jeanstasche und wirft sie ein. In dem Gerät schnappt ein Mechanismus, und sie beginnt zu schwenken, Jan muß einen Schritt zurücktreten. Viel sei nicht zu erkennen, stellt sie fest. Sie löst ihre Augen von der Sichtblende und überläßt Jan das Okular. Er läßt das Bild langsam in der Horizontalen gleiten, Fensterfronten schieben sich vorbei, geometrische Strukturen aus Glas, gekachelter Dunst. Dann fällt die Klappe.
Als er aufsieht, lehnt Kristin an dem Geländer und kann sich nur mit Mühe auf den Beinen halten. Sie setzt sich vorsichtig auf den Sockel des Fernrohres. Jan hockt sich neben sie. »Es geht schon wieder«, sagt sie.
»Wir suchen ein Hotel«, entscheidet Jan.
Sie schüttelt den Kopf. »Noch nicht.«
Jan versteht nicht, wieso sie weiterfahren will, aber ihr Ton läßt trotz ihrer Schwäche keinen Widerspruch zu. Die Entschlossenheit in ihrem Blick, die Jan schon morgens aufgefallen ist, hat noch zugenommen. Er sieht sie an. Ihre Augenbrauen erinnern ihn an die Schwingen eines Vogels, der im Wind gleitet.
Nach ein paar Minuten steht sie langsam auf. Jan legt seinen Arm um ihre Schultern, und sie gehen zu den Fahrstuhltüren. Sie warten. Jan stellt sich vor, sie seien ein Paar.
Irgendwann schläft Kristin auf dem Beifahrersitz ein. Ihr Kopf neigt sich auf die Schulter, ihre Handgelenke kreuzen sich in ihrem Schoß. Hinter ihrem Profil zieht die Landschaft

vorbei und gelegentlich ein Wagen, den Jan überholt. Es fällt ihm schwer, sich an das Tempolimit zu halten, weil kein Hindernis zu sehen ist bis zum Horizont, über dem die Sonne in einer Nährlösung aus blassem Gold schwimmt, bis sie schließlich zerfließt wie ein leck gewordener Kerzenstumpf. Jan fährt.

Ihre Reise durch den Kontinent war so ereignislos wie die Landschaft neben dem Highway. Felder, nichts als Felder. Hier und da ragten ein paar Getreidesilos aus der Ebene. Dann wieder nichts, einfach nichts, bis zum Horizont. Gelegentlich spielte das Radio. Einmal begleitete sie einen halben Tag lang ein kleiner Regionalsender, *WCSX classic rock station*, der Jans Musikgeschmack traf: alte Rockmusik von Elvis über Stones und Doors bis hin zu Pink Floyd, kein Hiphop oder Rave, oder wie diese Sachen hießen, zu denen *MTV* mit Bildern um sich schoß und die Jan nicht mehr auseinanderhalten konnte. Der Moderator war ein fröhlicher Mensch, dem es nicht um den Jahrgang, sondern um die Qualität ging. *It needn't be old to be a classic*, sagte er gutgelaunt und legte gelegentlich Produktionen neueren Datums auf, die in der Tradition der alten Songs standen. Lediglich die Werbung war auf der Höhe der Zeit, und hin und wieder kam es zu skurrilen Begegnungen, wenn minutenlange Siebziger-Jahre-Gitarrensoli umrahmt wurden von hektischen Neunziger-Jahre-Werbe-Jingles. Es war, als würde Charles Bronson im *Terminator* auftreten.
Irgendwann wurde das Signal zu schwach, und der Sender und die alten Zeiten versanken im Rauschen des Äthers. Zurück blieben die Felder und Kristin, die morgens meist Zeitung las, während Jan fuhr und sie gelegentlich ansah wie eine noch fremde, lockende Landschaft. Sie entwickelte eine hartnäckige Energie, wenn es darum ging, eine *vernünftige*

Zeitung zu besorgen, nach Möglichkeit die *New York Times*, die aber kaum zu kriegen war. Sie fragte sich durch wie bei einer Schnitzeljagd und schaffte es tatsächlich jedesmal, an irgendeiner Raststätte oder in einem winzigen Laden oder einmal auch von Privatleuten ein Exemplar zu ergattern. Jan war erstaunt über die Hilfsbereitschaft, mit der sie von den Menschen bei ihrer Suche unterstützt wurde. Fast alle hatten ein paar Vorschläge zu machen, und nicht selten telefonierten sie eine Viertelstunde, um in Erfahrung zu bringen, wo eine *New York Times* zu bekommen sein könnte. Hinterher las Kristin die Zeitung, sie interessierte sich für alles, blätterte von Politik über Wirtschaft zum Kultur- und Klatschteil und widmete sich sogar den Börsenkursen mit einer Gründlichkeit, die Jan erstaunte. Gelegentlich hielt sie die Hand beim Lesen schützend über die Augen, weil die Sonne blendete, und vergaß dann ihren Arm minutenlang. Jan wunderte sich, wie sie das durchhielt. Irgendwann klappte er die Blende herunter.

Die Irritation durch die Zeitverschiebung verlor sich mehr und mehr. In Chicago hatte Jan manchmal noch den Eindruck, als gehe der Tag nach, als entferne sich die Welt kurzzeitig ein paar Schritte von ihm. Solche Augenblicke wurden seltener und verflüchtigten sich schließlich. Jan fühlte sich wohl.

Gelegentlich überlegte er, worum es Kristin gehen mochte. Sie neigte nicht dazu, vor Schwierigkeiten davonzulaufen. Eher machte sie sich das Leben aufgrund der Maßstäbe, die sie sich setzte, schwieriger als nötig. Ob es der Anspruch war, in der mathematischen Forschung Beachtliches zutage zu fördern, oder ihr Wunsch, in der Versicherungsbranche nicht nur knifflige Rechenprobleme zu lösen, oder jetzt der Versuch, eine Fotogalerie zu etablieren, die wirtschaftlich erfolgreich *und* künstlerisch bemerkenswert war – immer legte sie sich die Latte gefährlich hoch, zu hoch mitunter. Ihr Ehrgeiz war Jan fremd. Er hatte nie das Bedürfnis gehabt, ein besonderes Leben zu führen.

Hin und wieder kündigten Schilder Autobahnkreuze an. Jan hatte keine Vorstellung, wohin er den Buick steuern sollte, sie hatten keine Strecke verabredet. Die Namen der Städte sagten ihm nichts. Den Amerikanern vorzuwerfen, sie hätten bis auf Paris, London oder Rom keine Vorstellung von Europa, war ungerecht. Jan kannte nichts außer New York, San Francisco und Los Angeles. Er fuhr einfach geradeaus.

Kristin machte keine Bemerkung darüber, wann sie umkehren wollte. Irgendwann überquerten sie den Mississippi, den Jan viel weiter im Süden vermutet hatte. Er kramte den Straßenatlas hervor und stellte überrascht fest, daß der Mississippi in der Nähe der kanadischen Grenze entsprang.

Morgens hielten sie in der Regel nach kurzer Fahrt an einem Restaurant und ließen sich die Karte bringen: *Breakfast in America*, dachte Jan, an das er sich schnell gewöhnte, weil er es angenehm fand, sich vom Toast über Cornflakes und Muffins bis zum Ei alles einzeln bestellen zu können, nur mußte er erst lernen, daß es mit dem Wunsch nach Kaffee nicht getan war, sondern er wählen mußte zwischen *regular* oder *decoffeinated*. Milch war nicht einfach Milch, sondern *regular* oder *low fat*, und bei Eiern war zu entscheiden, ob *regular* oder *low cholesterol*. Er gewöhnte sich an, gleich alles pro forma *regular* zu bestellen. Kaffee wurde nachgeschenkt, sooft man wollte.

Kristin erzählte einmal, daß sie es nicht sonderlich schätze zu frühstücken, weil sie als Kind das gemeinsame Frühstück nur als Zwangsritual erlebt habe, veranstaltet aus Gründen familiärer Harmonie, die aber letztlich aus nichts als stummem Zeitunglesen und Brötchenschmieren bestand, und sie

konnte nicht glauben, daß sich durch gemeinsames Einatmen von Rasierwasser eine Familie konstituieren ließ.
Gelegentlich füllten sie ihre Kühlbox in irgendeinem Supermarkt auf. An der Salatbar stellte Kristin geübt ihr Mittagessen zusammen. Jan füllte seine Kunststoffschale systemlos auf, und irgendwie war sie am Ende immer zu klein. Nach dem Kassieren packte ein alter Mann alles in eine braune Papiertüte, was Jan unangenehm war, weil es seinem Empfinden nach umgekehrt hätte sein müssen: Wenn hier einer einem zu helfen hatte, dann er dem Alten und nicht umgekehrt.
Ohne Kreditkarte wären sie verhungert.
Tagelang begleitete sie das Highway-Schild mit der Nummer 90, ein blaues Wappen mit roter Krone, das regelmäßig am Straßenrand aufgestellt war und anzeigte, daß sie sich immer noch auf der roten Linie befanden, die auf der Straßenkarte fast wie mit dem Lineal gezogen Richtung Westen führte, abgelenkt nach Norden erst durch die Rocky Mountains, dann weiter, etwas gewundener bis nach Seattle und zum Pazifischen Ozean, aber Jan hatte das Gefühl, daß sie so weit nicht kommen würden.
Hin und wieder hielten sie einfach an und setzten sich auf eine Bank oder ins Gras. Jan fiel auf, daß es einen bemerkenswerten Unterschied gab zwischen ihrer Fahrt und einer Urlaubsreise: Sie machten keine Fotos. Sie saßen einfach da und unterhielten sich oder unterhielten sich nicht. Für wen hätten die Bilder auch sein sollen?
Kristin wollte abschalten und an gar nichts denken. Wann er das letzte Mal versucht habe, fragte sie Jan, gar nichts zu denken, den ganzen Gedanken-, Theorie- und Meinungsmüll in sich abzustellen? Jan hatte das noch nie versucht. Kristin erzählte ihm, daß sie gelegentlich mit Freunden meditiere, was Jan irgendwie amerikanisch oder zumindest new-yorkerisch

fand. Kristin entschied, Jan eine kurze Einführung zu geben. Er sollte sich aufrecht hinsetzen, sich entspannen und ohne Konzentration irgendeinen Punkt ansehen. Jan versuchte, nichts zu denken, und starrte den Buick an, der zwanzig Meter entfernt geparkt war und der nach einer Weile begann, sich langsam aus sich selbst heraus in Bewegung zu setzen, als treibe ihn Jan mit der Kraft seiner durch Kristins Meditationsübung gebündelten Gedanken an. Er rollte auf eine Böschung zu, und Jan brauchte ein paar Sekunden, um zu begreifen, daß Kristins Lehrgang in ihm nicht neue Fähigkeiten geweckt, sondern er vergessen hatte, die Handbremse anzuziehen. Er sprang auf und erreichte den Wagen gerade noch rechtzeitig.
Es war Jan nicht lieb, als Kristin seinen *Panasonic*-Rekorder entdeckte. Wozu denn der gut sei? wollte sie wissen. Er erklärte, daß er ihn in seiner Zeit als freier Journalist als handliches Notizbuch auf Reisen verwendet und sich seitdem angewöhnt habe, ihn immer bei sich zu haben. Von der Funktion, die er darüber hinaus für ihn hatte, sagte er nichts. Kristin spulte das Band ein Stück zurück und schaltete ein. Jan hörte zum ersten Mal seit langem wieder seine Stimme durch den kleinen Lautsprecher. Es waren seine Beobachtungen während des Fluges nach New York, die das Gerät jetzt wiedergab. Jan war froh, daß er keine persönlichen Bemerkungen gemacht hatte – alles klang, wie er es angekündigt hatte: Material für einen möglichen Artikel. Nach der letzten Eintragung stellte Kristin das Gerät auf Aufnahme und sprach in das fingernagelgroße Mikrophon: »Maisfelder, Weizenfelder, Weizenfelder, Maisfelder, Maisfelder, Weizenfelder.« Sie fand das komisch.
Einmal hielten sie an einem einsamen Parkplatz. Aus einem eiförmigen Wohnwagen, an dem eine amerikanische Flagge wehte, wurde Kaffee verkauft. Ein warmer, gleichmäßiger

Wind strich über das Areal. Jan setzte sich auf eine Bank und streckte die Beine aus und blinzelte durch die Sonnenbrille ins Gegenlicht, in dem die Erde zu einer schwarzen Scheibe unter einem sandgelben Himmel wurde. Kristin kam mit zwei Bechern Kaffee. Jan ließ seinen Kopf im Nacken baumeln, der vom langen Sitzen im Buick verspannt war. Von beiden Schulterblättern her zog es, als seien die Sehnen zu kurz.

Kristin fing an, über ihr Geigenspiel zu reden, das, behauptete sie, stets mittelmäßig gewesen sei. Ihr Mitgeiger, den sie dann verlassen habe, sei einmal mit einem Orchestermusiker ins Gespräch gekommen, und anstatt besser nicht über Musik zu reden, habe er es sich nicht nehmen lassen, über Schostakowitschs Streichquartette zu philosophieren. Wenn er wenigstens bei Mozart geblieben wäre, erinnerte sich Kristin, der die Sache peinlich gewesen ist, obwohl sie nichts damit zu tun hatte. Damals sei ihr klargeworden, sagte sie, daß man in dem, was man macht, perfekt sein muß, oder man muß es lassen, wenn man sich nicht lächerlich machen will.

Sie stand auf. Jan gab ihr seinen Becher, und sie ging zum Papierkorb. Er überblickte träge das Areal. Ihm war aufgefallen, daß die Nummernschilder einzelner Staaten oft mit einer näheren Bestimmung versehen wurden. New Jersey nannte sich *Garden State*, Connecticut *Constitution-State*, und Vermont warb mit *Green Mountains*. Besonders entschieden langten die Einwohner von New Hampshire zu: *Live free or die*, verkündeten sie auf ihren Nummernschildern, was Jan erstaunte, weil der Spruch ebensogut auf dem rostigen VW-Bus einer Underground-Band hätte stehen können. Jan war sich sicher, daß er in Deutschland keine Chance auf offizielle Verbreitung hätte, weil man in Deutschland – so sah er es – mit Freiheit immer die kleine Freiheit meinte, die geschützte Freiheit, die Freiheit im Gehege.

Jan blinzelte wieder in die Sonne und ließ die Welt noch einmal zu einem Schattenspiel werden, in das sich nach einer Weile langsam die Silhouette des Buicks schob. Er ging auf den Wagen zu. Kristin hielt die Tür auf, und er stieg ein. Dann fuhren sie wieder durch die blaßgrüne Ebene mit dem blauen Himmel, in dem ein paar ausgefranste Wolkenschleier trieben. Weizenfelder, Maisfelder, Maisfelder, Weizenfelder. Der Highway.

Dann die Nächte. Seit Jan neben Kristin aufgewacht war, fühlte er sich mehr und mehr zu ihr hingezogen. Er genoß ihre Nähe; es gefiel ihm, sie anzusehen, wenn sie ihm im *Diner* eines Einkaufszentrums gegenübersaß und erklärte, daß sie Ahornsirup, den Walter liebe, *scheußlich* finde, und sich bei dem *sch* ihre Nasenflügel zusammenzogen, als rieche es seit Stunden nach nichts anderem. Es kam Jan vor, als habe es zehn Jahre lang nur eines Auslösers bedurft, um die Leidenschaft für Kristin in ihm zu entzünden, als habe er zehn Jahre lang darauf gewartet, mit ihr in einem Wagen zu sitzen und zu fahren, ohne sich über die Richtung Gedanken zu machen.

Hin und wieder legte er seinen Arm um ihre Schultern und spürte, daß es ihr angenehm war. Er spürte, daß schon lange kein Mann mehr den Arm um ihre Schultern gelegt hatte, wie nebenbei, auf einem Parkplatz. Er spürte, daß sie schon lange nicht mehr beim Autofahren reden und reden konnte und sich schon lange nicht mehr beim Sonnen gegen eine Schulter gelehnt hatte, ohne daß die Zeit drängte. Er spürte, daß es Jahre her war, daß sie sich, wie ertappt, die Hand vors Gesicht halten und dabei lachen mußte, weil sie sich an einem Souvenirstand nicht von irgendwelchem Krimskrams losreißen konnte. Er spürte, daß sie schon lange nicht mehr das Gefühl gehabt hatte, geliebt zu werden. Er spürte ihre Nervosität.

Abends kam sie stets mit einem T-Shirt aus der Dusche, das gerade über ihre Hüften reichte. Darunter trug sie einen der neuen Slips, einer von denen mit den zwei Finger breiten Stegen. Sie rieb sich die Haare mit einem Handtuch trocken und legte sich ins Bett neben Jan, der, gegen seine Gewohnheit, wie sie ein T-Shirt trug. Sie stützte sich auf seine Brust, und sie redeten über dies und das. Sie redeten nicht über Walter. Und sie redeten nicht über den nächsten Tag.
Sie schliefen nebeneinander ein, ohne daß Jan sich ihr noch weiter näherte. Er verstand nicht, warum er zögerte, vielleicht, sagte er sich, war es die Angst, das zu zerstören, was er genoß: einfach nur mit ihr unterwegs zu sein.
Die Tatsache, daß Walter einer seiner ältesten Freunde war, hätte ihn nicht davon abgehalten. Drei Nächte verbrachten sie so.

Es ist bekannt, daß Galileo Galilei keinen Erfolg hatte, als er die päpstlichen Nuntien aufforderte, durch sein Teleskop zu sehen, um sich persönlich von der Richtigkeit seiner Theorien zu überzeugen. Entsprächen Teleskopaugen der Natur des Menschen, argumentierten sie, so hätte Gott ihn mit solchen erschaffen. Galilei erklärte ihnen, daß er mit Hilfe des Fernrohres vier bislang unbekannte Himmelskörper in der Nähe des Jupiters entdeckt habe, die sich ohne Zweifel um diesen bewegten wie die Erde um die Sonne. Mit dem Jupiter habe man die Möglichkeit, ein Planetensystem wie das unsere zu beobachten, bestehend aus einem Zentralgestirn und einer Reihe von umlaufenden Trabanten, womit die Lehre von der Erde als Mittelpunkt des Universums unhaltbar geworden sei.
Weniger bekannt ist, daß Galilei nicht recht hatte. Er hatte keineswegs ein Planetensystem wie das unsere entdeckt, sondern lediglich erstmals gesehen, daß auch andere Planeten

wie die Erde einen Mond haben, beziehungsweise nicht nur einen, sondern in diesem Fall gleich vier. Aber es wäre ungerecht, ihm diesen Fehler anzukreiden, zumal er nicht vollkommen falsch lag. Die Bauart des Jupiter-Systems entspricht in der Tat genau der Bauart des Sonnensystems als Ganzem und ist gewissermaßen dessen Wiederholung auf kleinerem Maßstab, eine Art Puppe in der Puppe.

So sehr sich Galilei allerdings mit der Kirche entzweite, auch für ihn blieb der Kosmos die Heimat der Ewigkeit und ein Sinnbild göttlicher Schöpfungsharmonie, und vermutlich wäre er verwirrt gewesen, wenn er beim Blick durch sein Teleskop den Kometen *Shoemaker-Levi* auf den Jupiter hätte stürzen und dort explodieren sehen. Dieses Ereignis wäre für ihn mit der ewig in sich ruhenden Schönheit des Kosmos unvereinbar gewesen.

Es stimmt aber, daß *Shoemaker-Levi* den gleichen physikalisch-mathematischen Gesetzen gefolgt ist wie die von Galilei entdeckten Jupitermonde oder die Erde, was bedeutet, daß die Mathematik in der Lage ist, mit ein und derselben Gleichung sowohl die Harmonie als auch das Chaos zu beschreiben. Es hat allerdings nach Galilei noch einige Jahrhunderte gedauert, bis sich die Mathematiker der Tragweite dieser Dualität vollkommen bewußt geworden sind. Was heute unter dem Namen Chaostheorie zu populären Ehren gekommen ist, hängt mit der überraschenden Einsicht zusammen, daß selbst simple Systeme, die sich durch eine kurze Gleichung beschreiben lassen, je nach Ausgangssituation mal Ordnung hervorbringen können und mal Durcheinander.

Die mathematische Schwierigkeit allerdings ist zu definieren, was Durcheinander, was Chaos überhaupt sein soll. Eine Gleichung ist immer exakt, und wenn man bereits vorher weiß, daß sich ein Zustand ins Chaos hinein entwickeln

wird, stellt sich die Frage, ob es überhaupt noch berechtigt ist, von Chaos zu sprechen. Chaos ist notwendigerweise verknüpft mit dem Begriff der Unwissenheit. In der griechischen Mythologie ist das Chaos der Zustand, der vor jedem Wissen liegt, und der griechische Weltentstehungsmythos ist im Grunde keiner, beschreibt im Gegensatz zum christlichen nicht die Genese des Universums und der Erde, sondern die Genese des Intellekts, der sich aus dem Chaos, dem Nicht-Wissen, langsam zum Wissen emporarbeitet.
Je mehr man weiß, desto unklarer ist, was Chaos sein soll. Und mathematische Gleichungen wissen über sich gewissermaßen alles, sie kennen sich in ihren sämtlichen Möglichkeiten und Zuständen. Sie beinhalten kein Chaos, und trotzdem beschreiben sie es. Der Widerspruch läßt sich nur lösen, indem man annimmt, daß ein vollständiges Wissen über den Zustand der Welt nicht zu erlangen ist. Nur wenn immer ein Rest bleibt, ein Ungefähr, aus dem heraus sich alles, den Gleichungen folgend, entwickelt und in das alles wieder zurücktaucht, kann Unordnung entstehen. Und da es im Leben zweifellos Chaotisches, Unerwartetes und Katastrophen gibt, kann man daraus nur den Schluß ziehen, daß jedes Leben aus dem Ungefähren hervorgeht und daß es keine Möglichkeit gibt, sich daraus zu befreien.

Objects in this mirror may be closer than they appear. Die auf den Außenspiegel gedruckte Warnung springt Jan regelmäßig ins Auge, wenn er aus dem Seitenfenster sieht. Der Schriftzug ruht wie ein Filmtitel auf der im Spiegel abfließenden Landschaft, eine Konstante in dem Nadelöhr, durch das sich jetzt seit Tagen der Kontinent fädelt. In der Eintönigkeit des Fahrens rückt alles auf Fluchtpunktdistanz, und wenn gelegentlich ein Wagen überholt, ist Jan überrascht, daß sie nicht allein sind.

»Morgen«, sagt Kristin, »wird dieser Komet auf den Jupiter stürzen.«
Jan hat das Fenster heruntergekurbelt und den Ellbogen aufgestützt.
»Das wissen sie doch seit mehr als einem Jahr«, sagt er. »Es gab damals eine kurze Notiz unter Vermischtes. Mir leuchtet nicht ein, warum sie so einen Wirbel darum machen.«
Kristin ist besser informiert, weil sie in den vergangenen Tagen ein paar Artikel über den bevorstehenden Zusammenstoß gelesen hat. »Es ist nicht ganz klar, ob er auf die Vorderseite oder auf die Rückseite stürzt.«
»Das ist ja erstaunlich«, sagt Jan. »Sie wissen, daß es einen Treffer gibt, aber nicht, aus welcher Richtung geschossen wird?«
»Der Komet bewegt sich nicht auf einer geradlinigen Bahn«, erklärt Kristin und gleitet in einen professionellen Tonfall. »Bei einer Roulettekugel weißt du auch nicht, welche Nummer sie trifft. Wenn er auf der Rückseite einschlägt, wäre es bitter.« Sie klappt ihre Sonnenblende herunter. »Die Astronomen säßen hinter den Kulissen.«
Jan sieht sie an. »Dann müssen sie eben auf die nächste Vorstellung warten«, stellt er ohne größeres Bedauern fest.
»Das kann ein paar Millionen Jahre dauern«, erklärt Kristin. Obwohl sie der mathematischen Forschung seit Jahren den Rücken gekehrt hat, ist deutlich, daß ihr Interesse für naturwissenschaftliche Fragen nach wie vor groß ist.
Die Trägerkonstruktion einer Brücke hebt sich aus der Landschaft. Die Metallrippen wachsen bananenfarbigen Wolken entgegen. Der Buick rollt über ein Tal, das wie die Furche eines Linolschnitts die Ebene durchzieht.
»Glaubst du, daß etwas daran liegt? Vielleicht ist der Zusammenstoß bedeutungslos«, sagt Jan, der im Moment die Erde und den Cinemascope-Horizont vor sich viel reizvoller findet

als die Ereignisse auf irgendeinem unwirtlichen Planeten sonstwo. »Von Astronomen erfährt man nichts«, stellt er fest. »Wenn man sie fragt, ob so ein Brocken auch die Erde treffen kann, sagen sie dir am Telefon, daß es wahrscheinlich noch ein paar Millionen Jahre dauert. Oder aber es ist nächste Woche soweit.«

»Was hätten denn die Menschen davon, wenn sie wüßten, daß in zwei Jahren Weltuntergang ist?«.

Jan hebt die Schultern. »Wahrscheinlich käme es auf der Stelle zum Krieg, weil jeder in der verbleibenden Zeit alles für sich haben will.«

Ein Schild kündigt einen Ort ein paar Meilen vom Highway entfernt an. Jan nimmt die Ausfahrt, er hat Hunger. Egal, ob man ißt oder schläft oder sonst was macht, denkt er, man setzt immer darauf, daß es weitergeht. Für Endzeitgerede hat er noch nie etwas übrig gehabt. In fünf Milliarden Jahren, hat er gelesen, wird die Erde in die Sonne stürzen wie *Shoemaker-Levi* auf den Jupiter. Vielleicht schauen dann Astronomen eines anderen Sterns zu, weil es für sie ein einmaliges Schauspiel ist. Und wenn deren Welt abstürzt, sehen wieder andere zu. Und so weiter. Irgendwo ist immer Ende und irgendwo ist immer Anfang.

Die Sonne bricht durch die Wolken und gießt einen diffusen Lichtsee über die Grassteppe. Kristin kneift die Augen zusammen. »Was würdest *du* denn tun, wenn du es wüßtest?«

Jan hebt die Schultern. »Wahrscheinlich würde ich weitermachen wie bisher«, sagt er. »Wenn es finanziell möglich wäre, würde ich aufhören zu arbeiten, das schon.«

»Jeden Tag eine andere Frau?« Kristins Hautfarbe ist jetzt indianisch, beziehungsweise so, wie Jan sich indianische Hautfarbe vorstellt. »Vielleicht wollen sie dann nicht mehr. Könnte doch sein, daß sich in der verbleibenden Zeit alle fest binden. Wer will schon alleine sterben?«

Jan ist immer mißtrauisch, wenn mit dem Tod argumentiert wird. Wenn man nicht mehr weiterweiß, heißt es: Bedenke, daß du sterblich bist! Aber wieso soll die Zubereitung eines Gerichts von der Tatsache abhängen, daß der Topf irgendwann leer ist?
Der angekündigte Ort besteht aus vielleicht zwanzig verwitterten Häusern, die entlang der Straße aufgereiht sind. Links erstreckt sich ein größeres Bahngelände. Über die Schienen kriecht ein Güterzug, dessen Ende Jan nicht ausmachen kann, obwohl die Gleise schnurgerade neben der Straße verlaufen. Er nimmt Gas weg und parkt den Wagen zwischen zwei staubigen Kleinlastwagen, die vor einem trostlosen Fenster mit ein paar vertrockneten Topfpflanzen und einem *Budweiser*-Schild stehen.
»Warum soll der Tod leichter sein, wenn man zu zweit ist? Vielleicht macht man sich nur gegenseitig verrückt«, fragt er und zieht die Handbremse. »Man streitet sich womöglich darüber, ob man in der Bibel blättern oder sich in der Badewanne betrinken soll.«
Kristin schmunzelt. Mit den Grübchen sieht es aus, als sei ihr Mund eingeklammert. »Und? Wofür wärst du?«
»Für die Badewanne natürlich. Aber nur zu zweit, sonst ist es trostlos.«
»Also doch«, sagt Kristin.
»Jetzt bist *du* dran.« Jan stellt den Motor ab. »Was würdest du tun?«
Sie steigen aus. Der Boden ist feucht, die Luft angenehm. Auf der anderen Straßenseite schleppt sich träge der Zug über die Gleise. Jan schlägt die Wagentür zu, und es kommt ihm vor, als werde das Geräusch von den Häusern geschluckt wie ein Hallo! von einem Beerdigungsinstitut. Die Fliegengaze vor dem Eingang des Restaurants ist löchrig. Jan sieht Kristin an. Sie hebt die Schultern und nickt, weil sie ebenso neugierig ist

wie Jan, dem bewußt wird, daß sie New York in den vergangenen Jahren nicht verlassen hat, nicht mit Walter – mit niemandem.
Er öffnet die Tür. Innen ist es dunkel, an einer Theke sitzen ein paar Jugendliche mit Jeans und karierten Hemden vor ihren Bierflaschen. Sie drehen sich um, als Jan mit Kristin das Restaurant betritt. Einen Moment lang fühlt er sich unsicherer als in den tiefsten Schluchten New Yorks. *Hi*, sagt Kristin in den Raum, und sie setzen sich an einen halbwegs hellen Tisch am Fenster. Links ist unter einem von der Decke baumelnden Rotlichtstrahler eine Art Buffet aufgebaut, dahinter ein Schild an der Wand: *$ 7,50*. Egal, wieviel man ißt, alle zahlen das gleiche. Ein sozialistisches Prinzip im Wilden Westen, denkt Jan. Offenbar wird Nahrung nicht mehr als etwas wahrgenommen, das eine Schießerei lohnt. Vielleicht ist nicht der Kapitalismus der Fluch der Armen, sondern der Sozialismus das Schicksal der Reichen.
Der Wirt ist ein maulfauler Ire. Er bringt ihnen ein Bier. Anschließend stehen sie mit bruchfesten Kunststofftellern bewaffnet vor den verschiedenen Platten mit vertrockneten Hühnchenschenkeln und öligem Gemüse.
»So ein Zusammenstoß bedeutet nicht, daß unweigerlich Schluß ist«, nimmt Kristin den Gesprächsfaden wieder auf, entzieht sich mit ihrer Bemerkung allerdings dem Kern der Frage, was sie denn tun würde, wenn ein Komet die Erde verwüsten würde. Sie legt sich ein paar Bohnen auf. »Jedenfalls nicht überall. Man hat berechnet, daß es zu einem jahrelangen Winter kommt, weil der aufgewirbelte Staub das Sonnenlicht schluckt.«
Jan stellt sich Meteore ungefähr so zerklüftet vor wie die im Rotlicht grau aussehenden Rosenköhlchen neben den Bratkartoffeln. Er nimmt sich zwei Hühnchenschenkel.
»Sicher«, sagt er, »man kann sich in die Hoffnung flüchten,

daß alles nicht so schlimm wird. Das werden wahrscheinlich die meisten.«

»Wieso flüchten?« sagt Kristin. »Ein jahrelanger Winter ist ein technisches Problem, ein lösbares technisches Problem. Die Dinosaurier waren lediglich zu dumm, um damit klarzukommen. Zur Not müssen eben alle eine Zeitlang wieder in Höhlen leben.«

»Wie willst du denn sechs Milliarden Menschen in Höhlen unterbringen? Und wovon sollen sie leben? Sollen sie das Moos von den Wänden kratzen?« Jan nimmt seinen Hühnchenschenkel in die Hand und beginnt zu knabbern. »Ich meine, es geht doch um etwas anderes. Tatsache ist, daß für die, die übrigbleiben, das Leben zur Hölle wird. Für mich wäre das nichts, keine eigene Wohnung zu haben und mich mit zehn Leuten um ein Stück Brot schlagen zu müssen. Dann schon lieber im Zentrum des Absturzes eine Party feiern und Schluß. Zu den Helden, die für den Weiterbestand des Menschengeschlechts kämpfen, gehöre ich nicht. Daß es sinnvoll ist, niemals aufzugeben, ist ein Mythos, den sich Generäle ausgedacht haben. Die Bibel hat mit der Geschichte von der Vertreibung aus dem Paradies das Leben zu einem permanenten Kampf gegen Widrigkeiten gemacht, und weil es in der Bibel stand, hat niemand mehr gefragt, ob es sich dabei nicht um einen Irrtum handeln könnte. Ein paar tausend Jahre später haben sie noch eins draufgesetzt und einen ans Kreuz genagelten Mann als Vorbild für alle hingestellt.« Jan schüttelt den Kopf. »Ich hätte es Jesus nicht übelgenommen, wenn er das Kreuz hätte liegenlassen und einen trinken gegangen wäre. Aber jeder muß wissen, was er tut. Ich meine, es ist in Ordnung, wenn du glaubst, eine Mutter Teresa der Eiszeit werden zu müssen.«

»Du bist sarkastisch«, sagt Kristin. »In Wirklichkeit ist der Tod ein schlechter Gastgeber.« Sie spießt eine Möhre auf.

»Was ist mit deinem Kind?« sagt Jan. »Würdest du es zur Welt bringen?«
Kristin überlegt einen Moment, ob sie die Frage akzeptieren soll. Sie nickt langsam. »Ja, ich glaube schon«, sagt sie.
Jan schiebt den ersten abgenagten Hühnerknochen auf den Tellerrand. »Bist du dir sicher«, fragt er, »ob du es überhaupt haben willst?« Jan weiß, daß er mit seiner Äußerung sehr weit geht, aber es ist ihre Entscheidung, denkt er, darüber zu reden oder nicht.
Sie legt den Kopf in den Nacken und sieht an die Decke, als wolle sie abschätzen, wie weit der Komet, über den sie eben geredet haben, noch entfernt ist. »Weißt du«, sagt sie schließlich, »als mir vor drei Wochen klarwurde, daß ich schwanger bin, war ich weder glücklich noch unglücklich darüber, aber ich dachte, in dem Moment, in dem ich es Walter sage, wird es gut. Nur hat sich dieser Augenblick nicht gefunden. Ich wollte ihn nicht aus seiner Arbeit reißen mit der Bemerkung: Du, ich muß dir was sagen. Und abends ein paar blitzende Weingläser auf den Tisch zu stellen wäre wie schlechtes Fernsehen. Ich fand keinen Moment, in den meine Schwangerschaft hineingepaßt hätte.«
Jan trinkt einen Schluck Bier. »Habt ihr denn nie darüber geredet?«
»Gelegentlich. In letzter Zeit allerdings weniger.« Sie hat ihr Gemüse bis auf ein paar Bohnen aufgegessen und schiebt den Teller ein Stück zur Seite. »Weißt du«, fährt sie fort, »ich habe mich vor einigen Monaten in Rick verliebt. Es hat mich überrascht, aber schließlich konnte ich nicht mehr ignorieren, daß ich mich danach gesehnt habe, ihn zu sehen und mit ihm zu reden.« Sie lächelt über sich, als sehe sie sich jetzt als Teenager. »Rick gehört so gar nicht zu der Art Männer, die ich für mich als Gefahr betrachtet hätte. Wenn ich mich in dich verlieben würde, läge das nicht so fern. Wir sind uns ähnlich.«

Wenn ich mich in dich verlieben *würde* – Jan hat gedacht, sie wäre es, und er glaubt es immer noch. Er ist eifersüchtig.
»Mir hat Ricks Naivität gefallen«, fährt sie fort. »Seine Lust, einfach zu machen, ohne groß zu überlegen. Walter ist ähnlich, aber bei ihm wirkt in letzter Zeit alles verkrampft. Wie auch immer, vor ein paar Monaten mußte ich mir eingestehen, daß ich mich in Rick verliebt hatte. Es war die Zeit, in der wir diese Fotos gemacht haben. Es war eine schöne Zeit. Ich war glücklich.«
Jan nickt. Er gönnt ihr das Glück, und er versucht, seine Eifersucht aufzulösen. Er ist Kristins Vertrauter, auch nach vier Jahren noch, und damit wahrscheinlich mehr, als Rick jemals werden könnte.
»Und Walter?« fragt er.
»Ich habe es ihm recht spät gesagt. Ich nehme an, er hat es bereits geahnt«, sagt Kristin. »Er ist ruhig geblieben, was mich überrascht hat. Er meinte, ihm sei bewußt, daß die Arbeit drohe, ihn zu verschlingen, und daß daher im Augenblick vieles nicht gehe, was früher selbstverständlich gewesen sei. Aber er habe keine Wahl. Entweder er mache den Job richtig oder gar nicht. Er bat mich, ich solle ihm Zeit geben.« Sie macht eine Pause und trinkt ihr Bier aus. Schaumreste kriechen langsam in das Glas hinab. »Vor ein paar Wochen habe ich mich mit Rick gestritten. Er wollte das Bild in die Ausstellung nehmen, das bei uns im Wohnzimmer hängt. Ich war dagegen. Ich finde, es ist ein privates Bild, das nichts mit den Arbeiten in der Ausstellung zu tun hat. Er hat das zugegeben, aber er wollte es trotzdem dabeihaben. Ich blieb bei meinem Nein. Er warf mir vor, ich wolle mein Gesicht nicht zeigen, weil mir die Sache in Wirklichkeit unangenehm sei. Ich wäre noch nicht frei, hat er gesagt, und ich mußte lachen, weil er wirklich daran glaubt, man müsse nur *frei* werden. Hinterher habe ich Walter von dem Streit erzählt, nicht in allen Einzel-

heiten, von dem Bild in der Ausstellung wußte er nichts. Aber er hat sowieso kaum zugehört. Es reichte ihm völlig, daß es zwischen mir und Rick zu einer Auseinandersetzung gekommen war. Er schaltete seinen Rechner ab, und wir verbrachten den Abend zusammen, den ersten seit langem.«
Sie macht wieder eine Pause. Jan hat seine Hühnchenschenkel aufgegessen und klebrige Finger. Er sucht eine Serviette und findet keine. Kristin steht auf und kommt kurz darauf mit zwei Glas Bier und ein paar Servietten zurück. Sie setzt sich. »An diesem Abend haben Walter und ich miteinander geschlafen«, sagt sie und dreht ihr Bierglas auf der Stelle. »Ich glaube, Walter hat gehofft, daß ich schwanger werde. Er sah die Gefahr, in der sich unsere Ehe befand, und er wollte mit einem Kind alles unumkehrbar machen. Er wird nicht bewußt so gehandelt haben, aber ich glaube, es hat eine Rolle gespielt.«
Sie trinkt einen Schluck Bier. Jan ist erstaunt über die Nüchternheit, mit der sie ihre Lage sieht. Was ihn, obwohl er versucht, es zu unterdrücken, immer noch leicht kränkt, ist, daß er selbst in all dem nicht vorkommt. Es geht um Kristin, Walter und Rick, ein geschlossenes Dreieck, in dem es keinen Zugang für ihn gibt. Und je mehr ihm bewußt wird, daß er ausgeschlossen ist, um so stärker erwacht in ihm das Bedürfnis, Kristin herauszulösen aus ihren Bindungen. Sein Verlangen, sie zu lieben, wird stärker, und es nicht zu tun erscheint ihm als ein dummes Zögern, für das es keinen Grund gibt und das nicht zu ihm paßt. Sex hat für ihn immer am Anfang einer Bindung gestanden. Was nützt einem die große Liebe, wenn man feststellt, daß sie im Bett nicht zündet. Und er liebt Kristin, er liebt ihre Art, ihn anzusehen, als sei er der vertrauenswürdigste Mensch der Welt, er liebt ihre illusionslose Art zu reden, und er liebt die Art, wie sie sich ihre Haare hinters Ohr streicht, eine Bewegung, die wie jede ihrer Bewegungen

zugleich ruhig und doch immer auch etwas fahrig ist, als verscheuche sie ein Fliege.
»Hast du mit Rick geschlafen?« fragt Jan. Sie hat über alles geredet, warum also nicht auch darüber.
Kristin stützt ihr Gesicht auf, als müsse sie erst überlegen. Sie trommelt mit den Fingern gegen ihre Wange. »Walter glaubt es.« Sie wiegt den Kopf hin und her. »Rick sucht sein Vergnügen. Aber gerade das hat mich immer wieder gereizt. Vielleicht habe ich einen Fehler gemacht.«
Jan kann den Gedanken nicht unterdrücken, daß sich dieser Fehler mit ihm wieder gutmachen ließe: Er sucht nicht nur sein Vergnügen. Das weiß er. Er wird die Vorstellung nicht mehr los, mit Kristin zu schlafen, als habe sich durch ihre Geschichte alles verändert. Walter ist nicht länger der Freund, den er betrügt – Walter ist der Ehemann, der verbissen an seiner Karriere arbeitet und sich nicht mehr um seine Frau kümmert. Kristins und Walters Ehe ist ein sprödes Netz, das jeder Kieselstein zerreißen könnte. Irgendwo ist immer Ende und irgendwo ist immer Anfang.
»Wieso stört es Walter eigentlich nicht, daß das Foto, das Rick von dir gemacht hat, bei euch im Wohnzimmer hängt?« fragt Jan.
Kristin hebt die Schultern. »Als ich es aufgehängt habe, wußte er noch nicht, daß ich mich in Rick verliebt hatte. Hinterher hat er nie etwas deswegen gesagt. Vielleicht gefällt es ihm ja. Ich weiß es nicht.«
»Es ist ein schönes Foto«, sagt Jan. Seine Finger kleben immer noch von dem Huhn. Er steht auf. Die jungen Burschen am Tresen vertreiben sich die Zeit mit einer Baseball-Übertragung, ein Sport, der für Jan ein Buch mit sieben Siegeln ist, keine Tore, kein Netz. Er geht zur Toilette, die am Ende eines schmalen Ganges liegt, der auf die Straße führt. Jan tritt kurz aus dem Haus. Die Gleise liegen jetzt verlassen auf den san-

digen Bahndämmen, ein gleichmäßiger, schwacher Wind streicht über die Landschaft, eine dürre Katze streift durch das gelbe Steppengras am Straßenrand. Hier und da sind vor den Häusern waagerechte Stangen angebracht, als gebe es noch Pferde zum Anbinden. Jan fragt sich, was Menschen dazu bringt, hier zu leben, und gleichzeitig stellt er sich vor, in einem Motelzimmer Kristin zu lieben, als könnten sie nur hier zueinanderfinden, am Ende der Welt.
Als er zurückkehrt, hat sich Kristin der Sportübertragung zugewandt. Auf dem fächerförmigen Rasenfeld stehen ein paar Spieler herum, die nichts zu tun haben, während sich auf einem kleinen Erdaufwurf ein Mann mit Kniebundhose zurücklehnt, mit einem Arm durch die Luft rudert und das Bein darunter hebt wie ein Hündchen. Der Trainer – Jan nimmt an, daß es der Trainer ist – trägt Krawatte und Anzug und sieht mit seinen graumelierten, vollen Haaren aus wie Bill Clinton. In jeder Hollywood-Serie, denkt Jan, sieht einer so aus, ein Typus, den man in Deutschland nur als Filialleiter in einem Autohaus erwarten würde. Der Werfer auf dem Erdhäufchen schnappt zusammen wie ein Taschenmesser, schleudert das Bein von vorne nach hinten und den Oberkörper von hinten nach vorne und schießt einen kleinen Ball ab. Ihm gegenüber wirbelt ein Mann eine Keule durch die Luft. Er verfehlt den Ball.
»Der *Pitcher*«, erklärt Kristin, ohne den Blick vom Bildschirm zu lösen, »versucht den Ball so zu werfen, daß der Schläger ihn möglichst nicht trifft.«
»Dann bräuchte er ihn doch nur sonstwohin zu werfen«, stellt Jan fest.
»Nein«, erklärt Kristin. »Er muß ein imaginäres Viereck vor dem Körper des Schlägers treffen.«
»Wenn ich das richtig verstehe«, sagt Jan, »dann ist das so, als würde man beim Fußball auf imaginäre Tore spielen.«
Kristin nickt.

Die Schnitte der Übertragung spiegeln sich auf den Gesichtern der Jugendlichen an der Bar als flüchtige Lichtwechsel wider, als sei ihnen von ihren Bieren abwechselnd schlecht und wieder gut.
»Du hast nicht mit Rick geschlafen?« fragt Jan. »Oder?«
Das Publikum schreit auf, und auch die Jugendlichen an der Bar schreien.
Jan dreht sich zum Fernseher. Es ist kaum noch etwas zu erkennen, weil nur gerannt wird. Nach einer Weile beruhigt sich die Situation, und alle Spieler gehen vom Platz.
»Jetzt beginnt das nächste *Inning*«, sagt Kristin.

Die Straße verschwimmt momentweise vor Jan, als sehe er durch ein Objektiv, dem gelegentlich der Fixpunkt abhanden kommt. Wenn es nach ihm gegangen wäre, hätten sie sich gleich nach dem Essen ein Motelzimmer gesucht. Statt dessen die endlose Fernsehübertragung, für die sich Kristin wirklich interessiert hat, die sie aber auch benutzte, um dem Gespräch eine andere Richtung zu geben, indem sie versuchte, Jan die Regeln zu erklären, was ihr nicht gelang. Er hörte kaum zu, weil er jetzt *sein* Spiel nach *seinen* Regeln spielen wollte, und das bedeutete, ein Zimmer zu finden. Kristin hat sich in ihm ausgebreitet wie ein seltsamer Farbstoff, der nicht nur die Oberfläche tönt, sondern alles durchdringt.
Seit dreißig, vierzig Meilen wartet Jan auf einen Hinweis oder ein Reklameschild, auch wenn die Motels mit ihren verblaßten Bettbezügen und fleischfarbenen Lampenschirmen nicht halten, was er sich von ihnen versprochen hat: keine schäbigen Räume, in denen die Melancholie zerbrochener Träume den Boden bedeckt, sondern kleinbürgerliche Kunstfaserreservate mit melierter Auslegware und furnierten Nachttischschränkchen, die höchstens zu einem trüben, leidenschaftslosen Ehebruch taugen.

Für einen kurzen Moment schlägt Jans Stimmung um: Ist es denn nicht genau das, was er will? Ein Ehebruch, nicht mehr und nicht weniger. Der Versuch, etwas Licht in die trüben Jahre bis zum Verlöschen aller Leidenschaften zu bringen. Sich noch einmal zu spüren. Sich noch einmal der Illusion hinzugeben, das ganze Leben lasse sich in einen Augenblick verdichten und in dessen Hitze für immer festhalten.
Er betrachtet Kristin, die auf dem Beifahrersitz eingeschlafen ist, und das Gefühl kehrt zurück, von ihr durchdrungen zu sein. Er liebt sie, alles andere spielt keine Rolle. Er stellt sich vor, sie nur soweit wie nötig zu wecken, den Arm um sie zu legen und sie in ein Zimmer zu führen, in dem sie am nächsten Morgen aufwacht, ohne zu wissen, wo sie ist. Auf ihrem Gesicht der gelöste Ausdruck einer Frau, die sich geliebt weiß.
Nur noch selten tauchen am Straßenrand beleuchtete Reklametafeln auf, Restaurants und Einkaufszentren, kein Motel. Ohne die Scheinwerferkegel wäre nicht auszumachen, ob sich der Wagen vor oder zurück bewegt. In Zügen geht es Jan gelegentlich so, daß er beim Lesen die Orientierung verliert, weil weder das Schaukeln der Waggons noch die Fahrtgeräusche eine Bewegungsrichtung festlegen. Wenn er dann aufsieht, ist er manchmal verwirrt. Es reizt Jan, sich vorzustellen, der Buick entferne sich von den Rückleuchten des vorausfahrenden Wagens, anstatt sich ihnen zu nähern. Er schließt die Augen, und es gelingt ihm, die Bewegung in seinem Innern umzukehren, Reklameschilder im Rückspiegel auftauchen, sie von hinten nach vorne durchs Seitenfenster ziehen und dann in der Windschutzscheibe sich entfernen zu lassen. Er ist überrascht, wie einfach es ist, innere und äußere Welt zur Kollision zu bringen.
Eine Erschütterung geht durch den Wagen, Jan öffnet die Augen wieder und zieht den Wagen zurück in die Mitte der

Fahrbahn. Die Rückleuchten vor ihm sind kaum näher gekommen. Er schüttelt den Kopf, streicht sich mit der linken Hand von der Stirn her durch die Haare. Es ist Zeit, anzuhalten.

Die *cruise control* fällt ihm ein, die ihm Kristin irgendwann erklärt hat. Jan betätigt den Schalter und könnte jetzt den Fuß vom Gaspedal nehmen, ohne daß der Wagen langsamer würde. Er zögert einen Moment, weil seine Autofahrergewohnheit das Gegenteil behauptet und er die Geschwindigkeit nicht reduzieren will, knapp achtzig Meilen pro Stunde statt der erlaubten fünfundsechzig, mehr gibt der Buick nicht her. Jan nimmt den Fuß vom Gas, und die Tachonadel zeigt, wie nicht anders zu erwarten, keine Reaktion. Jan weiß nicht, wo er den rechten Fuß hinstellen soll.

Endlich ein Schild, *Motel 6*, acht Meilen. Jan tastet auf der Rückbank nach einer Mineralwasserdose. Die Erschütterung hat Kristin nicht geweckt. Die Scheinwerfer eines entgegenkommenden Wagens legen auf ihr Gesicht eine künstliche Helligkeit. Die waagerechte Trennungslinie zwischen Licht und Schatten auf ihrem Hemd wird langsam deutlicher und beginnt, sich kaum merklich Richtung Hals zu bewegen. Ihr Gesicht bekommt wieder Konturen, die Haare werden wieder blond, ein künstlicher Sonnenaufgang, es wird Tag und innerhalb einer Sekunde wieder Nacht. Jan läßt das Steuer einen Moment los und öffnet die Getränkedose. Sieben Meilen noch.

Jan rechnet, wie lange er Kristin jetzt kennt. War er 1981 oder 1982 mit Walter in Holland? Es gibt nichts Unzuverlässigeres als innere Kalender, stellt er fest, die Jahreszahlen purzeln durcheinander wie Lottokugeln. Gelegentlich hat er das Gefühl, die wichtigen Jahre sind die ungeraden. 1981 also. Vor dreizehn Jahren wäre er demnach Kristin zum ersten Mal begegnet, und jetzt, während sie neben ihm liegt, weiß er, was er auf die Frage antworten würde, was er denn tun würde, wenn er nicht mehr lange zu leben hätte: Er würde sie lieben, wenn sie es wollte. Nicht, um vor dem Tod noch eine weitere Eroberung gemacht zu haben, sondern weil es ihm scheint, es müsse etwas anderes sein, mit ihr zu schlafen als mit jeder anderen Frau. Es kommt ihm vor, als sei dies die einzige Erfahrung, die ihm noch fehlt. Die einzig wertvolle.

Ein weiteres ovales Schild schwebt heran: zwei Meilen noch. Jan bemerkt, daß sein Fuß wieder auf dem Gaspedal steht. Er nähert sich der Ausfahrt und setzt den Blinker, ein Signal ohne Adressaten. Die Leitplanken gleiten durch den Scheinwerferkegel, dann die Landstraße und nach ein paar hundert Metern das Motel. Jan passiert die von innen beleuchtete Reklame über der Einfahrt zum Parkplatz, steuert den Buick auf das flache Gebäude zu, eine weißgestrichene, langgestreckte Front mit Türen in gleichmäßigem Abstand, vor denen hier und da ein Wagen parkt. In einem Fenster links ein Schriftzug aus roten Digitalbuchstaben: *vacancies*. Jan läßt den Wagen daraufzurollen und stellt den Motor ab. Er steigt vorsichtig aus, um Kristin nicht zu wecken.

Die Rezeption ist ein einfacher, kränklich beleuchteter Raum mit Tresen. Eine junge Frau mit glatten, fettigen Haaren begrüßt ihn, ohne aufzusehen: *Yes, Sir?* Sie steht auf und schiebt ihm einen Block hin. Jan legt seine Kreditkarte auf die Ablage und füllt das Formular aus. Als er zurückkommt, steht die Beifahrertür offen und Kristin lehnt mit dem Rücken am Wagen.

»Nummer acht«, sagt Jan. Sie nickt und schlendert über den Parkplatz.

Das Zimmer ist gesichtslos, die Muster der Tapete und der Überdecke auf dem Bett vergißt man in dem Moment, in dem man ihnen den Rücken zukehrt. Es riecht nach Spuren von Drogerie-Rasierwasser und Neutralseife, vermischt mit der

erkalteten Abluft eines Staubsaugers, alles zusammengerührt durch die Air-condition, die über der Tür einförmig rauscht. Eine Tischleuchte mit ferkelfarbenem Lampenschirm verleiht dem Zimmer den Charme eines angejahrten Polaroidfotos. Jan öffnet das Fenster und schaltet die Klimaanlage ab. Er setzt sich auf die Bettkante und läßt sich langsam zurücksinken. Das Prasseln der Dusche. Nach ein paar Minuten stellt Kristin das Wasser ab. Frottee reibt auf ihrer Haut.
»Eine Zigarette wäre jetzt gut«, sagt Jan.
Kristin kommt aus dem Bad, ein T-Shirt übergezogen wie jeden Abend. »Seit wann rauchst du nicht mehr?«
»Seit ein paar Monaten.«
Sie geht zur Tür, lehnt sich in den Rahmen und sieht über das Dach des Buick hinweg Richtung Autobahn, auf der sich nur sporadisch einzelne Lichter durch die Nacht bewegen. »Und wie ist es?«
»Gesünder.«
Kristin verschwindet nach rechts, taucht am Fenster wieder auf und sieht ins Zimmer. »Du machst dir Gedanken um deine Gesundheit?«
Jan verschiebt den Stoffwulst am Kopfende des Bettes und dreht sich zum Fenster. Das Gestell knirscht bei jeder Bewegung. »Nein«, sagt er.
Kristin lehnt sich an den Fensterrahmen und legt den Kopf in den Nacken.
»Was ist mit dir?« fragt Jan.
Ein Kleinwagen biegt auf den Parkplatz, die Lichtkegel der Scheinwerfer streichen über ihr Gesicht, zielen kurz ins Zimmer und wandern weiter; zurück bleiben die ausgelaugten Polaroidfarben. Jan steht auf und schaltet die ferkelfarbene Tischlampe aus.
»Welche Zigarette vermißt du am meisten?« fragt Kristin.
»Wie?«

»Die Zigarette danach?«
Sie sieht Jan nicht an. Ihre Frage verunsichert ihn. Es scheint ihm unklug, jetzt über andere Frauen zu reden.
»Kommt drauf an«, sagt er.
Ins Zimmer fällt nur noch das Neonlicht aus dem Bad, dessen Tür Kristin offengelassen hat. »Was ist, wenn eine deiner Freundinnen Nichtraucherin ist?« fragt sie.
»Das sind dann so die ersten Konflikte.«
»Und die nächsten?«
»Beim zweiten trennt man sich.«
Auf dem Parkplatz wird eine Wagentür zugeschlagen. Kristin beugt sich vor und gerät in den Schein einer schwachen Lampe an der Außenwand des Motels.
»Das ist es ja«, sagt sie.
Jan ist klar, daß das Gespräch in die falsche Richtung geht, aber es gelingt ihm nicht wie sonst, Gewicht abzuwerfen. Seine Augen gewöhnen sich nach und nach an die Dunkelheit im Zimmer. Die Synthetikvorhänge neben dem Fenster wehen in einem leichten Luftzug. »Es war ein Witz«, sagt er. »In Wirklichkeit suche ich nach der großen Liebe.«
Kristin sieht ihn an: »Und?«
Jan hebt die Schultern. »Ehrlich. Ich glaube daran.«
»Sicher.« Sie geht zum Wagen. »Willst du ein Bier?«
Ein paar amerikanische Sätze werden über den Parkplatz gerufen. Jan versteht lediglich den Schluß, *is that allright?* Es ist offenbar *allright*. Der Wagen wird erneut gestartet, Jan hört die neuen Gäste in eins der Zimmer einziehen, nicht das angrenzende. Sie wollen nicht, daß man ihnen beim Bumsen zuhört, denkt er. Der Motor wird wieder abgestellt. Zurück bleibt das Zirpen, Gurren und Summen aus den Wiesen ringsum.
Kristin schlägt den Kofferraum zu und kommt mit zwei Dosen Bier zurück. Jan steht auf und stellt sich neben sie.

»Und? Wie ist deine Meinung zum amerikanischen Bier?« fragt sie.
Jan öffnet seine Dose. »Es ist okay.«
Kristin lacht kurz. »Wenn man unsere Generation irgendwann fragen wird: Wie war das Leben denn so?, werden wir antworten: Es war okay.«
»Und?« fragt Jan. »Ist es okay?«
Sie schweigt einen Moment. »Was meinst du?«
»Tut mir leid«, sagt Jan. »Diesmal habe *ich* zuerst gefragt.«
Sie stützen sich nebeneinander auf das Fensterbrett. Ihre Oberarme berühren sich, Kristins Haut ist angenehm kühl. Ihre Haare, die noch feucht sind vom Duschen, riechen nach Pfirsich. Jan legt seinen Arm um sie, wie er es in den vergangenen Tagen so häufig getan hat, aber die Leichtigkeit, mit der er sich sonst einer Frau nähert, stellt sich nicht ein. Es gelingt ihm nicht, einfach damit zu beginnen, sie auszuziehen oder sie in eine ausgelassene Stimmung zu versetzen, in der das gegenseitige Aufknöpfen und -schnüren zu einem kurzweiligen Spiel wird. »Ich glaube wirklich daran«, sagt er leise und beugt sich zu ihr. Er küßt sie, während das Rauschen eines Trucks vom Highway herüberweht. Er spürt ihre rauhen Lippen und atmet den Geruch mit Bier vermischten Speichels. Seine Hände streichen über ihr T-Shirt, er ertastet die Bündchen ihres Slips unter dem Stoff. Sie wehrt sich nicht, aber sie unterstützt seine Bewegungen auch nicht. Er legt seine Hände auf ihre Hüften, läßt sie an ihrem Körper hochwandern und streicht über ihren Nacken. Sie steht ihm gegenüber, aber sie sieht ihn nicht an, sie sieht auf irgendeinen Punkt in Höhe seiner Brust. Seine Hände gleiten zu ihrem Slip und beginnen, ihn über ihre Hüften zu schieben. Seine Zunge streicht vorsichtig über ihre Lippen. Sie beantwortet seine Zärtlichkeit nicht, und anstatt sie mit seinem Kuß zum Leben zu erwecken, scheint es Jan, als versteinere sie zu-

sehends unter seinen Berührungen, als rankten sich mehr und mehr dornige Zweige um ihren Körper, die er nicht in der Lage ist zu zerschneiden.
Sie faßt ihn an den Schultern und schiebt ihn vorsichtig, aber bestimmt von sich. Sie steht in dem schwachen diffusen Neonlicht, das aus dem Bad fällt.
»Wir sollten es lassen«, sagt sie und sieht Jan so vorwurfslos an, daß er weiß, es ist endgültig.
Sie geht zum Bett und setzt sich.
Jan schließt die Fenster und zieht die Vorhänge zu. Er nimmt die noch vollen Bierdosen, geht ins Bad und kippt sie ins Waschbecken. Der säuerliche Geruch des Biers steigt aus dem Abguß, während er sich das Gesicht wäscht. Er nimmt das Handtuch von der Stange und trocknet sich ab. Er sieht in den Spiegel. Trotz des fahlen Lichts fällt ihm auf, daß er in den vergangenen Tagen Farbe bekommen hat. Wie ist das Leben denn so? fragt er stumm sein Spiegelbild und bekommt keine Antwort. Er stützt sich auf. Er ist schlecht rasiert, was er nicht mag. Er hängt das Handtuch auf. Durch das schräg gestellte Fenster des Bads dringt das Gezirpe und Gesumme aus den umliegenden Wiesen. Ein akustisches Biotop, in dem Jan ein leises Stöhnen und Schreien zu erkennen glaubt. Sie bumsen, denkt er. Vielleicht bildet er es sich auch nur ein. Er sieht sich an. Die Neonröhre unter der Decke brummt eintönig.

Die Rückkehr an einen Ort, an dem man sich einmal wohl gefühlt hat, an dem man vielleicht glücklich gewesen ist, ist fast immer eine Enttäuschung. Was man sieht, deckt sich nicht mit den sanft glänzenden Erinnerungen. Die Landschaft ist nicht mehr so anmutig oder auch karg und stolz wie erwartet, die Luft nicht mehr so geheimnisvoll oder angefüllt mit Kraftfeldern, die Stimmung nicht mehr so heiter oder aufgeregt und die Menschen nicht mehr so entgegenkommend und liebenswert. Man kann versuchen, diese Ernüchterung dadurch zu relativieren, indem man ein drittes Mal wiederkommt, ein viertes und fünftes, bis der Besuch schließlich zu einem Ritual wird, in dessen Dunstkreis sich so viele Erinnerungen überlagern, daß eine Unschärfe entsteht, in die sich jeder weitere Eindruck einpassen läßt. Das erste Bild aber, das einmal klar und stark gewesen ist, geht auf diese Weise unwiederbringlich verloren.

Es wird gelegentlich darüber geklagt, daß es im Zeitalter des Massentourismus und der Bilderflut gar nicht mehr möglich ist, im ursprünglichen Sinne zu verreisen. Ein Art planetarer Striptease nehme den Menschen jegliche Chance, Entdeckungen zu machen und die Welt den eigenen Vorlieben folgend zu enthüllen. Lohnt es überhaupt, in die Vereinigten Staaten zu fahren, nachdem man in ungezählten Fernsehserien, Filmen und Nachrichten bereits dort gewesen ist? Der erste Besuch ist bereits der zweite mit all seinen Enttäuschungen und Ernüchterungen.

Es gibt in den meisten Kulturen einen ersten Besuch, der im Grunde keiner ist, der nicht die Funktion einer Reise hat, sondern die eines Rituals: die Wallfahrt – eine Reise also, bei der es gar nicht darum geht, eigene Erfahrungen zu machen, sondern kollektive Erfahrungen zu teilen. Man könnte also sagen, daß die Menschen heutzutage immer mehr von Reisenden zu Pilgern werden – die Bilder erzeugen eine Generation von Wallfahrern.

Es könnte aber sein, daß dem modernen Tourismus gar nicht das Bedürfnis nach individueller Reisefreiheit zugrunde liegt. Zwar wird keine Reise mit dem Etikett: Hier fahren alle hin! verkauft, was allerdings nicht bedeuten muß, daß die Werbestrategien der Reiseanbieter ein reales Fundament haben und es den Menschen tatsächlich darum geht, beim

Reisen individuelle Erfahrungen zu machen. Je lauter es behauptet wird, um so mehr muß bezweifelt werden, daß wir wirklich im Zeitalter des Individualismus leben. Die Annahme, die Menschheit sei innerhalb von ein paar Jahrzehnten zu einer Spezies von Entdeckern mutiert, klingt nicht sehr plausibel.
Vielleicht ist der Motor des Massentourismus nicht das Bedürfnis nach Freiheit, sondern das viel tiefer liegende religiöse Bedürfnis nach Entindividualisierung, nach Aufgehobensein in einem kollektiven Ganzen, das versucht, sich des Wohlwollens eines höheren Wesens zu versichern. Die Menschen wollen nicht verreisen, sie wollen wallfahren – ein Reinigungsritual, das sie gestärkt wieder entläßt in die Welt des Alltags, in der sie sich aufhalten und die immer ihr Zuhause bleiben wird, aus dem sie in Wirklichkeit gar nicht ausbrechen wollen.
Es gibt nur wenige, die unheilbar darunter leiden, daß sie die Intensität des ersten Mals niemals wieder werden erreichen können, die im Ritual keinen Trost finden. Sie werden die bescheidenen Freuden der vielen immer geringschätzen, verachten oder hassen und sich in dunkler Weise vom Tod angezogen fühlen, als sei nur dort zu bekommen, was das Leben nicht bieten kann: Der Tod als einzige Reise, die sich nur einmal machen läßt.

Badlands. Kristin läßt den Wagen an den Schalter rollen und löst ein Rundfahrtticket. Jan blättert im *South Dakota Tour Guide*: Die ersten Siedler hatten der Gegend den wenig einladenden Namen gegeben, weil das Gelände mit ihren Planwagen nicht zu passieren war. Mit dem Auto ist es kein Problem, denkt Jan. Ihm fällt kein Hindernis auf. Er klappt die Sonnenblende herunter und öffnet das Fenster. Die Straße schlängelt sich durch das Grasland, in dem nichts Besonderes

zu erkennen ist: eine fade Fläche ohne Orientierungspunkte, lediglich hier und da ein Erdaufwurf.
Kristin steuert den Wagen nachdenklich durchs Gelände. Seit sie morgens ihre Zeitung und die Börsenkurse studiert hat, beschäftigt sie etwas. Sie kneift die Augen zusammen, die Sonne wandert von links nach rechts über die Windschutzscheibe. Jan legt den *Tour Guide* auf den Rücksitz. Er vermutet, Kristin denkt über den gestrigen Abend nach. »Ist etwas nicht in Ordnung?« fragt er.
»Ich habe ein ungutes Gefühl«, sagt sie.
Jan nickt und will sich bereits entschuldigen.
»Wegen Walters Spekulationen«, fährt Kristin fort. »Diese ganzen Geschichten, die er mit Neil plant! Neil ist völlig unbegabt und hat kein Gefühl für Zahlen. Ich vermute, er macht nur Verluste, was er nicht merkt, weil er nicht rechnen kann.« Sie setzt ihre Sonnenbrille auf, behält eine Hand am Steuer und lehnt den linken Arm aus dem Fenster. »Gestern hat es an der Börse ein paar Einbrüche gegeben.« Der Fahrtwind wirbelt ihr die Haare um den Kopf. Wegen der hereinströmenden Luft muß sie lauter reden. »Manchmal kaufe ich selbst Aktien.«
»Ach so?« Jan ist überrascht. Er hat angenommen, sie möge keine Spekulationsgeschäfte.
Sie steuert den Wagen auf einen Aussichtsparkplatz, läßt ihn an den Bordstein rollen und hält an.
»Warum auch nicht«, sagt sie. »Es ist Mathematik.«
Sie steigen aus und gehen zur Begrenzungsmauer, dahinter bricht die Landschaft in die Tiefe und gibt den Blick frei auf eine pflanzenlose Erosionszone, auf staubige Gletscher und mit Geröll bedeckte Lehmzungen, als wäre grobes Mehl aus Säcken gerieselt. Runzlige Säulen wie in Tropfsteinhöhlen. Eine Landschaft aus Wachs, denkt Jan, die in der Sonne geschmolzen ist.

Kristin setzt sich neben ihn. »Jedenfalls hat mich die Börsenseite heute morgen ziemlich beunruhigt.«
Vom Parkplatz aus ragt ein Grat wie ein Steg weit hinaus in die mondfarbene Landschaft. Jan hätte gern einen Fotoapparat gehabt. *Marlboro Country.*
»Hast du Verluste gemacht?« fragt Jan.
Sie schüttelt den Kopf. »Ich war in letzter Zeit nur mit der Galerie beschäftigt. Aber Walters Verluste sind ja auch meine.«
Jan nickt. Sein Schatten fällt hinunter ins Tal und ist skurril überdehnt. Die Abhänge sind mit faustgroßen rissigen Lehmbrocken übersät. Kometensplitter, denkt Jan. *Shoemaker-Levi.* Wenn auf der Erde ein Komet herunterkäme, dann sähe es überall aus wie hier. Die Menschen würden ausgelöscht, und alles begänne wieder von vorn. Zottelige Primaten würden sich langsam wieder aufrichten, würden irgendwann das Feuer beherrschen, sich Felle umhängen, das Rad erfinden und schließlich mit dem Auto durch die Kometentrümmer fahren und darüber nachdenken, daß beim nächsten Komet alles von vorne beginnt. Aber Jan gehört nicht zu denen, die glauben, daß der Mensch genaugenommen kein Fortschritt gegenüber dem Affen ist, sondern ein Rückschritt, weil sich angeblich primitive Instinkte mit einer technischen Intelligenz paaren und es somit vermutlich gar keines Kometen bedarf, um alles wieder in Schutt und Asche zu legen. Jan hält seine Instinkte keineswegs für primitiv. Weder reizt es ihn insgeheim, Frauen zu vergewaltigen oder brandschatzend durch Dörfer zu ziehen, noch muß er sich peitschen oder kreuzigen lassen, um eine Erektion zu bekommen, und er ist sicher, daß er auch an Hexenverbrennungen oder Hinrichtungen kein Vergnügen hätte. Insgesamt ist er überzeugt, daß der Satz: der Mensch wird sich nie ändern, nur von denen vertreten wird, für die er gilt.

»Wenn man hier sitzt«, sagt Kristin, »kann man sich schwer vorstellen, daß ein paar Prozentpunkte irgendeine Bedeutung haben.«
»Dazu brauche ich nicht hier zu sitzen«, sagt Jan.
Der Himmel liegt geräuschlos auf dem aus der Erde gequollenen Gips.
Er ist nicht der einzige, denkt Jan, den Kristin zurückgewiesen hat. Rick, nimmt er an, wird es genauso gegangen sein. Er nimmt einen der herumliegenden Brocken auf. Das Material ist leicht und zerfällt in mehrere Stücke, die den Hang hinunterkullern. Jan nimmt einen zweiten Klumpen und wirft ihn ins Tal. Er zerplatzt beim Aufschlag, so wie *Shoemaker-Levi* auf dem Jupiter zerplatzen wird – eine Explosion, und alles ist vorbei.
Die einzig akzeptable Vorstellung vom Ende der Existenz bietet nach Jans Auffassung der Buddhismus beziehungsweise das, was er sich unter Buddhismus vorstellt, der, soweit er weiß, als Ziel keine Verlagerung der Existenz in irgendein Jenseits predigt, sondern – sieht man von diversen Wiedergeburtszyklen ab, in denen Jan ein Zugeständnis an naive Volksreligiosität vermutet – das Nirwana als Endstadium annimmt, also ein Nichts und die Einwilligung des Menschen in dieses Nichts: einmal gelebt und fertig – keine Verlängerung, kein Elfmeterschießen, was bedeutet, daß es sich nicht lohnt, auf Zeit zu spielen. Die Tore, die man nicht geschossen hat, werden einem auch vom Jüngsten Gericht nicht zugesprochen.
»Walter würde sich langweilen hier draußen«, sagt Kristin. »Er wird sich fragen, was wir den ganzen Tag über machen.«
Ihre Bemerkung reißt Jan aus seinen Gedanken. Was würde er Walter antworten: Gestern wollte ich deine Frau verführen, aber sie ist standhaft geblieben? Daß Kristin ihn abgewiesen hat, schmerzt Jan. Etwas sagt ihm, daß die Gelegenheit nicht wiederkommt.

»Nun ja«, sagt sie und steht auf. »Ich denke, es wird alles in Ordnung sein.«
Vielleicht, denkt Jan, würde sich Walter freuen zu hören, daß sie sich Sorgen wegen der Börsenkurse macht, daß ihr seine Arbeit nicht völlig gleichgültig ist. Er steigt in den Wagen. Kristin läßt den Motor an, der Weg schlängelt sich eine Weile entlang des Abbruchs. In einiger Entfernung ragt ein dreizackiger Bergkamm über die Ebene, und nach einer engen Kurve taucht die Straße hinab in die Sedimentationen; ausgelaugtes, nicht lichtechtes Gestein. Salzteig.
»Und?« fragt Kristin.
»Beeindruckend«, sagt Jan.
Sie konzentriert sich auf den Weg, der sich jetzt kurvenreich auf und ab windet. Sie fährt langsam und steuert mit einer Hand durch Zungen sandfarbener Lava und Pyramiden aus Tuff, durch versteinerte Dünen und erstickte Grasbüschel. Dann weitet sich die Landschaft wieder, erneut Steppe, eine hellgrüne, in der Hitze flirrende Ebene, aus der vereinzelte Kalkinseln wachsen, als versinke ein gebirgiger Kontinent in der Prärie.
»Wie wäre es mit einem Kaffee«, schlägt Jan vor.
Kristin nickt. Seit langem ist ihnen kein Wagen mehr begegnet, eine Leere, die sie seit Chicago begleitet. In einiger Entfernung zeichnen sich ein paar flache Gebäude ab, eine amerikanische Flagge weht an einem Mast, daneben eine andere, die Jan nichts sagt. Kristin steuert auf den Parkplatz und stellt den Motor ab. Ein gleichmäßiger Wind läßt die Drahtseile hell und arhythmisch gegen die Maste dengeln, die Fahnen schmatzen in den Böen. Kristins T-Shirt flattert, als sie über den Asphalt schlendert, und einen Moment lang bedauert Jan, keine Fotos machen zu können.
Sie betreten das Gebäude und bestellen Kaffee.
»Wir müssen Walter anrufen«, erklärt Kristin.

Jan wundert sich, wieso sie *ihm* das verkündet. Schließlich ist Walter ihr Mann, denkt er und sagt: »Grüß ihn schön von mir.«
Sie sieht ihn halb ernst an und halb mit einer Miene, mit der man zugibt, daß man hin und wieder irgendeine blödsinnige Fernsehserie einschaltet. »Könntest du ihn nicht anrufen und ihn fragen, ob alles in Ordnung ist?«
Jan blättert in der Karte und überlegt, ob er etwas essen soll. »Entschuldige, aber das meinst du nicht ernst«, stellt er fest. »Walter wartet seit Tagen auf deinen Anruf.«
»Doch wirklich«, sagt sie. »Frag ihn, ob alles okay ist, und sag ihm, ich rufe ihn später an.«
Jan wirft einen Blick durch das leere Restaurant und fragt sich, wie sie sich das vorstellt. Walter wird wissen wollen, was mit ihr los ist, ob sie zur Vernunft gekommen ist, und Jan wird eine Hülle blasser Normalität aufspannen und in beiläufigem Tonfall sagen, daß sie sich die Gegend ansehen und sicher in ein paar Tagen zurück in New York sein werden. Was soll er denn sonst sagen? Daß sie sich irgendwo in South-Dakota in einer Art Urlandschaft oder Atombombentestgebiet befinden, daß sie in Motels übernachten, daß Kristin Slips mit zwei Finger breiten Hüftstegen trägt und daß er sich in sie verliebt hat?
Jan sieht sie an und spürt, daß es ihr ernst ist.
»Meinetwegen«, sagt er mürrisch. Er hat das Gefühl, ihr wegen des gestrigen Abends einen Gefallen schuldig zu sein. Außerdem fällt es ihm im Moment sowieso schwer, ihr etwas abzuschlagen. »Aber er wird sich wundern, daß du nicht selbst anrufst«, sagt er, um sie vielleicht doch noch umzustimmen.
Die Bedienung kommt an den Tisch, und Jan läßt sich einen Blueberry-Muffin bringen. »Er wird wissen wollen, wieso?«
Das einfachste, denkt er, wird es sein, Walter zu erzählen, daß Kristin jeden Morgen die Börsenberichte in der *New York*

Times mit großer Aufmerksamkeit verfolgt und nun beunruhigt ist wegen der Kurse. Das wird ihm schmeicheln, und möglicherweise lenkt das Thema ihn ab. »Im übrigen«, fügt er hinzu, »wird es ihn interessieren, wann wir zurückkommen.«
Kristin sieht Jan an. Eine Spur des gestrigen Abends, einen leisen Vorwurf beispielsweise, kann er in ihrem Verhalten nicht entdecken. Jan fühlt sich schon jetzt in der Vermittlerrolle, in die sie ihn drängen möchte, unwohl. Er sollte sich das Telefonat nicht aufhalsen lassen.
»Was meinst du denn?« fragt sie.
Jan hebt die Schultern. »Zwei Wochen sind eh zu kurz, um alles zu sehen«, sagt er. Der Muffin wird gebracht und ist zu trocken. Jan steht auf und geht zum Telefon. Er ist jetzt überzeugt, daß Walter skeptisch sein wird und annimmt, daß sie sich von morgens bis abends in irgendwelchen Motelbetten herumtreiben.
Jan geht an der Glastheke mit den Sandwiches vorbei – bleiche Dreiecke mit einer roten, wulstigen Narbe zwischen den Weißbrotscheiben. Die Drehhocker stehen einsam Spalier vor dem Tresen, und Serviettenspender und Zahnstocher warten auf Kundschaft, von der man nicht recht weiß, wo sie eigentlich herkommen soll. Vielleicht, denkt Jan, ist Walter überhaupt nicht zu Hause, was allerdings bedeuten würde, daß er sich eine Nachricht für den Anrufbeantworter zurechtlegen müßte. Jan vermutet, daß mit dem Auto die Rückfahrt nicht schneller als in zwei Tagen zu machen sein dürfte. Er könnte also ihre Ankunft frühestens Sonntag nacht oder Montag früh ankündigen. Wenn er morgen mit Kristin umkehrte. Aber warum sollte er?
Er erreicht das Telefon und bleibt noch eine Weile vor dem Gerät stehen. Er starrt auf das blaue Gehäuse mit dem silbernen Tastenfeld und den Kurzinstruktionen darüber. Hoffentlich entschuldigt er sich nicht wegen des Streits mit Kristin,

denkt Jan. Es wäre ihm unangenehm, wenn Walter mit halbherzigem Pathos die Schuld auf sich nehmen würde, um mit ihr einen trüben Frieden zu schließen. Und er, der sich in sie verliebt hat, müßte die Botschaft überbringen.
Er nimmt den Hörer ab. Sie werden sich gegenseitig nicht trauen, denkt er.

Kristin trinkt ihren Kaffee und sieht regungslos aus dem Fenster. Die Luft über der Steppe flimmert silbern. Ein Wagen rollt auf den Parkplatz, der erste, seit sie den Highway verlassen haben. Ein Paar steigt aus und schlendert auf das *visitors center* zu, der Mann erinnert Kristin an Rick – Rick, mit dem sie morgens durch New York geschlendert ist und der sie wieder und wieder fotografiert hat, bis sie sich seinen Mantel übergezogen hat, weil sie zu frieren begann. Rick, der vor ihr auf die Knie gefallen ist und ihr seine Liebe gestanden hat. Rick, der immer theatralische Rick, in dessen Atelier sie nackt gestanden hat, der sich hinter sie gestellt, seine Hände auf ihre Hüften gelegt und langsam ihren Körper abgetastet hat. Sie war erregt wie lange nicht.
Die beiden Touristen betreten das Restaurant, gehen an Kristin vorbei und setzen sich im hinteren Teil des Raumes ans Fenster. Sie bestellen, und auch die Stimme des Mannes erinnert Kristin an Rick.
Jan kehrt zurück. »Ich soll dich grüßen«, sagt er, setzt sich und trinkt einen Schluck Kaffee, der aber kalt geworden ist.
Kristin sieht auf. »Was hat er gesagt?«
»Es ist alles in Ordnung.«
Die Versicherung kommt ihr pflichtschuldig vor, als gebe es doch etwas, das nicht in Ordnung sei.
»Wie geht es ihm?« fragt sie, merkwürdig sanft, fast wie unter Drogen, findet Jan, als liege Walter bereits mit einer Kreislaufgeschichte im Krankenhaus. »Ist er verärgert?«

»Ich denke, er hat sich beruhigt.« Jan versucht, der Kellnerin ein Zeichen wegen des Kaffees zu geben. »Ich soll dir sagen, daß es ihm leid tut.«
»Wirklich?« Kristin sieht Jan überrascht an, und ihr Blick macht deutlich, daß sie für einen Moment aus ihrer Trance erwacht ist. »*Das* hat er gesagt? Gut, daß *du* ihn angerufen hast. Mir hätte er es wahrscheinlich nicht gesagt.«
»Nein, er ist wirklich zerknirscht. Aber irgendwie auch abwesend. Er hat sich gewundert, daß du dich für die Börsenkurse interessierst. Das mit den Aktien wird hochgespielt, sagt er.« Jan beißt auf den Resten seines vertrockneten Muffins herum.
Kristin nickt langsam.
»Er fragt, wann wir zurückkommen. Ich habe gesagt, du rufst ihn heute abend an«, sagt Jan. Die Bedienung kommt mit einer kugelförmigen Glaskanne, in der auch ein Goldfisch schwimmen könnte, an den Tisch und schenkt Kaffee nach. Jan bedankt sich. »Walter ist gegen acht wieder zu Hause. Er hat mir vorgerechnet, daß wir zwei Stunden hinterher sind. Du kannst ihn also ab sechs, halb sieben erreichen.«
»Aber sonst ist alles okay?« Kristin scheint es noch immer nicht glauben zu wollen. Vielleicht, denkt Jan, hat sie mittlerweile doch ein schlechtes Gewissen.
»Nein wirklich, es ist alles in Ordnung«, wiederholt er, wie um sich selbst davon zu überzeugen, was ihm schließlich auch gelingt.
Er läßt sich noch einmal Kaffee nachschenken. Während die Bedienung mit ihrer Kanne wieder hinter den Tresen taucht, steht ein paar Tische weiter einer der beiden Gäste auf, die vor wenigen Minuten das Restaurant betreten haben. Er kommt auf Jan zu und grüßt auf deutsch mit amerikanischem Akzent. Er heiße Hank und habe ein Jahr in Deutschland stu-

diert, Anfang der Siebziger. Jan gibt ihm die Hand und rückt auf seiner Bank ein Stück zur Seite.

Hank trägt ein blaues Poloshirt, hat rötliche Haare und einen Sonnenbrand auf der Nase. Er ist Mitte Vierzig, wirkt durch die formlose Direktheit, mit der er Jan anspricht, aber jünger. Er winkt seine Frau, Ariel, an den Tisch, eine Dunkelhaarige Ende Zwanzig, die für Jans Geschmack etwas zu weiche Gesichtszüge hat, eine kurze, leicht nach oben gebogene Nase und einen nicht erneuerten Lidstrich vom vergangenen Abend.

Hank freut sich, mitten in den USA unerwartet auf Deutsche zu treffen. Die Lässigkeit des Studentenlebens in Berlin hat ihn davon überzeugt, die Deutschen seien ein unkompliziertes Volk. »Wir sind nie an der Uni gewesen«, sagt er und lacht vergnügt. Daß Jan in Berlin wohnt, freut ihn besonders.

Ariel, seine Frau, hat wie er Deutsch studiert, in Boston allerdings, wo sie sich vor acht Jahren kennengelernt haben. In Deutschland war sie noch nicht. »Als die Mauer gefallen ist«, sagt sie, »haben wir Tag und Nacht vor dem Fernseher gesessen.« Kristin nickt, aber Jan hat nicht den Eindruck, als sei sie an dem Gespräch interessiert. Seit er mit Walter telefoniert hat, kommt sie ihm abwesend vor.

Hank steht auf und holt Ariels Orangensaft und seinen Kaffee. Mit den roten Haaren, der hellen Haut und dem etwas breiteren Gesicht wirkt er irisch. Bei Ariel ist die Herkunft schwerer zu bestimmen, ihre Augen haben einen südländischen Einschlag, wozu allerdings die Nase nicht paßt. Um ihr Handgelenk trägt sie ein paar Bronzearmreife, und ihre Fingernägel sind brüchig lackiert.

Hank erzählt, daß er nach dem Fall der Mauer vorgeschlagen hat, eins der buntbemalten Betonsegmente zu kaufen. »Es war der Stadtverwaltung aber zu teuer«, bedauert er. Die Vereinigung war für ihn ein Beweis, wie unkompliziert die Deut-

schen sind. Kein umständliches Hin und Her, sondern klare Verhältnisse in kürzester Zeit. Präsident Johnson, Andrew Johnson, habe 1867 Alaska zum Spottpreis von sieben Millionen Dollar von den Russen gekauft. Und die Holländer hätten Manhattan für eine Handvoll Dollars den Indianern abgehandelt. Abraham Lincoln sei es noch möglich gewesen, einen Bürgerkrieg auszulösen. Diesen Mut würde heute niemand mehr aufbringen. Politik heiße, Entscheidungen treffen.
»Wohin fahrt ihr?« fragt er, nachdem sie sich eine Weile unterhalten haben.
Jan findet, Kristin müßte antworten.
Hank schlägt vor, sich die in den Fels gehauenen Präsidenten anzusehen. Gemeinsam. Der Mount Rushmore sei nur zwei Stunden entfernt, er würde sich freuen, wenn Kristin und Jan mitkämen. Seine Begeisterung ist unschlagbar. Selbst Kristins Abwesenheit hält dem Druck seiner Idee nicht stand. Sie lächelt Hank an und nickt. Die Präsidenten habe sie schon immer sehen wollen. Jan wundert sich. Er hätte darauf gewettet, Kristin sehe in den Präsidentenköpfen nichts als einen Beweis dafür, daß die Amerikaner eine hoffnungslos dem Kitsch und dem falschen Pathos verfallene Nation sind.
Hank steht auf. Sie müssen nach Rapid City. Sie bezahlen und verlassen das *visitors center* der *Badlands*. Draußen ist es jetzt heiß. Der Wind weht nur noch schwach wie ein leichter Luftzug durch eine Sommerwohnung. Hank geht voraus und kramt in der Jeanstasche nach dem Autoschlüssel. Er ist groß, über einsfünfundachtzig, im Gegensatz zu Ariel, die höchstens einssechzig ist und, denkt Jan, keine schlechte Figur hätte, wenn sie ein paar Zentimeter größer wäre. So aber wirkt sie etwas gedrungen und erscheint neben Kristin wie deren Gegenteil: dunkel, klein, nicht wirklich schlank.
Hank bleibt neben einem alten Toyota stehen. Ein paar Meter daneben ist der Buick geparkt, der nicht mehr so frisch aus-

sieht wie vor ein paar Tagen in New York. Auf dem Lack hat sich feiner Staub abgesetzt, der den Glanz schluckt, und das Schwarz der Reifen ist grau geworden. Die Scheiben hat Jan ein paarmal an Tankstellen geputzt, aber an den Rändern sind Wasserflecken eingetrocknet, die abends die Sonnenstrahlen zerstäuben. Auch der taubenblaue Teppich ist deutlich angegraut, und hier und da liegen auf dem Boden Papier- und Zellophanschnipsel von aufgerissenen und längst weggeworfenen Verpackungen herum. Jan startet den Motor und justiert den Rückspiegel neu. Hank und Ariel warten und fahren voraus in das wellenlos in der Sonne flimmernde Grasmeer.

Eine Stunde später rollen sie hintereinander durch Rapid City, das auf Jan den Eindruck macht, alles andere als schnell zu sein. Es herrscht keine Hektik zwischen den ein- oder zweigeschossigen schmucklosen Häusern entlang der Hauptstraße, Hank hält sich an die innerörtliche Geschwindigkeitsbegrenzung. *Village Speed Limit 25 mph.* Der Berufs- und Einkaufsverkehr fließt geruhsam vorbei an den Fronten der Drugstores und Schuhläden, der Bekleidungsgeschäfte und Bankfilialen, die aufgereiht wie unterschiedliche Waschmittelkartons in einem Supermarktregal die Straße säumen: alle gleich und doch irgendwie anders. An einer Ampel bemerkt Jan eine Schaufensterreklame: *Authorized Miele Dealer. Singer Vacuum Cleaners authorized warranty Dealer.* Im Fenster daneben stehen die zugehörigen Geräte, Nähmaschine, Staubsauger, Bügeleisen, Waschmaschine. Jan wird bewußt, daß er innerhalb weniger Tage Deutschland vergessen hat.

Nachdem sie die Stadt verlassen haben, führt die Straße sanft bergauf, vorbei an Nadelbäumen, die nach und nach zu einem Wald werden. Nach einer Kurve scheint die Sonne von vorne in den Wagen, und Jan hält die Hand vor die Augen, um etwas erkennen zu können: die Stoßstange des Toyota, die nächste Kurve. Er findet es angenehm, daß die Fahrt erstmalig eine Richtung, ein Ziel hat.

Es gibt zwei Möglichkeiten, zu Land zu kommen: Entweder man kauft es, oder man verjagt oder tötet die, die darauf leben. Bei der Besiedlung Amerikas durch Europäer wurde der zweite Weg gewählt, lediglich hin und wieder kam es zu Verträgen, die allerdings nur so lange Gültigkeit hatten, bis sich die Interessen der Europäer änderten. Genaugenommen war jeder Vertragsabschluß an sich bereits ein Sieg, weil die Amerikaner mit dem Vertragswesen die Spielregeln der Europäer grundsätzlich akzeptierten und ihre mythischen Vorstellungen vom Boden als lebensspendendem Urgrund preisgaben.
Die Sioux betrachteten die Black Hills, in denen sie die Winterzeit verbrachten, als heiliges Land, und da die Regierung der Vereinigten Staaten seinerzeit, vor gut hundert Jahren, kein Interesse an den Black Hills hatte, überließ sie den Sioux per Vertrag ihr heiliges Land für immer und ewig. Kurz danach wurde in den Bergen Gold gefunden, woraufhin sich niemand mehr um den Vertrag scherte.
Hundert Jahre sind keine lange Zeit – gerade zweimal der Abstand vom Zweiten Weltkrieg, und das wiederum ist eine Spanne, die sich in einem Leben noch gut überschauen läßt. Macht man sich das klar, ist es um so merkwürdiger, mit dem Auto durch die Black Hills zu fahren, vorbei an den Nadelbäumen zu beiden Seiten, als sei man innerhalb einer knappen Stunde von der amerikanischen Savanne mitten in den Schwarzwald geraten. Gelegentlich stehen am Straßenrand Briefkästen wie kleine, auf Pfeiler montierte Hundehütten, und das Blau des Himmels liegt über den schwarzen Silhouetten der Bäume, durch deren Spitzen die Sonne unregel-

mäßig in den Wagen blitzt, als zerplatzten goldene Leuchtbällchen auf der Frontscheibe.

Die Vorstellung, daß dort, wo man in sanften Bögen auf einem glatten Asphaltband mit gelben Seitenmarkierungen vorwärts gleitet, vor hundert Jahren noch Menschen auf dem Kriegspfad waren, daß dort, wo ein kleines Fast-Food-Restaurant mit einer frisch gestrichenen Holzfront auf Kundschaft wartet, damals noch Zelte aufgeschlagen und Büffel geröstet wurden, ist irritierend. Wenn man durch Berlin geht, sieht man den Krieg noch – auch im Westen der Stadt hat man ihn immer gesehen, und es ist sogar wahrscheinlich, daß man ihn in noch einmal fünfzig Jahren immer noch sehen wird. Aber hier, in den heiligen Bergen, ist nichts zu sehen. Alles ist so, als wäre es schon immer so gewesen, als hätte es die Schlachten um das Land nie gegeben. Und man hat den Eindruck, daß auch die Leute, die hier leben, glauben, es sei schon immer so gewesen.

Und mitten im heiligen Land der Sioux haben die Eroberer ihr Nationaldenkmal errichtet, das George Bush 1991 offiziell für vollendet erklärt hat: die in den Fels gesprengten Präsidentengesichter Washingtons, Jeffersons, Roosevelts und Lincolns, die alle sonstwohin schauen, nur nicht auf das Volk zu ihren Füßen. Am ehesten scheint noch Abraham Lincoln den Blick auf die Erde zu richten, während sich die drei anderen zum Himmel hin orientieren. George Washington ist ganz aus dem Fels befreit, hat sogar einen Rockkragen, während es aussieht, als hinge Lincoln noch fest im Stein – man hat den Eindruck, als sei von links nach rechts das Geld ausgegangen.

Auf der Geröllawine unter Roosevelt und Lincoln wurzeln bereits wieder Bäume und wachsen dem Monument entgegen – der Zerfall kann beginnen, und in zweieinhalbtausend Jahren wird alles so aussehen wie auf der Akropolis in Athen: die

Präsidenten als Reste eines einstmals großen Reiches. Die Indianer vergessen. Wer war in Griechenland, bevor die Griechen kamen? Irgend jemand wird wohl da gewesen sein.
Spurlos sind die Indianer nicht verschwunden. Im *visitors center*, einem flachen Bau, den man durchqueren muß, um auf die Aussichtsplattform mit dem Blick auf die Präsidentengesichter zu gelangen, beherrscht ihre Welt die Souvenirstände: Bilder aus verschiedenfarbigem, mit einer Art Lack fixiertem Sand neben Chamoix-Fotografien von Sitting Bull, Tontassen mit einfachen, aus Karos und Streifen gebildeten geometrischen Ornamenten und Federschmuck, Halsbänder, Armreife und Mokkasins, als hätten die Sioux den ganzen Tag über nichts Besseres zu tun gehabt, als Ringe zu schmieden, Leder zu besticken und Federn zu färben. Der einstige Feind, besiegt und gedemütigt, ist zum verklärt in die Ferne blickenden, edelgesichtigen roten Mann geworden, in dessen Hintergrund die Sonne untergeht und noch friedlich der Büffel grast.

Auf dem Weg zu den Präsidenten werden sie von einer Herde grasender Büffel aufgehalten. Ariel steigt aus dem Toyota und schießt Fotos. Jan gesellt sich zu ihr. Die Bisons fressen bewegungslos vor sich hin. Die massigen Vorderkörper wirken im Vergleich zu ihrem schmalen Becken und den Hinterbeinen unproportioniert, als hätte man das Brustvolumen einer Milchkuh verdoppelt und ihr ein Bärenfell übergeworfen.
Jan hat nie ein besonderes Verhältnis zu Tieren entwickelt, die seiner Meinung nach ins Fernsehen gehören, wo sich darüber staunen läßt, was die Evolution alles hervorgezaubert hat. Ob Pinguine, die bäuchlings ins Wasser schlittern, oder Fledermäuse, die kopfüber an Höhlenwänden hängen, oder irgendwelche Lemuren, die über den Boden hüpfen, als seien

ihre Knochen nicht mit Gelenken, sondern mit Gummibändern verbunden – im Fernsehen geben alle Tiere ihr Bestes.
Ariel setzt ihre Kamera ab.
»Wußtest du, daß es Fische gibt, die aussehen wie Schokoriegel?« sagt Jan.
Ariel lacht. Jan dreht sich zu den beiden Wagen. Hank und Kristin sitzen auf der Stoßstange des Toyota und unterhalten sich. Zwanzig Meter vor ihnen steht ein Büffel auf der Straße und gafft sie an.
»Wieso verreist Kristin nicht mit ihrem Mann?« fragt Ariel.
»Er kommt von seiner Arbeit nicht los«, sagt Jan.
Ariel nickt. »Oh, ich verstehe.« Sie lehnt sich an einen Zaunpfahl.
Der Büffel auf der Straße trottet weiter und gibt den Weg frei. Alle Tiere kommen Jan wie aus irgendeinem Erdmittelalter vor, als die Natur noch machte, was sie wollte.
»Und du bist nicht verheiratet?« fragt Ariel. Sie sieht Jan kurz in die Augen und schlendert dann zurück.
Kurz darauf bedeckt wieder Wald die Hänge. Hier und da wachsen graue Felsnasen zwischen den Bäumen empor – von irgendeiner Eiszeit dort abgestellte und vergessene Hinkelsteine. Nach einer Kurve liegt die Sonne über der aufwärts führenden Straße wie ein Ball am Ende eines Sprungbrettes.
Sie erreichen einen Parkplatz und stehen zehn Minuten später vor den Präsidentenköpfen. Jan läßt sie eine Weile auf sich wirken, aber es geht ihm mit dem Monument nicht anders als mit weniger pompösen bildhauerischen Werken, die in Museen Platz haben: Die kalten, starren Körper berühren ihn nicht. Nacktheit muß warm sein.
Jan wendet sich wieder Hank zu, mit dem er nach einem Filmtitel gesucht hat. Er erzählt kurz den Plot: Ein Staatsanwalt, der mit einer unglücklichen Mathematikerin verheiratet ist, ermittelt in einem brutalen Frauenmord. Im Laufe der

Untersuchung häufen sich die Beweise, daß er selbst die Frau, eine Kollegin und ehemalige Geliebte, umgebracht haben könnte. In der Hauptrolle Harrison Ford.
Hank hat den Film gesehen, aber ihm fällt der Titel nicht ein. Er schlendert zurück ins *visitors center*. Jan folgt ihm.
»Was hältst du davon«, fragt Hank, »wenn wir zwei *cottages* mieten?« Er kennt ein in der Nähe gelegenes Areal mit Holzbungalows und schlägt vor, dort zu übernachten.
Jan nickt. »Wenn Kristin nichts dagegen hat.«
»Ich habe sie vorhin gefragt«, sagt Hank. »Ihr gefällt die Idee.«
»Ach ja?« sagt Jan etwas verwundert.
An den Souvenirständen herrscht nur wenig Betrieb. Crazy Horse wartet ebenso auf Käufer wie Abraham Lincoln. Jan wirft einen kurzen Blick auf die Postkarten, dann gehen sie zurück zum Parkplatz und warten auf Ariel und Kristin.
»*Presumed Innocent*«, sagt Hank unvermittelt.
»Wie?«
»Der Film mit Harrison Ford«, erklärt Hank. »Seine Geliebte, mit der er es auf seinem Schreibtisch hatte und die ihn hinterher fallenläßt, war Greta Scacchi. So eine Blonde, bei der keiner Nein sagen würde.«
Kristin hat ihre Sonnenbrille aufgesetzt und winkt, als sie mit Ariel den Parkplatz betritt. Ein leichter Wind hat sich in ihren Haaren verfangen. Der vergangene Abend geht Jan durch den Kopf. Nein sagen, denkt er, ist leicht. Nein ist die Pflicht, die Kür ist Ja.

Man hat Freud vorgeworfen, den Sexualtrieb zur Grundlage seiner Psychoanalyse zu machen weise seine Theorie als typische Geburt einer Wohlstandsgesellschaft aus. In einer nicht saturierten Gesellschaft sei der Sexualtrieb unbedeutend, solange nicht der Hunger gestillt ist. Etwas zu essen zu haben sei das Grundbedürfnis der Menschen, und alle anderen Bedürfnisse seien dem nachgeordnet. Das Argument ist sicher richtig, und vielleicht ist Freud in den USA deswegen so populär geworden, weil die USA lange Zeit der wohlständigste unter den Wohlstandsstaaten waren. Es läßt sich aber nicht leugnen, daß in dem Moment, in dem der Hunger gestillt ist, die anderen Triebe sofort das Kommando übernehmen, und wenn, was ja keinesfalls sicher – vielleicht sogar eher unwahrscheinlich – ist, es der Menschheit gelingen sollte, überall auf der Welt eine solide Nahrungsmittelversorgung zu etablieren, dann muß man wohl annehmen, daß man sich auch überall mit der gleichen Ausdauer wie in den Wohlstandsstaaten so bedeutenden Fragen zuwendet wie: wer, wann, mit wem und wie oft?

Zumindest ist es nach den Erfahrungen in den Industrienationen nur schwer vorstellbar, daß sich Sexualität auf Dauer durch Moralvorstellungen oder Religionen regulieren läßt, und es ist zu erwarten, daß es ihr als Trieb nicht anders ergeht als dem Hunger: Der Appetit kommt beim Essen, oder anders gesagt: Wenn der erste Hunger gestillt ist, ist man nicht mehr mit Brot zufrieden, sondern hält nach feineren Speisen Ausschau. Ob mystische Vereinigung oder Leder- und Lackfantasien – letztlich entstammen sie alle dem Wunsch, den ordinären Beischlaf möglichst weit von seinem eigentlichen biologischen Zweck zu entfernen, wie auch das Schlürfen von Austern mit dem Stillen des Hungers nicht mehr gemein hat als ein String mit der Absicht, den Unterleib zu wärmen.

Es ist merkwürdig, daß man in der Verfeinerung der Tischmanieren gemeinhin eine Kulturleistung sieht, während man die Verfeinerung der Sexualpraktiken als anrüchig oder, je nachdem, als pervers betrachtet. Das könnte zumindest ein Hinweis darauf sein, daß Freud möglicherweise doch recht hatte, daß also die Sexualität der tiefste und damit dämonischste Trieb von allen ist. Tatsache scheint aber auch zu sein, daß diese Verfeinerung der Sexualität fast nur in der Fantasie stattfindet. Zumindest können alle über dieses Thema erscheinenden Artikel kaum über den Befund gelegentlich veröffentlichter Umfragen hinwegtäuschen, daß das Sexualleben der umfassenden Mehrheit ziemlich unspektakulär ist: ein- bis zweimal pro Woche knapp zwanzig Minuten – damit hat es sich. Ganz offensichtlich sind selbst harmlose Varianten wie Partnertausch oder Sex zu dritt oder viert noch nicht über das Stadium des Experiments hinausgekommen.

Vielleicht ist der Prozeß noch weitreichender: Die Verlagerung der sexuellen Möglichkeiten in die Fantasie findet nicht nur in einsamen Stunden statt, sondern auch – wenn nicht sogar besonders – beim Beischlaf selbst. Man kann behaupten, Sex ist nur eine von vielen Formen, nicht allein zu sein, und von außen betrachtet, stimmt das natürlich: Man ist mindestens zu zweit. Ein alter Ausdruck für den Beischlaf lautet, jemanden zu erkennen, und wenn man einen Menschen erkennen will, muß man ihn genau betrachten. Diese alte Ausdrucksweise könnte ein Hinweis darauf sein, daß man in früheren Zeiten beim Geschlechtsakt mit seiner Wahrnehmung ganz bei dem jeweils anderen war und nicht bei sich selbst. Heute könnte es andersherum sein: Man ist nur noch bei sich selbst, im virtuellen Raum der eigenen Sexualität. Dann wäre also Sex nicht eine Möglichkeit, nicht allein zu sein, sondern das Gegenteil – die größtmögliche Vereinsamung.

Sie erreichen die *cottages*, ein Areal von hübsch gelegenen Blockhütten, die an einer Rezeption zu mieten sind, die vielleicht einmal eine Tankstelle oder ein Straßenrestaurant gewesen sein mochte. Über der Eingangstür ist ein verblichener

Schriftzug angebracht: *Old Shell Lodge*, in der Tür selbst hängt ein Blechschild: *Yes! We're open*, und in den Fenstern verstauben ein paar alte Getränkereklamen: *Budweiser, King of Bottled Beer. Say »Pepsi Please«*.

Hank erledigt die Formalitäten und kommt mit zwei Schlüsseln zurück. Die Hütten sind aus waagerecht aufgeschichteten Holzstämmen gebaut, aber innen lieblos eingerichtet wie die Motelzimmer. Jan nimmt ein Bier aus der Kühlbox und setzt sich auf die Stufen vor dem Eingang. Er hört Kristin im Bad hantieren, dann geht die Dusche. Er steht auf, lehnt sich an den Türpfosten und verjagt ein paar Mücken. Die Sonne ist hinter die Hügelketten getaucht, ist weitergezogen Richtung Pazifik. *Go West!* Die Sehnsucht nach Freiheit. Nur daß es keinen Westen mehr gibt, egal, in welche Richtung man fährt. Aber auch Vögel ziehen eine Zeitlang noch in Reviere, die längst nicht mehr sind, wie sie waren.

Die Dusche wird abgestellt. Jan trinkt den letzten Schluck Bier und stellt die Dose auf den Boden. Kristin kommt aus dem Bad und hat nicht wie sonst ein T-Shirt übergeworfen, sondern trägt ein Hemd, das sie noch nicht zugeknöpft hat und das bei jeder Bewegung um ihren Oberkörper weht. Sie steigt ohne Slip in ihre Jeans und reibt ihre Haare mit dem Handtuch trocken. Jan fragt sich, für wen die Vorstellung ist.

Der Toyota biegt um die Ecke. Hank und Ariel haben für einen Grillabend eingekauft. Kristin schließt die unteren Knöpfe ihres Hemds und tritt hinaus. Hank stellt Tüten mit Koteletts und Flaschen auf den Boden und beginnt, den Kofferraum auszuräumen. Er lädt ein paar Säcke und eine Pappkiste auf den Boden, aus der er zwei schwarze Schalen und ein paar verchromte Stangen herauszieht.

Kristin geht mit Ariel telefonieren, während Jan und Hank den Grill montieren. Sie trinken Bier, *Heineken*, das Hank besorgt hat. Über seinem Kopf verläuft ein Kondensstreifen,

der von der weggetauchten Sonne angestrahlt wird. Ein quer durch den Himmel gespannter Lamettafaden.
Hank befestigt die Chromstangen an einer der Schalen und schraubt die Beine in die dafür vorgesehene Halterung.
»Bist du verheiratet?« fragt er.
Jan erinnert sich, daß ihn Ariel vor ein paar Stunden dasselbe gefragt hat. Er schüttelt den Kopf. »Ich glaube, ich habe den richtigen Zeitpunkt verpaßt. Irgendwann hat man sich an sein Leben gewöhnt wie an einen Haarschnitt. Wenn man ihn ändert, hat man das Gefühl, das bin ich nicht.«
Hank stellt den Grill auf die Beine und stülpt die zweite Schale auf den Rost.
»Kristins Mann hat offenbar großes Vertrauen zu dir«, bemerkt er.
»Wir sind alte Freunde«, sagt Jan.
Der Grill sieht aus wie eine auf den Kopf gestellte Sputnik-Sonde. Vor den Nachbarbungalows qualmt es vereinzelt. Puffende Rauchzeichen. Die Indianer sind zurückgekehrt.
Das *Heineken* setzt Jan stärker zu, als er erwartet hätte. Er hat sich in den vergangenen Tagen an das schwächere amerikanische Bier gewöhnt. Der Geruch nach glühenden Kohlen und zischendem Fett weht über das Gelände, und Jan muß an die Grillfeste denken, die zum festen Inventar eines jeden Sommers gehören und die sich im Gegensatz zu anderen Festen tatsächlich nie ändern. Wahrscheinlich wird noch in hundert Jahren der Ketchup nicht vernünftig aus der Flasche fließen.
Der Kondensstreifen über Hank ist jetzt nur noch eine schwache weiße Linie, die allmählich zerfließt. Die Dämmerung und ein aufziehender Wolkenschleier entziehen den umstehenden Kiefern allmählich ihre Farbe. Am Ende der Straße tauchen Ariel und Kristin auf, die sich unterhalten und langsam näher kommen. Kristin hat Walter nicht erreicht und

ihm die Nummer des Bungalows auf den Anrufbeantworter gesprochen.

»Weißt du, was Kristin erzählt hat?« sagt Ariel zu Hank. »Heute wird ein riesiger Komet auf dem Jupiter einschlagen.«

Hank spritzt Spiritus auf die Kohlen und nimmt eine Streichholzschachtel zur Hand. Er nickt: »Es soll ein Feuerwerk geben«, sagt er und wirft ein brennendes Streichholz in den Grill. Mit einer dumpfen Explosion beginnt eine blaue Flamme über den Kohlen zu lodern.

Hank hat zwei Flaschen Whiskey. Kristin setzt sich neben ihn und unterhält sich mit ihm auf englisch, während Jan mit Ariel deutsch redet. Kristin lacht regelmäßig über Bemerkungen Hanks, die Jan nicht versteht. Ariel erklärt ihm währenddessen, daß ihr die amerikanische Gesellschaft zu prüde ist.

Nach dem vierten oder fünften Whiskey lehnt sich Kristin an Hank und legt den Kopf auf seine Schultern. Jan ist eifersüchtig und wundert sich, daß Ariel sich an dem Flirt ihres Mannes nicht stört. Statt dessen rückt sie näher zu Jan und stützt ihre nackten Füße auf seinen Oberschenkel. Ihre Zehnägel sind wie ihre Fingernägel brüchig lackiert. Hank öffnet die zweite Flasche Whiskey und gibt sie Jan, der Ariel einschenkt. Sie beugt sich vor und läßt ihn ihre Brüste sehen. Jan stellt die Flasche auf den Tisch und sieht Hank kurz ins Gesicht. Er hat einmal gehört, die Eskimos böten dem Gast ihre Frau an. Hank und Ariel, denkt Jan, scheinen eher die zeitgemäße Variante zu praktizieren, Partnertausch – der allerdings Jan zu einer Art Betrüger werden ließe. Er kann nicht tauschen, was ihm nicht gehört.

Es beginnt zu nieseln.

Kristin ist jetzt wirklich betrunken und lacht und kichert über Hank. »Wußtet ihr schon«, sagt er auf deutsch, »warum die Erde immer wärmer wird? Es sind die Rinder. Es gab

noch nie so viele Rinder auf der Erde wie jetzt, eine Milliarde oder zwei. Und diese Rinder – es ist wahr – furzen den ganzen Tag lang, weil Gras so schwer verdaulich ist. Und in ihren Fürzen ist irgendein Gas, das die Ozonschicht kaputt macht und, weiß der Teufel, was sonst noch. Jedenfalls wird es dadurch immer wärmer. Man stelle sich das vor: Wir ersticken eines Tages an Rinderfürzen!«
Kristin findet das komisch und läßt sich von Hank eingießen. Sie lacht und verschüttet durch eine ruckartige Armbewegung den Whiskey gleich wieder. Hank füllt nach. Je mehr sich Kristin gegen ihn lehnt, um so mehr schieben sich die weißen, vom leichten Nieselregen feucht gewordenen Stoffbahnen ihres nur zur Hälfte geknöpften Hemdes auseinander. Hank sieht ihr ab und an in den Ausschnitt.
Ariel sitzt jetzt fast auf Jans Schoß. »Wußtet ihr, daß der Mensch von Natur aus polygam ist. Es wird durch die Gene gesteuert, hat man herausgefunden.« Dabei sieht sie Jan an, der längst verstanden hat.
In der fahlen Beleuchtung der Campinglaterne sehen die Reste von Jans mit Ketchup bekleckertem Kotelett aus wie ein frisch gerissenes Stück Fleisch. Er trinkt seinen Whiskey und läßt die Flüssigkeit einen Moment im Mund ruhen. Vanillearoma breitet sich auf seiner Zunge aus. Jan sieht in den Nachthimmel, *Shoemaker-Levi* geht ihm durch den Kopf, der ungefähr jetzt seinen Auftritt haben müßte. Die Astronomen hängen an ihren Teleskopen wie Voyeure, die nicht mitmachen dürfen. Jan kann Kristins Brüste nicht sehen. Er muß daran denken, daß sie keinen Slip trägt. Er sieht Ariel an. Warum nicht? denkt er. Der Nieselregen kitzelt auf seiner Haut. Auf seiner Stirn bilden sich erste Tropfen, die langsam aus seinen Haaren sickern. Der Grill zischelt, und die Tischplatte glänzt schlierig. Ketchupspritzer und vertropftes Fett. Reste von Papierservietten, faserige Inseln auf einer bespren-

kelten Landkarte. Die Feuchtigkeit dringt durch den Stoff seiner Jeans. Ariels Top klebt an ihren Brüsten. Warum nicht? denkt er.
»Ist noch Whiskey da?« fragt Kristin und steht auf.
Hank nickt. »Die Party ist noch nicht zu Ende.«
Sie gehen zu viert in den Bungalow. Kristin öffnet das Seitenfenster und lehnt sich mit Hank hinaus. Ariel und Jan setzen sich auf die Türschwelle. Regenfäden zittern im Lichtkegel der Neonlaterne an der Straße. Auf dem Asphalt durchdringen sich die Einschlagkrater der Tropfen, zersplittern zu weißen Lichtblitzen. Die Feuchtigkeit riecht nach Moos. Wassertröpfchen haben sich in Ariels Haaren verfangen. Die Träger ihres Tops sind auf die Ellbogen gerutscht. Jan weiß, ab wann es keinen Sinn mehr macht, um den heißen Brei herumzureden. Er sieht sie an.
»Die Lage ist ein wenig kompliziert«, sagt er.
Ariel schüttelt den Kopf. »Finde ich eigentlich nicht.«
»Ich mag Hank sehr gern«, sagt Jan ausweichend.
Sie winkt ab.
Jan läßt seinen Becher kreiseln. Der Whiskey steigt an den Wänden hoch. Er läßt einen Schluck über die Zunge gleiten, preßt ihn an den Gaumen und spürt, wie er anschließend die Speiseröhre rundum benetzt.
Der Regen prasselt auf das Dach. Kristin und Hank unterhalten sich am offenen Fenster. Auf englisch, soweit Jan mitbekommt. Gelegentlich lachen beide. Hank hat den Arm um ihre Schultern gelegt und erforscht mit seiner Hand ihren Ausschnitt.
»Kristin ist betrunken«, sagt er. »Hank erinnert sie an einen New Yorker Freund.«
»Laß uns nach drüben gehen«, sagt Ariel.
Jan spürt deutlich, daß sie will, daß sie *jetzt* will. Dreißig Meter durch den Regen, denkt er, und sie wären im Nachbar-

bungalow. Er weiß nicht, was ihn hier hält. Kristin ist nicht seine Frau, er ist ein freier Mensch. Er sieht Ariel an. Ihr Top bedeckt kaum mehr ihre Brüste. Er weiß, daß es ihm Spaß machen würde. Sie wartet. Jan trinkt seinen Whiskey aus. Er kann sich nicht entschließen.

»Ich habe eine andere Idee«, sagt Ariel und steht auf.

Er sieht zu ihr hoch. »Was für eine Idee?«

Sie geht auf Hank und Kristin zu. Der Regen prasselt aufs Dach. Sie bleibt noch einmal stehen und dreht sich um. Jan nickt. Er gibt sich geschlagen.

Ariel geht zu den Silhouetten am Fenster. Kristin lacht und lacht. Hank erzählt Witze. Ariel stellt sich neben Kristin und flüstert ihr etwas ins Ohr. Ihr betrunkenes Lachen geht langsam in ein Kichern über. Wasser rauscht auf dem Bungalowdach. Für Jan ist es ein Schattenspiel vor glitzernden Regenschnüren. Hank wartet mit aufgestützten Armen. Die drei Silhouetten bewegen sich nicht. Die Frauen sind miteinander verschmolzen. Flüstern, Kichern, Schweigen. Die Frauen lösen sich voneinander wie bei einer Zellteilung. Ariels Schattenriß schiebt sich über Hanks, der sich umgedreht hat und mit dem Rücken zum Regen steht. Die Frauen tauchen ab. Hank sagt *hey*, sein Unterleib und sein Vergnügen liegen im Dunkeln. Er löst die Hände vom Fensterbrett und beginnt sein Hemd aufzuknöpfen. Männerstrip – ein unschönes Verbeulen und Verformen seiner Silhouette. Dann steht er wieder wie vorher, nur seine Konturen haben hier und da eine leichte Fluoreszenz bekommen – die von hinten beleuchteten Haare auf seinen Armen. Hank wird bedient und sagt *yes*. Kein Lachen mehr. Die Party hat begonnen.

Ariel richtet sich auf und kommt auf Jan zu. Er geht ihr entgegen, und sie treffen sich in der Mitte des Raumes. Jan zieht sein T-Shirt aus. Ariel reicht ihm bis zum Kinn. Ihr Top klebt an ihren Brüsten. Jan zieht es ihr aus. Der Stoff fällt auf ihre

Taille. Jan sieht sie an, sieht auf ihre kaum beleuchteten Brüste, auf denen eine weiße Lichtsichel liegt. Sie streben auseinander, als stießen sie sich gegenseitig ab, und geben den Blick auf die Füße frei. Er küßt Ariel kurz und setzt sich auf die Bettkante. Er öffnet ihre Shorts und zieht sie über die Taille. Sie trägt einen schmucklosen weißen Slip. Jan schiebt auch den über ihre Hüften zu den Knien und enthüllt das dunkle, bis zu den Oberschenkeln wuchernde Dreieck Ariels.

Jan wäre es lieber, er wäre mit ihr allein. Er kennt Sex nur als Spiel zu zweit, für eine Partie mit vier Mitspielern fehlt ihm die Erfahrung. Zuschauen vielleicht – die Statue von Hank stimuliert ihn nicht. Ariel, die zwischen seinen Beinen kniet, sieht ihn gelegentlich an, und ihre Brüste streifen seine Oberschenkel.

Kristin taucht wieder auf. Sie steht in weißem Licht. Ihr Körper erscheint neben Hank wie eine frisch gesetzte Birke. Eher kindlich als weiblich. Wo ihre Brüste hätten sein sollen, sind die pulsierenden Gebirge von Hanks Händen, die sich langsam an ihrem Körper hinabarbeiteten wie riesige Schnecken, die an der Birke herunterkriechen. Hanks Finger tauchen in den Bund ihrer Hose. Das Moos am Fuß des Stämmchens. Jan weiß, daß sie keinen Slip trägt.

Ariel kniet zwischen seinen Beinen. Hin und wieder sieht sie ihn an, fast aufmunternd, als liege es nur am Whiskey, daß er trotz ihrer Bemühungen noch nicht soweit ist. Jan betrachtet Kristin, die weiße Statue. Hank öffnet ihre Hose, unter der kein Stoff sie schützt. Die Jeans rutscht an ihr herunter, und Hank streift sie über ihre Füße. Ihre entblößte Scham erregt Jan, und Ariel ist allmählich erfolgreich.

Hank gräbt seinen Kopf zwischen Kristins Beine. Sie legt ihren Kopf in den Nacken. Ihre Augen sind geschlossen, ihre Lippen leicht abwärts gebogen. Sie legt ihre Hände auf

Hanks schüttere Haare. Ihre Halssehnen sind die Drähte einer Marionette. Ihre Brüste sind aus mattem Porzellan.
Jan ist jetzt bereit.
Ariel winkt die beiden heran. Hanks Glied ragt aus dem vom Schritt über den Bauch bis zum Halsansatz wuchernden Pelz. Ein fünfundvierzig Jahre alter Pelz, dichter als die Haare auf seinem Kopf. Ein fünfundvierzig Jahre altes Glied. In zehn Jahren ist Jan selbst fünfundvierzig. Irgendwann wird es lächerlich. Vielleicht. Oder absurd. Ein sinnloses Ritual. Eines ohne Sinn und Zweck. Ohne Zeugung hat es keinen Sinn. Eine mechanische Prozedur. Und Ariel glaubt, sie hätte es gut gemacht, weil sie nicht versteht, daß Rituale funktionieren, unabhängig davon, wo man in Gedanken ist. Zigaretten lösen sich auf und nichts bleibt, außer dem wiederkehrenden Wunsch nach einer Zigarette. Ariel wird sich auflösen. Sie bläst jetzt abwechselnd Hank und Jan. Kristin, die weiße Kristin, steht hinter Hank und streicht über seine Brust. Dann ist sein fünfundvierzig Jahre alter Schwanz soweit, in die dreiunddreißig Jahre alte Kristin einzudringen, die auf den hinteren Teil des Bettes steigt und dort auf alle viere geht. Hank kniet sich hinter sie. Sie vögelt mit Rick. Jan streckt den Kopf in den Nacken, um ihre weißen Brüste zu sehen, die vibrieren wie feuchter Gips. Ariel setzt sich auf Jan. Sie vergräbt eine Hand in ihrer Scham. Er entspannt seinen Nacken und sieht sie an. Sie hat sich Mühe gegeben, sie war gut zu ihm. Er wendet sich ihr zu und ist die verbleibenden Minuten nur bei ihr.

Das Summen einer Mücke weckt ihn. Er bewegt die Hand durch die Luft. Neben ihm liegt Ariel, nackt, auf der Seite, ihre Brüste fallen unerwartet kraftlos auf die Bettdecke, die Brustwarzen verzogen zu einer ovalen Form. Ihr Mund ist offen. Jan muß daran denken, daß sein Schwanz vor kurzem in diesem Mund gewesen ist. Der Mund sieht jetzt dumm aus, mit Schwanz ist er begehrenswert gewesen. Ihre bis auf die Oberschenkel wuchernde dunkle Scham – warum rasiert sie sich nicht, denkt Jan. Amerikanerinnen rasieren sich überall. Vielleicht steht Hank auf moosüberwucherte Höhlen, Hank, der neben Ariel liegt. Ein alter Mann, denkt Jan jetzt. Sein Schwanz und seine Eier liegen zwischen seinen Beinen wie die Muskeln von Greisen, die kaum mehr an den Knochen haften. Jan sieht auf seinen eigenen Schwanz, der ihm jünger vorkommt, frischer, stärker. Er sieht vom Bett und von den beiden nackten Leibern auf. Kristin steht am Fenster, wie vorhin, als sie von Hank geleckt wurde. Ihr Marionettenhals, ihre flachen Porzellanbrüste. Sie steht in einem milchigen Schein, in dem sich das Blond ihrer Scham auflöst, so daß sie aussieht wie eine Heilige, ein Märtyrer, der Gekreuzigte auf alten Gemälden. Ein hagerer Körper mit fahlweißer Haut. Ihre spitzen Hüftknochen werfen einen scharfen Schatten wie Geröll auf dem Mond. Sie sieht Jan an. Sie hat es, seit diese Geschichte angefangen hat, vermieden, ihn anzusehen. Sie hat Hank zum hinteren Teil des Bettes geführt, um Jan nicht ansehen zu müssen, während sie mit einem anderen schläft. Mit Rick. Es ist kein Vierer gewesen, es waren zwei durch Ariels Mund kurzzeitig verbundene Zweier. Mehr nicht. Jetzt sieht sie ihn an. Dann löst sie sich von der Wand. Sie geht durch den Raum, ein weißes Wesen mit dünnen Beinen und dünnen Armen. Sie taucht in die dunkle Zone in der Mitte des Raumes, erreicht die Tür und geht hinaus. Jan steht auf und folgt ihr. Es hat aufgehört zu regnen, der Boden glänzt, ist aufgeweicht. Sie lehnt an den Holzbalken des Bungalows. Jan geht auf sie zu, seine Füße sinken in den Boden, weicher Lehm dringt zwischen seine Zehen. Kristin dreht sich mit dem Gesicht zur Wand, stützt sich mit ausgestreckten Armen ab und spreizt die Beine. Jan stellt sich hinter sie, spielt das Spiel, tastet ihren Körper ab, ihre Beine, ihre Schenkel, das

Gesäß, ihre Taille und schließlich ihre Brüste, er knetet sie, zärtlich zuerst, rauher dann. Er bückt sich und taucht die Hände in den morastigen Boden. Er richtet sich auf und bestreicht ihren weißen Körper mit der schwarzen Erde, ihren Rücken zuerst, dann ihren Bauch, ihre Brüste. Er nimmt die Brustwarzen zwischen zwei Finger und drückt. Er ist längst soweit. Er schiebt seinen Schwanz in sie hinein und beginnt sich zu bewegen. Von der Dachkante fallen Wassertropfen auf ihren mageren, beschmierten Rücken, die entlang der eidechsenartigen Wirbelsäule hinunterrinnen und die Ritze zwischen ihren Pobacken entlangfließen auf Jans Schwanz. Immer noch quetscht er ihre Brustwarzen, zieht an ihnen. Sie beginnt tiefer zu atmen, tiefer, lauter. Ihr Atmen – Jan würde es erkennen, wie man Schritte erkennt. Der Boden, auf dem ihre Stimme wächst. Tiefer, lauter. Sonst nur das Geräusch der Füße, die in dem aufgeweichten Morast schmatzen. Er weiß nicht, wie weit sie ist. Ein Keuchen jetzt fast. Es interessiert ihn nicht, wie weit sie ist. Es darf ihn nicht interessieren. Das Keuchen kommt aus ihrem Bauch, dorther, wo der Embryo wächst, der weiß und milchig ist wie ihre Haut. Er drückt sie mehr und mehr gegen die Hauswand. Ihre Arme sind jetzt ausgebreitet und liegen flach auf dem waagerechten Holzbalken, gegen den sie atmet, keucht, während Jan sich dem Ende nähert, das sich nicht mehr aufhalten läßt. Er spritzt in sie hinein, weiß und milchig auf ihren weißen milchigen Embryo. Dann lehnt er sich neben sie. Sie sehen sich an, während ihr Atmen sich langsam beruhigt. Sie sehen sich an. Jetzt könnte es enden.

Jan richtet sich langsam auf, neben ihm liegen Kristin und Ariel mit übergezogenen T-Shirts, Hank trägt Boxershorts, nur er selbst ist noch nackt. Durch das Fenster fällt die erste Helligkeit. Jan rutscht vorsichtig vom Bett, zieht seine Hose

und sein Hemd an und verläßt den Bungalow. Die Luft hat sich durch den Regen kaum abgekühlt, ist nur feuchter geworden und liegt schwer auf den Pfützen, die die Sonne innerhalb der nächsten Stunde in dampfende Quellen verwandeln wird. Die Baumstämme sind noch schwarz, und auf den Autodächern formt das Wasser gläserne Landkarten. Die Kronen der höchsten Bäume auf den Hügelketten beginnen bereits zu leuchten, während die schwarzen Kugeln der Grillgeräte vor den Bungalows wirken wie in den Morgen gestanzte Löcher der vergangenen Nacht. Jan erinnert sich. Das Gefühl befriedigter Sinnlichkeit durchsetzt ihn. Er denkt nichts. Die Berührungen haften noch an seiner Haut wie frischer Schaum. Gewichtslos. Dann der Geruch der Nacht, salzige Körper und weißer Schlick zwischen Fäulnis und Fruchtbarkeit. Hin und wieder eine Spur der Seife, mit der Kristin sich geduscht hat.
Er hat sie nicht bekommen. Und doch wäre er nicht in der Lage, die Frage zu beantworten, ob er sie geliebt hat oder nicht. Ihr Geruch begleitet ihn. Gegenüber Walter könnte es schwierig werden. Walter in New York. Er raucht. Er sitzt vor seinen Kursen, während Kristin sich betrinkt und ihren Kopf auf Hanks Schultern legt. Sie hat mit Rick geschlafen, Jan macht sich nichts vor. Er ist nicht eifersüchtig. Es fällt ihm nicht schwer, die vergangene Nacht in all die anderen Nächte einzureihen, die ihn seit mehr als zehn Jahren begleiten. Haut auf Haut. Die Nässe des Regens, die allmählich mit dem Schweiß verkocht. Kristin, die auf allen vieren kniet. Kristin, die seit dreizehn Jahren mit ein und demselben Mann zusammenlebt, die vielleicht, Jan hält auch das für möglich, treu gewesen ist. Wie seltsam.
Jan sieht auf die nasse Straße. Der Asphalt glitzert, als habe jemand Glas gesät. Ein Holztransporter fährt vorbei, dessen Räder spritzen wie ein sich schüttelnder Hund. Das Abrollen der

Reifen auf dem wäßrigen Asphalt klingt, als reiße man sich ein endlos langes Pflaster von der Haut. Das Geräusch gefällt Jan, weil jedes Pflaster, das man endgültig entfernt, die Heilung einer Wunde bedeutet. Feuchtigkeit stäubt in sein Gesicht.
Jan muß lachen. Er hat sich nie nach renaissancehaften Ausschweifungen gesehnt. Er liebt die Frauen und nicht eitle und ungehemmte Nächte. Er liebt sie ganz und will sie ganz befriedigen. Er will und muß mit ihnen allein sein, einander hingegeben, voneinander getrennt. Von gleich zu gleich. Die matte Wunschlosigkeit hinterher. Es geht nicht um den Trieb. Tiere paaren sich, Menschen lieben sich. Sich in die Augen sehen, in denen bereits steht, daß man sich verlassen wird. Daß es eine Begegnung ist. Eine Begegnung nur. Kein Rausch. Der Rausch ist ein Karussell mit festgelegten Bahnen. Ohne Ausgang. Bunt, aber starr. Er ist rauschlos bei Ariel gewesen. Er hat an ihren auseinanderstrebenden Brüsten gesaugt, wie er an allen Brüsten gesaugt hat. Er hat die rauhen, verschwitzten Dreitagesstoppeln unter ihren Achseln geleckt. Ihre geschlossenen Augen, während sie sich zusätzlich selbst befriedigt hat. Nähe und Ferne. Bei sich selbst sein und bei dem anderen sein. Dem anderen, der einen verlassen wird. Jede Frau ist eine Station, jeder Mensch ist eine Station. Als Jan mit Kristin unterwegs war, hat er sich für Augenblicke vorgestellt, es könnte auch anders sein. Jetzt weiß er, daß es eine Täuschung war. Es gibt nur Hanks. Es gibt nur Ariels. Und es ist gut so.
Der Boden beginnt zu dampfen. Leben hält Einzug zwischen den Bungalows. Jogger mit Baseballkappen keuchen vorüber, Frühstückstische werden in den Morast gebohrt, die lange, stelzbeinige Schatten werfen. Mütter plappern auf ihre verschlafenen Kinder ein. Väter versprühen ihre Zufriedenheit, endlich einmal Herr über den Tag zu sein. Ahornsirup und Marshmellowpaste werden auf weißem Brot verschmiert.

Radiosprecher feuern alle zu guter Laune an, und es kann kein Zweifel daran bestehen, daß die Produkte der Werbung das Leben noch angenehmer machen. Es gibt kein falsches Leben, und es gibt keine falsche Welt. Es gibt nur die erstaunliche Tatsache, daß sich alles bewegt, daß es jeden Morgen aufs neue Kräfte gibt, die alles in Gang setzen, als hätte es nie Rückschläge und Katastrophen gegeben.
Die Sonne schlägt Schneisen durch die Baumkronen. Es hat aufgehört, von Blättern und Dächern zu tropfen. Das Leben ist besser als sein Ruf, denkt Jan.

Kristin und Ariel sitzen auf den Eingangsstufen. Ariel winkt Jan verhalten zu. Kristin reagiert nicht, als sie ihn sieht. Hank sitzt auf der Stoßstange des Toyota. Etwas ist nicht in Ordnung.
Kristin sieht Jan an. »Wir müssen umkehren.«
»Was ist los?« fragt Jan.
Sie reagiert nicht, als müsse sie selber erst begreifen, was geschehen ist. »Walter hat angerufen«, sagt sie schließlich. »Er ist am Ende. Er hat ein paar hunderttausend Dollar verspekuliert.«
Eine Weile sagt niemand etwas. Dann steht Ariel auf. »Wir helfen packen.«
Jan sieht sie an. Ihre Oberschenkel haben einen größeren Umfang als der Saum ihrer Shorts. Die kleine Hautwulst unter der Naht ist ihm gestern nicht aufgefallen. Sie stellt sich hinter Kristin und massiert ihr die Schultern. Es gibt kaum etwas zu packen. Genaugenommen nichts.
Jan geht ins Haus und sieht sich um: Das zerwühlte Bett, die leeren Whiskeyflaschen neben dem Fernseher, die Plastikbecher. Wie oft hat er morgens bereits ein so oder ähnlich aussehendes Zimmer betreten? Egal, wohin man kommt, die Dinge drehen sich im Kreis. Der klare Morgen und seine hei-

tere Stimmung sind zerlaufen wie wäßrige Farbe. Jan stellt sich unter die Dusche.
Ariel und Hank bemühen sich um Kristin. Jan wirft die Waschsachen in den Wagen. Dann stehen sie zu viert voreinander. Die Sonne hat sich mehrere Handbreit hochgeschraubt. Sie ist mitten in den Aufräumarbeiten: Pfützen müssen beseitigt und Gehwege getrocknet werden, damit der Wind fegen kann. Hier und da lecken bereits helle Zungen den dunkel glitzernden Asphalt. Jan reinigt die Windschutzscheibe von heruntergeregnetem Staub. Dann gibt es nichts mehr zu tun und nichts mehr zu sagen. Sie verabschieden sich.
Jan steuert den Buick zur Hauptstraße. Er hat keinerlei Orientierung. Er befindet sich in der Mitte des nordamerikanischen Kontinents, und auf seiner inneren Landkarte gibt es nur zwei Richtungen: nach New York oder nach San Francisco. Fifty-fifty. Er fährt nach rechts. Die Straße führt über die Hügelketten. Die Felsen, die gestern abend wie goldene Säulen aus dem Wald geragt haben, sind zu grauen Schemen geworden, die im über den Bäumen liegenden Dunst kaum Konturen gewinnen.
Endlich ein Wegweiser: Rapid City. Die Straße windet sich aus dem Tal die Berge hinauf. Dahinter liegt die riesige Ebene: das Meer, über das sie gekommen sind und über das sie zurück müssen. Wäre die Situation eine andere, Jan hätte angehalten und eine Schweigeminute eingelegt angesichts der Größe der Erde, aber es ist nicht die Zeit für unschuldiges Staunen, weil die Dinge nicht so schlicht und schön sind, wie die Ebene einen glauben machen könnte. Die Dinge sind kompliziert.
Die Straße führt sanft hinab. Wieder sind kaum Fahrzeuge unterwegs, als Jan auf den Highway biegt. Er bedauert es, daß er nicht die Auffahrt Richtung Westen nimmt. Die Vorstel-

lung, den Pazifischen Ozean zu erreichen, hätte ihm gefallen – hätte ihm *jetzt* gefallen; er ist immer der Ansicht gewesen, daß es falsch ist, Dinge aufzuschieben. Woher soll er wissen, ob er dem Pazifik noch einmal so nah kommen wird wie jetzt? Er nimmt die Sonnenbrille von der Ablage unter der Frontscheibe und setzt sie auf. Er rutscht etwas tiefer in den Fahrersitz und stützt seinen Ellbogen auf die Armlehne. Er hält sich ans Geschwindigkeitslimit. Der Himmel ist jetzt klar. Es geht Jan durch den Kopf, daß für die Astronomen das gute Wetter zu spät kommt: Der Komet ist geschluckt, das Feuerwerk vorbei.

epilog

Was einem zu den USA einfällt: Hollywood, die Mondlandung, Vietnam. Endlose Highways. Marlboro-Country. Der Grand Canyon, das Monument Valley. John Wayne und James Dean. Micky Maus. Bildungslose Menschen, naiv und begeisterungsfähig, Comicmenschen, Unterhaltung in Sprechblasen: Oh yes, really? great! how nice! how beautyfull! Interesse für Politik, wenn überhaupt, dann als Show. Ein Volk von Wahlkampfwimpelchenschwenkern und Präsidentschaftskandidatenbeschreiern. Der Mord an John F. Kennedy. CNN und CIA. Fernsehen, Fast-Food und Wolkenkratzer. Die Kriminalität in den Städten. Straßengangs. Schußwaffen für jedermann. Ein Volk aus Guten, Bösen und Geschworenen. Der Kreuzzug gegen das Rauchen. Ein Volk von Sucht-Hassern, die so süchtig sind wie sonst niemand auf der Welt. Heroin, Kokain und Crack. Der amerikanische Traum. Vom Tellerwäscher zum Millionär. Das Recht des Stärkeren. Hire and fire, eine Ellenbogengesellschaft ohne Sozialsystem. Das Elend auf den Straßen. Obdachlosigkeit. Ein Volk aus vielen Armen und wenigen Reichen. Ein Volk von McDonaldsjobbern und In-Limousinen-Telefonierern. Rockefeller und Bill Gates. Die ungenierte Zurschaustellung von Reichtum. Eine Verschwendungsgesellschaft, die dabei ist, die Erde in kürzester Zeit zu plündern, und sich bereits zum Kampf um die letzten Ressourcen rüstet. Desert Storm. Die Überzeugung, auf der Seite von Recht und Moral zu stehen. Talk-Radio als Medium, in dem sich selbst Adolf Hitler hätte austoben und über Juden und minderwertige Rassen hetzen dürfen wie seinerzeit auf den Nürnberger Parteitagen. Das Ideal des schönen Menschen. Gebräunte Männer und vollbusige Frauen an sonnenglitzernden Swimmingpools. Der Körperkult. Jogging und Aerobic. Ein Volk von Bodybuildern und Kraftraumstrebern mit schweißnassen Handtüchern im Nacken. Moderne, makellose Individuen in einem Panzer aus Fitneß. Mister und Miss Allesmögliche. Energy Drinks und schlechtes Bier. Nichts als light-Produkte. Kein Koffein, kein Nikotin, kein Fett, kein Cholesterin, kein Salz. Gesundheitsfanatiker und Stadtneurotiker. Ein Volk von sexuellen Belästigern und sexuell Belästigten. Sechzig Prozent ungewollte Schwangerschaften, gegenüber fünfundzwanzig in Deutschland, was in beiden Fällen viel ist, als lasse sich die Menschheit ihre ältesten Geschichten nicht widerstandslos durch technischen Fortschritt nehmen.

Kristin ging mit einer Tasse Kaffee aus der Küche über die Auslegware des Wohnzimmers auf die in der gläsernen Helligkeit der Vormittagssonne liegende Terrasse. Hier und da wuchsen Kabel aus dem Boden, an die noch Laternen anzuschließen waren. Die umliegenden Gärtchen waren frisch bepflanzt, alles blühte in einer schütteren ersten Generation, der junge Rasen kämpfte mit der Hitze. Die Narben der Geländeoperation waren noch nicht verheilt, hier und da warteten Inseln aus sandiger Erde auf ihre Kultivierung. Kristin schloß die Glastür zum Wohnzimmer, dessen Einrichtung noch ebenso klar und ohne Wucherungen war wie die frisch beschnittenen Büsche und Hecken in den Gärten. Sie setzte sich an den Gartentisch und stellte den Kaffee ab.
Seit zwei Jahren wohnte sie mit Walter wieder in Deutschland. Nach seinen illegalen Manipulationen war Walters Karriere in den USA abrupt beendet. Insgesamt kam er

glimpflich davon. Kristin hatte mit ihrem Geld den Schaden ausgleichen können, und es blieb noch genug übrig, um ein Haus in der Nähe von Berlin anzuzahlen. Walter und Neil versöhnten sich nicht. Ob Cindy Neil jemals erzählt hatte, was geschehen war, wußte Walter nicht. Neil trennte sich kurz nach den Ereignissen von Cindy und zog zu seiner Geliebten, die er anderthalb Jahre später heiratete. Cindy verschwand aus New York. Es hieß, sie lebe wieder in ihrem Heimatdorf irgendwo im mittleren Westen. Am Ende des Sommers kehrten Walter und Kristin nach Deutschland zurück.

Als sie zum ersten Mal aus der Innenstadt Berlins in den Norden der Stadt fuhren, überfiel Kristin, als die Häuser endeten und die Bäume begannen, Unbehagen. Bei den ersten Dörfern kam es ihr vor, als steuere Walter den Wagen durch die Tiefen des Ostblocks, durch ein farbloses Land, in dem das ganze Jahr über Spätherbst herrschte; Novemberland. Sie überfuhren altes Kopfsteinpflaster, das sich mit prasselndem Getöse in den Wagen übertrug; dann ging es über eine schmale, baufällige Brücke, unter der S-Bahn-Gleise verliefen. Schließlich lag rechts ein neuerschlossenes Reihenhausareal in der Landschaft wie Kunstschnee auf einer schlammigen Wiese.

Kristin brachte ihr Kind zur Welt, ein Mädchen, das sie auf ihren Wunsch Hannah nannten. Walter war ein begeisterter Vater, er ging geduldig leicht gebeugt und mit heruntergestreckten Armen durch die Wohnung, um der Kleinen, die sich an seine Zeigefinger klammerte, Gehen beizubringen. Oder er füllte auf dem Rasen eine Plastikwanne mit Wasser, warf ein Entchen hinein und freute sich daran, wie die Kleine über den Rasen stapfte und mit großem Ernst und tiefer Konzentration versuchte, in die Wanne zu klettern, die sie dabei ungeschickt vor sich herschob, was sie hinnahm, als sei es

eine natürliche Eigenschaft von Plastikwannen, umherzuwandern. Irgendwann schaffte sie es dann, plumpste ins Wasser und richtete sich stolz auf. Ihr Kreuz war hohl wie eine Mondsichel und vorne sah es aus, als habe sie einen Bierbauch.
Obwohl Walter es bedauerte, nicht mehr in den USA zu leben, hatte er sich mit der Rückkehr nach Deutschland und dem Familienleben in der Nähe von Berlin schnell angefreundet, und für seine Tätigkeit bei einer Berliner Bank waren seine Kenntnisse der amerikanischen Finanzmärkte nützlich. Als dann noch Hannah geboren wurde, war er mit seinem Los vollkommen versöhnt.

Kristin trank einen Schluck Kaffee und betrachtete die Pappschachtel, die sie vor einer Viertelstunde auf dem Dachboden entdeckt hatte zwischen Kisten und Koffern, die seit ihrem überstürzten Aufbruch aus New York dort lagerten. Sie glaubte, den Inhalt zu kennen, und sie hoffte, daß sie sich irrte. Der Karton warf einen scharfen Schatten auf den weißen Gartentisch.
Kristin riß das Klebeband rundherum ab und klappte den Deckel auf. Unter einer zusammengeknüllten Seite der *New York Times* lagen ein paar kleinformatige Tonbandkassetten ungeordnet über- und untereinander. Kristin verschob sie mit den Fingern gegeneinander wie Puzzleteile auf der Suche nach dem richtigen Stein. Sie hatte sich nicht geirrt. Kristin legte die Bänder auf den Tisch. Erst einmal hatte sie Kassetten dieser Art in der Hand gehabt – als sie mit Jan unterwegs war und seinen Rekorder entdeckte. Ein paarmal, erinnerte sie sich, sprach sie damals spaßeshalber kurze Bemerkungen auf Band. Ein paar Tage später war Jan tot.
Walter hatte damals geglaubt, das Jüngste Gericht sei angebrochen. Sein amerikanischer Freund hatte ihn um ein paar

hunderttausend Dollar betrogen, und zwei Tage später wurde sein deutscher Freund auf einem Busbahnhof erstochen. Außerdem war seine Ehe am Ende. Walter saß tagelang in der Wohnung und rührte sich nicht vom Fleck. Kristin ging es ebenso. Walter saß im Wohnzimmer und sie im Schlafzimmer. Sie lebten nebeneinander her wie Gespenster.
Der Mord an Jan wurde nie aufgeklärt. Die Tat hatte in einer Ecke stattgefunden, die von der Kameraüberwachung des Busbahnhofs nicht erfaßt wurde. Die Videobänder zeigten, wie Jan durch die Haupthalle gegangen und mit der Rolltreppe auf die erste Ebene gefahren war. Dann stand er auf der obersten Ebene eine Weile an einem der *Gates* und wollte nach knapp fünfzehn Minuten über die Treppe, die für ihn dann zur Falle wurde, auf die erste Ebene zurückkehren. Es gab darüber hinaus Aufnahmen von zwei Jugendlichen, die sich zur Tatzeit im Bahnhof herumgetrieben hatten, aber die beiden konnten nicht identifiziert werden. Gefunden wurde Jan nach ungefähr dreißig Minuten, ohne seine Brieftasche, in der nicht mehr gewesen war als eine Kreditkarte und ein paar Dollar.
Walter war nach den Ereignissen völlig apathisch. Kristin begriff, daß nicht nur der Mord an Jan ihn aus der Bahn geworfen hatte, sondern auch sein Verhalten gegenüber Cindy. Ihr wurde klar, daß es falsch war, ihn ein für allemal zu verurteilen. Er war entsetzt über sich selbst, und sein Gewissen quälte ihn. In dieser Situation brachte Kristin es nicht fertig, ihm zu sagen, daß nicht Neil die zweihunderttausend Dollar verspekuliert hatte, sondern sie. Was hätte sie dazu alles erklären müssen. Walter wußte ja nicht einmal, daß sie überhaupt mit Aktien handelte.
Kristin konnte Walter nicht verlassen, weil sie nicht unschuldig war. Sie hatte ihren eigenen kleinen Aktienhandel betrieben, der allerdings mit der Zeit immer größer geworden

war, weil sie – im Gegensatz zu Walter – zum einen ein gutes Gespür für Kursentwicklungen besaß und zum anderen über Geld verfügte, das ihr zwar nicht gehörte, worin sie aber kein Problem sah. Sie benutzte die von Walter durch Zufall entdeckten geheimen Zugangscodes zu den Sparkonten seiner Bank, um sich Kapital zu verschaffen. Sie hatte getan, wessen Walter Neil verdächtigte.

Walter saß damals oft bis spät in die Nacht am Monitor und arbeitete. Gelegentlich massierte Kristin ihm dabei die Schultern, die steif waren von der tagelangen Sitzerei. Sie stierte dabei auf den Monitor und war mühelos in der Lage, die Informationen auf dem Bildschirm zu lesen. Einmal stellte sie fest, daß Walter nicht auf der System-Ebene war, auf der er üblicherweise seine Transaktionen durchführte. Er war viel tiefer in die Datenverwaltung der Bank eingedrungen, als er berechtigt gewesen wäre. Es dauerte nicht lange, und Kristin begriff, *wie* tief. Sie sprach ihn nicht darauf an, sondern sah sich aus Neugier am nächsten Tag in seinen Festplattendateien um, die nicht gesichert waren – wozu auch? Sie fand die Programme und Codes sehr schnell, mit denen es möglich war, in den Kern des Systems einzudringen. Sie probierte es. Mit Erfolg.

Im Gegensatz zu Walter hatte sie keine Bedenken, sich auf diesem Wege Geld zu borgen, damit zu spekulieren und es anschließend wieder zurückzugeben. Auf diese Weise sammelte sie langsam ein paar hunderttausend Dollar an, die sie unter anderem nutzte, um mit Rick die geplante Galerie zu verwirklichen.

Wäre es an dem Abend von Jans Ankunft nicht zu dem Streit zwischen ihr und Walter gekommen, hätte alles noch lange so weitergehen können. Kristin bereute ihren Entschluß, Walter zu verlassen und mit Jan durch den Kontinent zu fahren, nicht, aber ausgerechnet in dieser Woche brachen ein

paar der von ihr mit fremdem Geld gekauften Aktien ein. Sie erfuhr es aus der *New York Times*.
Danach kam ihr nichts mehr von dem, was an diesem Tag geschah, real vor. Sie wußte, sie hatte Walter ruiniert – nicht finanziell, sie hatte genug verdient, um den Verlust ausgleichen zu können – aber sie hatte seinen Traum zerstört, den Traum vom erfolgreichen Broker in New York. Sie hatte diesen Traum zerstört, und sie stellte fest, daß es sie kalt ließ. Dann trafen sie Hank und Ariel.

Kristin nahm ein Nest aus Zeitungspapier aus der Schachtel; zurück blieb der *Panasonic*-Rekorder – Jans Rekorder. Sie hatte ihn damals eingepackt und wollte ihn zusammen mit Jans restlichen Sachen seinen Eltern übergeben, aber offenbar hatte sie die Schachtel schließlich vergessen und sie war in ihr Umzugsgut geraten. Sie legte das Bandgerät auf den Tisch.
Sie sah sich um, als sehe ihr jemand zu. Die friedliche Atmosphäre war ihr angenehm und bedrückte sie zugleich. Ab und zu plärrte es aus dem Babyphon, das neben den Kassetten lag. Dann schaltete sich die Verbindung wieder ab. Irgend etwas an dem sonnigen Arrangement aus Gärtchenidylle und Thermopenverglasung verschaffte ihr für Sekunden eine Gänsehaut.
Vor ein paar Tagen saß sie mit Walter abends auf der Terrasse. Der Sternenhimmel schälte sich langsam aus der Abenddämmerung heraus. Sie wies auf einen helleren Stern. Das sei Jupiter, erklärte sie, in den vor zwei Jahren dieser Komet eingeschlagen sei. Bis zum nächsten Mal werde es nun eine Millionen Jahre dauern. Walter nickte. Kürzlich habe er gelesen, daß die Galaxien im Weltraum merkwürdig angeordnet seien. Nicht etwa gleichmäßig, sondern entlang von Linien, und diese bildeten ein weißes Strichmännchen mit ausgebreiteten Armen.

Kristin entdeckte unter den Kassetten eine mit der Aufschrift USA. Sie nahm sie heraus, legte sie in das *Panasonic*-Gerät und spulte sie zurück. Dann wartete sie einen Moment. Sie war unsicher, ob sie das Band abhören sollte, ob sie das Recht dazu hatte. Als sie neben Jan im Wagen saß und das Gerät entdeckte, schien er sich nicht wohl dabei zu fühlen, als sie es anschaltete. Aber er hatte auch nicht protestiert.

Kristin schaltete das Gerät ein. Jans Stimme ertönte über dem gleichmäßigen Säuseln von Triebwerken. Er sprach Bemerkungen, Assoziationen und Vorurteile über die USA auf Band, und Kristin erinnerte sich, daß er ihr erklärt hatte, er tue dies vor jeder Reise in ein Land, in dem er noch nicht gewesen sei, weil es heutzutage praktisch keinen Ort mehr gebe, den man nicht schon zu kennen glaube. Das Unbekannte interessierte ihn, und er litt darunter, daß es mehr und mehr verlorenging.

Nach seinen USA-Assoziationen machte er stenogrammartige Anmerkungen zum Flug, über die heißen Tücher und die Schokolädchen, die nach dem Start verteilt wurden, über die Frischluftdüsen über den Köpfen, über das Essen, offensichtlich Truthahnlasagne.

Kristin war überrascht, mit welcher Akribie Jan die Details vermerkte. Sie hatte ihn für einen eher flüchtigen Beobachter gehalten; jemand, für den das Leben ein sanfter Parcours aus Schlüsselreizen war, obwohl sie manchmal das Gefühl gehabt hatte, daß er eine merkwürdige Energie verbarg. Er liebe einfach die Frauen, hatte er einmal zu Kristin gesagt, aber einen Moment lang war ihr der Satz wie ein Vexierbild vorgekommen, das noch etwas anderes darstellte, als auf den ersten Blick zu erkennen war. Vielleicht, das dachte sie jetzt, hat er in den Frauen das Unbekannte gesucht, das unentdeckte Land.

Weizenfelder, Maisfelder, Maisfelder, Weizenfelder ... Einen

Moment lang war Kristin irritiert, ihre eigene Stimme zu vernehmen, dann erinnerte sie sich. Einmal hatte sie das Band laufen lassen, als *WCSX classic rock station* im Hintergrund die Songs spielte, die Jan mochte. Jetzt klang die Musik, der sich das Fahrgeräusch des Wagens überlagerte, seltsam fern. Es war kaum vorstellbar, daß sich auf dem Band, wenn auch unhörbar, ihr eigenes Atmen und ihr Herzschlag befanden; Jans Atmen, Jans Herzschlag.

Die Aufzeichnung brach ab. Kristin ließ das Gerät dennoch weiterlaufen, als bestehe die Möglichkeit, Jan könnte irgendwo am Ende eine Botschaft hinterlassen haben, eine Nachricht für sie. Sie erinnerte sich an den Moment, als ihr Jan und Walter das erste Mal begegneten. Jan kam ihr verschlossen vor, in sich gekehrt und mit sich beschäftigt, als hätte er gerade etwas erlebt, das die Richtung seines Weges beeinflussen würde – er wußte nur noch nicht, wie. Walter dagegen war unbeschwert, und sein Optimismus zog Kristin damals an.

Immer wenn sie Jan später traf, hatte sie das Gefühl, daß er sich Mühe gab, nicht den Fehler dieses ersten Abends zu wiederholen. Er verbarg sich ihr gegenüber, er war nur noch Leichtigkeit, Unkompliziertheit. Als wolle er ihr sagen: Sieh her! so einfach, so lebenswert ist das Leben. Und er hatte recht. Er war nicht schwerelos geboren, aber er hatte Gewicht um Gewicht abgeworfen.

Das Bandgerät stoppte. Kristin nahm die Kassette heraus und sah sie eine Weile an, als müsse sie doch noch ein Geheimnis enthalten, einen Hinweis zumindest, aus dem heraus sich alles verstehen ließe. Sie drehte die Kassette um, legte sie wieder ein und schaltete an. Der Lautsprecher blieb stumm, sendete nur ein leises Rauschen. Nach fünfzehn, zwanzig Sekunden dann erklang Jans Stimme. Kristin starrte auf das Gerät in ihrer Hand.

Julia ist im Liegestuhl verschwunden. Ich stelle mir vor, wie die Sonne ihren Körper aufheizt. Ihre nahtlose Bräune hat mir gefallen, als sie vorhin den Kaffee gebracht hat. Sie dreht den Liegestuhl ein Stück und legt sich wieder hin. Ich sehe jetzt ihren Körper auf dem hellen Polster. Ihre Füße stehen am Ende über und sind einwärts gedreht wie bei einem Rodler. Ihre Brüste glänzen in der Sonne von dem Nußöl, mit dem sie sich eingerieben hat.

Ein kurzes Knacken zeigte an, daß Jan den Rekorder abgestellt hatte. Kristin trank einen Schluck Kaffee und zündete sich eine Zigarette an, während das Band weiterlief. Es knackte wieder.

Julia hat den Liegestuhl erneut ein Stück gedreht. Ich kann sie jetzt von vorne sehen. Ich sehe ihre dunklen, kurz geschnittenen Locken, ihre geschlossenen Augen, ihre leicht seitwärts fallenden Brüste, ihre fast eckige Taille und das geometrisch exakte Dreieck ihrer Scham, dem sie sich hin und wieder widmet wie ein geduldiger Gärtner seinen Hecken.

Die Aufzeichnung brach wieder ab. Kristin schaltete das Gerät aus. Sie stellte die Tasse zurück auf den Tisch. Sie fragte sich, ob es auf den Bändern eine Notiz über sie gab.

Sie betätigte die Taste. Kein Text jetzt, sondern nur Raumatmosphäre drang aus dem Lautsprecher, entfernte Straßengeräusche. Kristin hatte das Gefühl, als überlege Jan. Dann polterte es, als habe er das Gerät aus der Hand gelegt. Stoff raschelte. Kristin hörte entfernt und leise eine Frauenstimme, ein *Nanu?* und ein paar Worte, die nicht zu verstehen waren. Kristin stellte sich Julia vor, deren Körper nach Jans Beschreibung so anders war als ihrer, dunkel und weiblich im Gegensatz zu ihrer hellhäutigen Knabenhaftigkeit. Sie war eifersüchtig. Sie stellte sich vor, *sie* hätte vor zwei Jahren auf Jans Dachterrasse in der Sonne gelegen.

Jan und Julia unterhielten sich, zu leise, als daß etwas zu verstehen gewesen wäre. Dann herrschte wieder Stille, und Kristin stellte sich vor, daß Jan sich über diese Frau, Julia, beugte und begann, sie zu küssen.
Wieder wurden ein paar Worte ausgetauscht, dann folgten Schritte und das Rascheln von Stoff, wie vorhin, nachdem Jan das Gerät aus der Hand gelegt hatte. Die Geräusche waren jetzt nah: Kristin glaubte Laken zu hören, die gegeneinander rieben; Haut, die über Stoff strich, und schließlich das Atmen von zwei Menschen, das immer stärker wurde, tiefer und das schließlich in ein Wort überging, das aus dem Inneren ihrer Körper langsam an die Oberfläche zu steigen schien, ein immer häufiger und lauter wiederholtes Wort, ein am Ende im Duett gehauchtes, gesprochenes, gejubeltes Wort, das als Antwort auf eine Frage gedeutet werden konnte.
Kristin kannte die Frage.
Jan hatte sie ihr einmal gestellt.
Die Frage, ob das Leben denn okay ist, so wie es ist?
Ja!

Ulrich Woelk
Rückspiel
Roman
295 Seiten. Gebunden

Die Hochzeit endet mit einem Eklat: Auf seine »Jugendsünden« während der Studentenproteste Ende der sechziger Jahre angesprochen, beschimpft der Bräutigam seinen ehemaligen Lehrer als alten Nazi, der einen Schüler in den Tod getrieben habe. Ein politischer Generationskonflikt bricht auf, der – wie Stirner, der jüngere Bruder des Bräutigams, weiß – auch private Ursachen hat. Scheinbar unbeteiligt und nur aus Neugier, spürt Stirner den Gründen des Streites nach, der sowohl in der Zeit des Nationalsozialismus als auch in jenem legendären Jahr 1968 wurzelt. Seine Recherchen führen ihn im Herbst 1989 nach Berlin, doch was er in den Wirren der deutschen Vereinigung aufdeckt, erweist sich als ein Liebesdrama, das auch ihn selbst betrifft. *Rückspiel* beschreibt das Lebensgefühl der Generation, die auf die Studentenbewegung folgte. In einem suggestiven Erzählton, der den Leser wie in einem Sog durch das Buch zieht, vermittelt der Roman einen frischen Blick auf deutsche Geschichte und Gegenwart.

»Und das ist schon eine kleine Sensation: Daß ein Schriftsteller der jüngeren Generation über eine eigene Stimme, einen unverwechselbaren Stil verfügt.«

Michael Braun, Die Woche

Ulrich Woelk
Freigang
Roman
238 Seiten. Klappenbroschur

Ulrich Woelk erzählt von einem vermutlichen Vatermörder: Behutsam entfaltet er die Lebens-, Liebes- und Leidensgeschichte eines Physikstudenten, der mit kühler Präzision solange gegen die eigene Natur handelt, bis die Katastrophe nicht mehr aufzuhalten ist.
Sein Buch ist ein literarisches Kabinettstück über ein sehr zeitgenössisches Phänomen: Über die vom Menschen selbstbetriebene Ernüchterung, die sich schließlich zurückwendet gegen seinen Lebensnerv. Aber Ulrich Woelk beschreibt nicht nur Krankheit und Zusammenbruch seines Helden, sondern auch dessen erste vorsichtige Schritte auf einem neuen Weg.

»So klug und so komisch zugleich unterhalten neuere deutsche Prosaautoren ihre Leser selten.«

Annette Meyhöfer, Der Spiegel

»Ulrich Woelk hat einen Roman seiner Generation geschrieben, Diagnose und Therapie zugleich und darüber hinaus ein Kunststück von Rang.«

Gert Ueding, anläßlich der Verleihung des Aspekte-Literaturpreises an Ulrich Woelk

Collection S. Fischer 2366
und Fischer Taschenbuch Band 11092

Ulrich Woelk

Liebe Tod Verklärung

Stück

96 Seiten. Klappenbroschur

Ulrich Woelks Theaterstück zeigt das Aufflammen, Verlöschen und Romantisieren großer Leidenschaften in einem sachlichen Zeitalter. Im ersten Teil des Stücks ziehen sich einige Kinoenthusiasten für vier Wochen zurück, um ihren ersten Film zu produzieren: Sie sehen sich mit banalen Konflikten um Dreherlaubnisse und Drehorte konfrontiert, zugleich aber auch mit dramatischen Zeugenaussagen über gewalttätige Demonstrationen, einen Flugzeugabsturz und Explosionen in einem Bunker. Der zweite Teil des Stückes berichtet in einem langen Monolog von der Liebe zu einer Frau, die abrupt endet, als sich die Frau hinter die Liebe zur Kunst zurückgesetzt fühlt. Der dritte Teil zeigt zwei Ehepaare, die ein gemeinsames Wochenende verbringen: Sie wollen am Morgen den Ereignissen der Nacht entkommen und werden dennoch von ihnen eingeholt.

»Ein voller Erfolg für Ulrich Woelk und das Kölner Schauspiel, die mit Stück und Inszenierung ganz offensichtlich einen Nerv zeitgenössischer Lebensgefühle getroffen haben.«

Wolfgang Seifert, Berliner Zeitung

Collection S. Fischer 2372

Josef Haslinger
Opernball
Roman
480 Seiten. Leinen

»Ich sah den Massenmord auf zwanzig Bildschirmen gleichzeitig.« Josef Haslingers Roman erspart den Lesern nichts. Die Gäste des pompösen Wiener Opernballs werden zum Ziel eines Terroranschlags. Ein Fernsehjournalist, der die Live-Übertragung aus den Ballsälen koordinieren soll, beobachtete das Verbrechen hilflos auf den Monitoren. Sein eigener Sohn ist unter den Opfern. Die Kameras laufen weiter und senden weltweit auf zahllose Bildschirme das Sterben von Tausenden. Das Attentat verändert die politische Landschaft. Der TV-Journalist versucht, von Trauer um seinen Sohn getrieben, die Hintergründe des Anschlags zu klären. Sie sind verworren, von Schlamperei und Zufällen geprägt. Mindestens so verworren wie das Weltbild jener kleinen Gruppe von »Entschlossenen«, die das Morden vorbereitete. Haslingers Roman entwirft das Panorama einer vom Terrorismus bedrohten Wohlstandsgesellschaft. Er ist klar und unerbittlich geschrieben – so, wie jene Kameras das Sterben in den Ballsälen aufzeichneten.

»Zeitroman, Medienroman und Politthriller; spannend, aktuell, formbewußt erzählt. Josef Haslinger verbindet auf ingeniöse Weise klassische Kolportageelemente mit einer geschickten erzählerischen Reflexion über das Verhältnis von Medienmacht und politischer Macht.«

Hubert Winkels, Tages-Anzeiger, Zürich

S. Fischer

Dagmar Leupold

Federgewicht

Roman

235 Seiten. Gebunden

Exzentrische Familienverhältnisse: Ajot ist vor Jahrzehnten aus Ungarn nach Deutschland gekommen, hat einen Schlaganfall erlitten und ist nun an einen Rollstuhl gefesselt. Dorothea, seine Pflegerin, stammt aus Ostdeutschland und hat seit wenigen Monaten ein uneheliches Kind. Elisabeth, die vierzigjährige Krankengymnastin Ajots, verläßt ihren Mann und ihre fast erwachsenen Kinder, um endlich ein eigenständiges, freies Leben zu beginnen. Es sind die gewöhnlichen Zwischenfälle, Freuden oder Unglücke des bundesrepublikanischen Lebens, mit denen die drei konfrontiert werden. Der Roman fesselt, weil er lebendige Figuren erschafft, die einen gefangennehmen: Ajot, der sanfte Ironiker, der in seiner Krankheit auch einen Glücksfall sieht, Dorothea, die sehr gelassene, ledige Mutter, der trotz ihrer Häuslichkeit immer neue Abenteuer angeboten werden und Elisabeth, die lebensgierige Abenteurerin, die schließlich zu häuslicher Ruhe zurückkehrt.

»Dagmar Leupold schaut in ihrem Roman *Federgewicht* mitten hinein in die Gesichter, hinter die Masken, direkt auf die Haut. Aufmersam registriert und schildert sie Stimmungen, liebevolle und feindselige Begegnungen.«

Neue Zürcher Zeitung

S. Fischer

Ulrike Längle
Tynner
Roman
139 Seiten. Klappenbroschur

Tynner ist Universitätsdozent und einsam. Die einzige Person, die ihm mit einer gewissen Zuneigung entgegenzutreten scheint, ist seine Putzfrau: Eine schwitzende, aufgeschwemmte Alte, die er fast nie sieht, aber deren Arbeitsgeräusche er allmorgendlich durch die geschlossene Tür in seinem Schlafzimmer hört. Sie schmückt seine Wohnung mit Blumen, stellt, bevor sie geht, Gebäck auf den Tisch und hinterläßt den feinen Geruch eines betörenden Parfüms. Um seine Einsamkeit zu betäuben – und auch, um seiner Putzfrau zu entgehen –, stürzt sich Tynner ins Kulturleben der Universitätsstadt und findet doch kaum Anschluß. Endlich entschließt er sich, in die liebevoll gepflegte Wohnung zurückzukehren und seine Putzfrau zur Rede zu stellen – woraufhin er eine bemerkenswerte Entdeckung macht.
Ulrike Längle erzählt, in gekonnter Balance von komödiantischen und tragischen Tonfällen, von der urmenschlichen Sehnsucht nach Zuneigung und Nähe. Ihr Roman ist eine frappierende Mischung aus realistischer Geschichte, philosophischem Diskurs und Märchen.

»*Tynner*, der erste Roman Längles, ist seit langem, vielleicht sogar seit Günter Grass' Blechtrommel, der erste deutschsprachige Roman, bei dessen Lesen ich mich beim lauten Lachen ertappte.« *Lars Gustafsson, Svenska Dagbladet*